民國文化與文學研究文叢

（蘇州大學特輯）

九　編

湯哲聲、李怡　主編

第 3 冊

從通俗文學到大眾文化
——舊文選編（上）

徐斯年　著

國家圖書館出版品預行編目資料

從通俗文學到大眾文化——舊文選編（上）／徐斯年 著 — 初
版 — 新北市：花木蘭文化事業有限公司，2017〔民106〕
序 4+ 目 2+154 面；19×26 公分
（民國文化與文學研究文叢 九編；第 3 冊）
ISBN 978-986-485-025-9（精裝）
1. 中國文學　2. 通俗文學　3. 文學評論
820.9　　　　　　　　　　　　　　　　106012775

ISBN-978-986-485-025-9

特邀編委（以姓氏筆畫為序）：

丁　帆	王德威	宋如珊
岩佐昌暲	奚　密	張中良
張堂錡	張福貴	須文蔚
馮　鐵	劉秀美	

民國文化與文學研究文叢
九　編　第三　冊　　　　　ISBN：978-986-485-025-9

從通俗文學到大眾文化——舊文選編（上）

作　　者　徐斯年
主　　編　湯哲聲、李怡
企　　劃　四川大學現代中國文化與文學研究中心
　　　　　北京師範大學民國歷史文化與文學研究中心
總 編 輯　杜潔祥
副總編輯　楊嘉樂
編　　輯　許郁翎、王　筑　美術編輯　陳逸婷
出　　版　花木蘭文化事業有限公司
社　　長　高小娟
聯絡地址　235 新北市中和區中安街七二號十三樓
　　　　　電話：02-2923-1455／傳真：02-2923-1452
網　　址　http://www.huamulan.tw 信箱 hml 810518@gmail.com
印　　刷　普羅文化出版廣告事業
初　　版　2017 年 9 月
全書字數　257715 字
定　　價　九編 8 冊（精裝）新台幣 15,000 元

從通俗文學到大眾文化
——舊文選編（上）

徐斯年　著

作者簡介

徐斯年，男，浙江永康人，1937年2月生於浙江金華。遼寧師範學院中文系畢業，歷任該校中文系助教、講師，蘇州大學中文系副教授、副系主任，蘇州大學出版社總編輯、編審。曾參與人民文學出版社《魯迅全集》1981年版、2005年版編注工作，分別擔任責任編輯和編委；又任該社出版之《魯迅大辭典》責任編委。著有《俠的蹤跡——中國武俠小說史論》、《王度廬評傳》，發表過魯迅研究、通俗文學研究和戲劇研究等方面的論文多篇。

提　　要

　　本書於作者積聚的文稿中選取三組一十六篇而成編。第一組五篇，主要反映作者對民國時期文學史（大陸稱為「現代文學史」）與通俗文學史關係的宏觀思考，闡述本人文學史觀的轉變過程，並討論這一領域的研究方法等問題。第二組九篇均屬作家作品論。關於向愷然（平江不肖生）的兩篇，或論述不肖生之創作成就以及他在開創武俠小說「現代話語」方面的歷史地位與貢獻，或編纂不肖生的生平年表，當時都被認為具有開創性。關於王度廬的五篇，均作於所著《王度廬評傳》出版之後，其中包含對新發現的大量早期作品的述評以及對王氏藝術實踐及其成就的新認識，也是對《評傳》的一種補正。另有兩篇分別就還珠樓主（李壽民）和金庸的相關作品闡述己見，關於金庸的文稿曾在澳門「金庸與漢語新文學國際學術研討會」上獲得好評。第三組兩篇均係通信，反映著作者的思考方向開始由通俗文學擴展到了「大眾文化」。關於《三體》的通信，既是對通俗文學中科幻小說優秀作品的閱讀、思考，又為「大眾閱讀」現象提供了一個跨學科、多視角、開放性的個案。另一通信則圍繞「都市與摩登」這一主題，探討大眾文化與公共空間、現代性的關係以及大眾精神消費的意義等問題。

《民國文化與文學研究文叢》
蘇州大學特輯序

湯哲聲

　　2015 年，「蘇州大學中國現代通俗文學研究中心」成立，標誌著蘇州大學
中國現當代通俗文學研究團隊建設進入了新的階段。爲了總結和展示蘇州大
學中國現當代通俗文學研究近 40 年來的科研成果，應李怡教授和臺灣花木蘭
文化事業有限公司之約，策劃了《民國文化與文學研究文叢・蘇州大學特輯》。

　　蘇州大學中國現當代通俗文學研究團隊是中國現當代通俗文學研究隊伍
最整齊、成果最豐富的研究團體，是中國現當代通俗文學研究的排頭兵。蘇
州大學中國現當代通俗文學團隊多年來的研究對學科最重要的貢獻和意義在
於：改變了中國現當代文學研究的價值觀念，完善了中國現當代文學史的格
局，增添了中國現當代文學教學的新內容，被國內外學界認爲是近 40 年中國
文學研究的重大成果之一。

　　20 世紀八十年代初，中國文學研究進入了新時期。1981 年開始，由中國
社會科學院文學所牽頭，文學史料在全國範圍內的大規模整理得到開展。大
概是考慮到「鴛鴦蝴蝶派」作家作品主要誕生於上海、蘇州、揚州地區，《鴛
鴦蝴蝶派文學資料》就由蘇州大學（當時稱之爲「江蘇師範學院」）承擔。經
過數年的努力工作，70 多萬字的《鴛鴦蝴蝶派文學資料》於 1984 年出版。署
名：芮和師、范伯群、鄭學弢、徐斯年、袁滄洲。這五位學者也成爲蘇州大
學中國現當代通俗文學研究的第一個學術團隊。

　　1984 年蘇州大學中文系開始招收現當代文學碩士研究生，中國現當代通
俗文學專業被列入招生方向，1990 年蘇州大學現當代文學專業被國務院學位

委員會評爲博士學位授權專業，開始招收中國現當代通俗文學方向博士研究生。特別是 1986 年，以范伯群教授爲主持人的「中國近現代通俗文學史」被評爲國家哲學社會科學首批 15 個重點項目之一。明確了研究方向和研究目標之後，蘇州大學中國現當代通俗文學研究團隊進行了重新組合。該團隊由范伯群教授爲學術帶頭人，主要成員有芮和師教授、徐斯年教授、吳培華教授以及湯哲聲、劉祥安、陳龍、陳子平。學術團隊在資料整理的基礎上，開始了作家作品的整理和研究。經過數年努力，1994 年出版了《中國近現代通俗文學作家評傳》一套 12 本，共收 46 位近現代通俗文學作家小傳及其代表作。在整理和研究作家作品的基礎上，經過團隊成員的相互協作和努力工作，《中國近現代通俗文學史（上、下）》於 2000 年由江蘇教育出版社正式出版。這部著作是中國第一部近現代通俗文學史，共分八卷，分別是「社會文學卷」「武俠文學卷」「偵探文學卷」「歷史文學卷」「滑稽文學卷」「通俗戲劇卷」「通俗期刊卷」「通俗文學大事記」。這部著作的出版對現當代文學研究產生了極大影響，引發了國內外學者的密切關注。

在完成《中國近現代通俗文學史（上、下）》的基礎上，2000 年以後，學術團隊成員根據各自的研究方向進行了學術拓展，出版了一批學術專著，發表了一批學術論文，且精彩紛呈。這些成果進一步奠定了蘇州大學中國現代通俗文學研究的學術地位，使蘇州大學成爲中國現當代通俗文學的研究重鎮。

2013 年，以湯哲聲教授爲首席專家的「百年中國通俗文學價值評估、閱讀調查及資料庫建設」被評爲國家社科重大項目。該項目側重於現當代通俗文學的理論研究、市場研究和資料數據庫的收集、整理與建設。

2015 年，「蘇州大學中國現代通俗文學研究中心」成立。該中心以范伯群教授爲名譽主任，以湯哲聲教授爲主任。學術團隊有了新的組合。

2014 年，范伯群教授被蘇州市人才辦公室授予「姑蘇文化名家」稱號。在蘇州大學和蘇州市的支持下，以范伯群教授爲主持人的「中國現代通俗文化研究」課題組成立，開始了中國現代大眾文化與通俗文學的研究。該研究從過去的中國現當代通俗文學研究拓展到中國現當代大眾文化研究。

蘇州大學現當代通俗文學研究的發展軌跡主要有三個特點：（1）以項目爲中心形成團隊。其優勢在於有明確的研究方向和研究成果，容易形成凝聚力。

（2）研究紮實地推進，軌跡是：「資料整理──作家作品研究──文學

史研究——理論的研究——文化研究」。每一個階段都是新的拓展，每一次拓展都有新的成果。認準目標，潛心研究，踏踏實實，用成果說話，是該團隊最為突出的特點，受到學界認可。

（3）注意學術新人的培養，保證了學術團隊的健康更新。蘇州大學中國現當代通俗文學研究團隊已完成了老中交接，第三代學人也正在培養之中。經過近 40 年傳承，學術團隊歷久彌新，在全國學術界並不多見，有很好的口碑。

經過近 40 年的潛心研究，蘇州大學中國現當代通俗文學研究團隊成果豐碩，這些成果對中國現當代文學研究格局產生了深刻的影響，體現在：

（一）中國現當代通俗文學的認識觀念發生了根本性的變化。中國現當代通俗文學過去被認為是中國現當代文學中的「逆流」，現在成為中國現當代文學的重要組成部分，得到了學界較為普遍的認可。2008 年，國內總結黨的十一屆三中全會以來文學史研究界取得的成績時，學界均肯定了通俗文學研究取得的良好成績。例如《文學評論》上的兩篇總結三十年來近代文學和現當代文學研究的文章都提到了蘇州大學通俗文學的研究成果及其影響。現當代文學研究專家朱德發教授評價《中國近現代通俗文學史》時說：此書的出版「隨之帶動起一場通俗文學『研究熱』」。他指出了這場「研究熱」的時代與社會背景：「自改革開放以來，隨著思想解放運動的深入和新市民通俗文學的崛起，研究者主體突破了雅俗文學二元對立認知模式的羈絆與局限，而且以現代性的視野對以鴛蝴派為代表的通俗文學從宏觀與微觀的結合上重新解讀重新評價，既為現代中國文學梳理一條雅俗並舉互補的貫通線索，又把張恨水、金庸等通俗文學納入現代文學史大家的地位……」（朱德發，現代中國文學研究三十年〔J〕，文學評論，2008（4）：9-10）而近代文學研究專家關愛和、朱秀梅在合撰的文章中也充分肯定了《中國近現代通俗文學史》推出後取得的學術影響，認為這部專著已「由論及史，既意味著論題的相對成熟，也為以鴛鴦蝴蝶派為代表的通俗文學進入文學『正史』做了充分的鋪墊……」（關愛和，朱秀梅，中國近代文學研究三十年〔J〕，文學評論，2008（4）：14）

（二）中國現當代文學史的格局得到了更為合理的調整。自 1950 年代以來，中國現當代文學史均為新文學史，是「一元獨生」的現當代文學史，承認了通俗文學的文學價值之後，文學史的格局自然就有了很大調整。（1）中國現當代文學將產生「多元共生」的格局。文學史中通俗文學顯然佔有很大

比重。（2）中國現當代文學史的起點需要「向前位移」，直接影響了中國文學古今演變與文學史重新分期的思考。（3）中國大眾文化將成為中國現當代文學產生、發展中的重要文化源泉。不僅僅是精英文化或者意識形態文化，市民文化也成為中國現當代文化的組成部分。（4）中國現當代文學有著魯迅、茅盾等精英文學優秀作家及其作品，也有張恨水、金庸等通俗文學優秀作家及其作品。（5）中國現當代文學的批評標準不再是單純的新文學標準，而是包含著多元指標的現代文學標準。中國現當代文學史成為真正意義上的「現當代文學」。

（三）對中國現當代文學的教學和學科建設產生了影響。20 世紀九十年代以後，中國現當代通俗文學已作為文學史教學的重要的部分，進入了大學課堂，無論是史學研究還是作家作品，通俗文學都成為教學中的重要環節。在本科生、碩士研究生、博士研究生的學位論文答辯中，以通俗文學某一問題為學位論文題目的數量也在逐年增加，逐步成為了學科的「顯學」。

范伯群教授主編的《中國近現代通俗文學史》是學科團隊成果的重要標誌，獲得了多項大獎。

序號	成　果	獎　項	頒獎單位	年　度
1	《中國近現代通俗文學史》（上、下）	第三屆全國高等院校人文社會科學優秀成果獎中國文學一等獎	教育部	2003 年
2	《中國近現代通俗文學史》（上、下）	第二屆「王瑤學術獎」優秀著作一等獎	中國現代文學研究會	2006 年
3	《中國現代通俗文學史（插圖本）》	第二屆「三個一百」原創圖書出版工程	國家新聞出版總署	2008 年
4	《中國近現代通俗文學史（新版）》（上、下）	第三屆「三個一百」原創圖書出版工程	國家新聞出版總署	2011 年
5	《中國近現代通俗文學史（新版）》（上、下）	第四屆中華優秀出版物獎	國家新聞出版總署	2013 年
6	《中國近現代通俗文學史（新版）》（上、下）	第三屆中國出版政府獎	國家新聞出版總署	2014 年

2015 年《中國近現代通俗文學史（新版）》（上、下）又被國家社科外譯基金辦公室審定列為中國學術原創代表作五十本之一，譯為英文，向海外推薦。

　　蘇州大學中國現當代通俗文學學科研究團隊得到了海內外學術界好評。臺灣《國文天地》雜誌在 1997 年第 5 期的《編者報告》中就注意到蘇州大學學術團隊的學術貢獻：「長期被學者否定與批判的鴛鴦蝴蝶派小說，在近年來逐漸受到學界的重視。」當蘇州大學的一批學者開始將現代文學研究的重心轉移到近現代通俗文學中時，當時鄙視通俗小說的學界一片「譁然」，可是經十餘年努力，當他們整理資料並進行理論建設之後，「終於取得豐碩的成果，引起學界的興趣與重視，重新評價通俗小說。」（《編輯部報告》，載臺灣《國文天地》第 12 卷第 12 期（總第 144 期），首頁（無頁碼），1995 年 5 月 1 日出版。）

　　華東師範大學陳子善教授評價蘇州大學通俗文學學術研究成果時說：「上世紀 80 年代以降，蘇州大學理所當然地成了中國現代文學研究界探索通俗文學的大本營，一部又一部鴛鴦蝴蝶派作品精選和研究專著在這裡問世，迄今為止最為完備的長達百萬字的《中國近現代通俗文學史》（范伯群主編）也在這裡誕生。這部由蘇州大學教授湯哲聲所著的《流行百年——中國流行小說經典》則是最新的令人欣喜的研究成果。」（2004 年香港《明報》開卷版）中國社科院楊義研究員認為蘇州大學學術團隊是新時期的「蘇州學派」：「如果從現代文學研究的學者（術？）格局來看，我覺得它是一個蘇州學派……它從一個獨特的角度切入到我們現代文學整體工程中去，做了我們過去沒有做的東西。」（2000 年 9 月 20 日《中華讀書報》）韓穎琦教授認為蘇州大學學術團隊有著承繼和發展：「在中國通俗文學研究領域，范伯群教授是拓荒者，湯哲聲教授則是繼承者，他把研究的目光拓展和延伸到當代，填補了當代通俗小說沒有史論的空白，進一步完整了中國大陸通俗文學史的構建。」（2009 年《蘇州大學學報》第 4 期）

　　2007 年《中國近現代通俗文學史》榮獲第二屆王瑤學術優秀著作獎一等獎時，該獎項評委會的評語是：「范伯群教授領導的蘇州大學文學研究群體，十幾年如一日，打破成見，以非凡的熱情來關注、專研中國近現代通俗文學，顯示出開拓文學史空間的學術勇氣和科學精神。此書即其集大成者。皇皇百多萬字，資料工程浩大，涉及的作家、作品、社團、報刊多至百千條，大部皆初次入史。所界定之現代通俗文學的概念清晰，論證新見迭出，尤以對通俗文學類型（小說、戲劇為主）的認識、典型文學現象的公允評價、源流與演變規律的初步勾勒為特色。而通俗文學期刊及通俗文學大事記的史料價值也十分顯著。這部極大填補了學術空白的著作，實際已構成對所謂『殘缺不

全的文學史』的挑戰，無論學界的意見是否一致，都勢必引發人們對中國現代文學史的整體性結構性的重新思考。」

　　這些評價從一定程度上對蘇州大學中國現當代通俗文學研究學術團隊的學術成績作出了肯定。

　　蘇州大學中國現當代通俗文學研究正在發展中。這套專輯展示的成果將保持一貫的團隊精神，老中專家引領，青年學者爲主。在這裡出版的青年學者的著作都曾是受到過答辯委員會高度評價的博士論文。這些青年學者的科研成果特別關注中國現當代通俗文學和大眾文化的發展趨勢，將中國現當代通俗文學與大眾文化發展中的新狀態、新動態納入了研究視野，其成果選題具有相當強的學術敏感性；成果的論證和辨析注意到中西文化的融合，既保持了團隊的中國化研究的風格，也體現出新一代學者的學理修養；成果的語言風格有著嚴格地科研訓練的嚴謹的作風，也展示了充滿個性的青春氣息。任何一個有貢獻的學者都是一步一步地前行者，但願這套叢書成爲這些年輕學者們前行中的一個紮實的腳印。

　　　　　　　　　2015 年 12 月於蘇州市蘇州大學教工宿舍北小區

自　序

　　有機會選編舊文在臺灣出版，甚感榮幸。

　　所謂舊文，有一條界限：選擇範圍僅限於當前電腦裏所存論述通俗文學及大眾文化的單篇文稿，即不包括兩部專著——《俠的蹤跡——中國武俠小說史論》和《王度廬評傳》，也不包括其他論題的文稿。在此範圍內，考慮到篇幅限制，謹選編 16 篇而成此編，聊紀部分心跡。

　　自從學科立項編撰《中國近現代通俗文學史》以來，我在宏觀上始終關注兩個大問題：一是中國近現代通俗文學發展的歷史軌跡，它的運行機制，以及通俗文學史應取何種架構。二是通俗文學與「現代文學」的關係。

　　大陸學界的「現代文學」概念，其上限現已追溯至 1917 年之前，下限則始終未變——止於 1949 年（嚴格地說，止於是年 10 月 1 日之前）。它涵蓋著「民國文學」，但是又與臺灣的「民國文學」、「民國文化」概念存在差異。概言之，在大陸，「民國」屬於「過去時態」；在臺灣，「民國」則屬「現在時態」。正是有鑒於此，本書編入了幾篇論述 1949 年後作家、作品以及文化現象的文稿，如在大陸，它們是該列入「當代文學」或「當代文化」範疇的。這樣選編，或者亦可稱為「一中同表」罷——兩岸政治家間的「法統」分歧一時極難彌合，而於「文統」卻毫無問題，這也是十分令人高興的事。

　　大陸過去的「現代文學史」或「現、當代文學史」教材、論著，是獨尊「新文學」，排斥通俗文學的。據我所知，臺灣情況似亦相仿，不過「關門」傾向輕於大陸——對「非『五四』新文學」而又「通俗」或「非通俗」之文學，臺灣學界的「門」還是「開」得很大的。大陸狀況現亦大有改善，我們已經認定，重寫的「中國現代文學史」，必須還原「多元共生」的歷史景觀。

本書所收部分文稿，反映的就是對於上述問題的個人思考。

學科分配給我的任務，側重於中國近現代通俗文學裏的武俠小說研究，所以編入本書的文稿也以此一範疇為多。一部分是對武俠小說發展歷史的梳理和研究方法的討論，另一部分則為作家作品論。關於後者，我所著力的是幾位當時學術界尚未進行深入研究的武俠作家，向愷然、王度廬為其代表，他們在很大程度上反映著兩個重要歷史階段。另有兩篇文稿論及還珠樓主和金庸，鑒於海內外對這兩位作家的研究業已甚為深入，拙文只起一點「敲邊鼓」作用。

最後兩篇文稿比較「另類」：它們都是通信，而非「正格」學術文章，編寫之時亦無明確的發表意向。現在覺得值得入編，是因為我們的視野由通俗文學擴展到了大眾文化。

這裡說的「大眾」，涵義近於「公眾」，不僅包括農工、市民，就知識階層而言，還既包括小學生，也包括高級知識分子，外延寬泛而又有點模糊。這裡說的「文化」，則涵蓋物質文化、生活文化、精神文化。個人尤其關注「精神消費」──這「消費」不僅指經濟，更指心理－生理意義上的「耗散」。

《三體》是部科幻小說，屬於通俗文學的一支；科學家們（儘管他們多數不肯自認為「家」）介入《三體》討論，應該視為「大眾閱讀」的一種形態（儘管他們進行的是「間接閱讀」）。這些讀者，就其從事的專業而言均屬「精英」；然而從其行為的「跨學科性」和「閒來無事不從容」的消閒性考察，他們又是「大眾」。「精英」與「民眾」、「雅」與「俗」的差別，也就這樣地被消解了。

反顧〈都市與摩登〉，由於討論圍繞李歐梵先生《上海摩登》一書展開，在上述視野內就具備了一點「綱領性」。李先生提到「公共空間」這個概念，我覺得「大眾文化」即可視為各色人等在「公共空間」裏所創造的文化，包括他們所過的物質/精神生活、所進行的文化活動。公共空間具有多元、多重以及或封閉、或開放，或「現實」、或「虛擬」的形態，所以大眾文化亦具多元、多重性。都市文化輻射到鄉間，還對「鄉村」那個「空間」起著「改造作用」。都市文化的「摩登性」就是「現代性」，所以「現代性」亦具多元、多重以及動態的品性，考察「上海摩登」時，既講上海人的生活文化，又講魯迅、施蟄存、穆時英等的精英/先鋒文化，便是很自然的了。凡此等等，自己覺得頗開眼界。

精神消費之中，值得關注的是群眾性的戲劇、歌詠活動。在這些活動裏，文藝作品的接受者同時也是積極、主動的「二度創作者」（用接受美學觀念考察，閱讀亦係二度創作，不過受眾的積極性、主動性沒有這樣高）。諸多案例證明，接受者（二度創作者）在遴選文藝作品時，根本不會先從什麼「雅」與「俗」或「廟堂」與「民間」之別作出價值判斷、定下「選擇前提」，他們要的只是好看、好聽。即使在抗戰那樣國難當頭的時期，如要講究第一、第二，他們遵循的仍是「藝術標準第一，政治標準第二」原則。這裡也不存在什麼「雅」、「俗」、「正」、「奇」區隔。

視野擴及大眾文化或公眾文化範疇之後，反思過去爲通俗文學「爭地位」和爲還原多元共生文學歷史景觀而作的種種努力，一方面覺得做得不錯，另一方面又覺得格局未免小了一點。

從文類角度考察，通信和回憶烙有很深的「個人」印記。它的優點是「原眞性」強，缺點則是眼界不廣，偏於主觀。需要有人來做中觀領域的各種調查研究，形成客觀、豐贍、細緻、紮實、周嚴的關於大眾文化的調查報告。吾輩老矣，寄希望於有爲的中、青年！

這些文稿多曾公開發表，收入本書時做過修訂，包括增添個別篇章的內容和刪除一些不必要的重複。但因屬於單篇文稿的合集，篇與篇間在內容上出現某些重複仍又在所難免，還請讀者鑒諒！

徐斯年 2015-12-6 於姑蘇香濱水岸

目次

文學史觀的蛻變
——研究近現代通俗文學史的心得

　　蘇州大學中國現代文學學科研究近現代通俗文學，始於 1981 年的編纂《鴛鴦蝴蝶派文學研究資料》；1985 年，《中國近現代通俗文學史》獲准國家社會科學重點研究課題立項之後，上述研究工作更加擴大並向縱深發展。這一過程，同時也是反思、檢討過去中國現代文學史教研工作的過程，本人最大的心得，乃在實現文學史觀的蛻變——由過去的「鬥爭史觀」，蛻變爲如今的「史料學」觀——「史學即是史料學」〔註1〕，或首先是史料學。

（一）

　　我們都是從事中國現代文學史教研工作的，對於本學科過去遵循的「二元對抗」思維和「鬥爭史觀」感受甚深。

　　「二元對抗」思維和「鬥爭史觀」的直接表現便是「泛政治化」：它傾向於只把近現代文學視爲「新」與「舊」、「進步」與「落後」、「精華」與「糟粕」等的二元對立，赫然「統率」這些對立的，則是「革命」與「反動」的對抗。「泛政治化」具有「左」和極左的特徵，所以它又傾向於把「差異」擴大爲「矛盾」、把「矛盾」擴大爲「鬥爭」、把「鬥爭」擴大爲你死我活的「零和遊戲」，並且經常機械地闡釋政治與文藝的關係，往往自覺不自覺地誇大作爲上層建築的文藝對於政治和經濟基礎的反作用。中國現代文學史被描述爲「新文學」戰勝各種「逆流」的專史，「五四」新文學與以鴛鴦蝴蝶派爲代表

――――――――――――――――

〔註1〕　傅斯年語。

的「舊文學」的關係，即被描述爲「敵我」性質的「鬥爭」。這些理念體現爲文藝政策，最終導致了都市通俗文學在大陸的一度「消滅」和「斷流」。

我曾把反思的結果歸納爲四個要點：

第一，「中國現代文學」本是一個多元的文學格局，「五四」新文學和民國通俗文學各爲這個多元格局中的一元。它們共處於同一歷史時空之中，各有自己的位置和功能。

第二，「五四」新文學和民國通俗文學的關係是既有差別、有對立，又有聯繫、有互補的。作爲歷史現象，「五四」新文學對鴛蝴派的批判和「鬥爭」既有合理性又有片面性。抗戰以前，除特殊情況之外，二者基本未曾形成良性的互動關係；但是仍有不少通俗文學作家，不同程度地在創作實踐中實際吸取對方批評意見，使自己的創作出現了這樣或那樣的進步。抗戰前後，二者關係有所改善。「工農兵文藝」的誕生，則標誌著「革命文學」實踐「通俗策略」的成效，它發端於取法民間和利用「舊形式」，著眼於宣傳效應，後來卻因「緊跟」政治而趨向惡性發展，「文革」成爲它的「頂峰」，也是終結。

第三，現代通俗文學屬於不可忽視的歷史存在，有著不可忽視的研究價值。「以文化市場經濟爲動力機制，正是現代通俗文學不同於新文學（也不同於古代例如唐傳奇時代的文學）的主要特點」。商業文化固然有其消極面，但「也造就了一批甚受讀者歡迎的、藝術功力不凡的、極爲多產的通俗文學作家，他們的『成長道路』和新文學作家判然有別。他們的作品缺乏新文學作品的革命性、先鋒性，卻更能『適俗』而並不刻意『媚俗』。它們受到讀者歡迎的深層原因，往往在於其所具有的特殊社會內涵和文化內涵」。〔註2〕

第四，「多元共生」首先是歷史眞實而非「歷史哲學」。作爲「歷史哲學」，我們應該摒棄「二元對抗」思維，遵循多元思維即按照「事物有許多意義，有許多事物，一事物可以被看成各種各樣」的思路來觀察世界，包括文學的歷史。這一觀念又可表述爲：「任何存在的東西都是眞實的，一個人（不管是偉大的還是平凡的），一種思想（不論是偉大的還是平凡的），都是眞實的。沒有什麼東西比別的東西更眞實。一個實在並不比另一個實在少點或多點實在性。本體論上的平等原則要求摒棄一切歧視，接受和接收一切有區別的東西，『接收和接受一切差異』。」〔註3〕

〔註2〕 范伯群主編之《中國近現代通俗文學史》上編，第 468、469 頁，江蘇教育出版社，1999，南京。

〔註3〕 王治河：〈後現代主義的建設性向度及其依據〉，《超越解構》代譯序，第 3、4

上述想法早已不算新鮮，可是「一體兩翼論」（即「多元共生觀」）遭到的攻訐使我體認到重申它的必要性，以期圍繞通俗文學而進行的討論，能在品質上得到提升：倘若貶斥者依舊迷戀「文革思維」，這種討論就太沒意思了。借用一位日本學者的說法：「這已不再是我們是否彼此喜歡的問題，而是我們應該如何學會彼此包容的問題，因爲不管喜歡不喜歡，我們都會留在對方的生活中。」〔註4〕「文革思維」是排斥彼此包容的，然而只有採取包容的態度，方能正確地「還原」歷史，方能使不同的學術見解產生良性互動，方能實現共同發展和創新，文藝的、學術的世界難道不也應該如是嗎！

（二）

一切歷史固然都可視爲「當代史」，但是一切歷史論著的首要任務都應該是盡可能地還原「歷史現場」，而含有最眞實歷史信息的載體，無疑便是史料。

「史料學觀」注重內證和外證。當研究一個歷史時期的整體面貌時，相關的所有史料均互爲外證。研究者不僅應該力求全面地掌握相關史料，對於不同史料給予同等尊重，而且特別應該關注異質的、對立的史料及其內部的「潛隱信息」，從中發現「另一面」乃至「另幾面」的歷史眞相。

由於遵循「鬥爭史觀」，過去《中國現代文學史》中呈現的歷史圖景是很不完整，所以也不夠眞實的，它被簡單、粗暴的「價值判斷」割裂、歪曲、塗抹、遮斷了。恢復它的原貌，首先須「讓資料說話」，因爲這樣「說」出來的「話」最能反映「歷史現場」，也最接近於歷史眞實。這並非否定「史識」的重要性，而是認爲「史識」應該出諸史料的把握和研究，「以論代史」、「以論帶史」的方法，都是害史、害人、也害己的。

在過去的教材裏，1921 年《小說月報》的改組被視爲新文學「戰勝」鴛蝴派的標誌，似乎後者自此就一蹶不振了。至今還有文學史論著稱：通俗文學中的武俠小說，「到本世紀的 40 年代，已進入窮途末路。」〔註5〕然而，史料證明：《小說月報》改組之後的十幾年，恰恰是通俗文學最興盛的時期：期刊、作品、作家之多，文化市場的佔有率之高，掀起熱潮之接連不斷，都是不容抹殺的歷史事實；二十世紀的「40 年代」，正是現代武俠小說創作的成熟期。過去的教材編寫者和教學、研究者（包括筆者）並非對通俗文學的上述

頁，中央編譯出版社，2002，北京。

〔註4〕 轉引自 2008 年 5 月 2 日香港《南華早報》新聞。

〔註5〕 王劍叢：《香港文學史》，第 347、348 頁，百花洲文藝出版社，1995，南昌。

史料一無所知，他們無視這些史料的原因在於犯了「價值判斷先行」的程序錯誤，而這種不公正的、違反歷史真實的價值判斷，則出於前面所述的「左」傾文化思潮。

經過比較全面、深入地收集、研究、比照通俗文學史料以及相關其他史料之後，我們對民國時期的文學現場有了更加真切的認識。同時更加體會到，對於史料，要存一份敬畏心，因為它們不僅可以告訴你歷史真相是什麼，而且會對你原有的知性認識和價值觀念進行「證偽」，糾正它們存在的偏頗。

據我所知，此前我們查檢、收集的通俗文學資料，主要涉及五個來源：（1）作品單行本；（2）期刊雜誌；（3）報紙；（4）相關檔案：（5）走訪當事人。當年對單行本和刊物的檢索、查閱面較廣，但是仍有弱項和空白，例如「北派」報刊未經仔細查閱，武俠作品中的「粵派」和「評話派」小說幾未過目。能走訪的當事人，那時就已很少，現在可能已經絕跡。對檔案部門資料的檢索、閱讀，當時投入精力不夠，這個方向今後尤其值得關注（例如二、三流出版企業的現成史料很少，而在檔案館的相關卷宗中，很可能蘊藏著一些有價值的間接資料）。對於相關報章，我們當時基本沒有做過通檢，令人欣喜的是，今有李楠取得可喜成就，她的《晚清、民國時期上海小報研究》填補了這個領域一片空白。最近又看到她的學弟一篇通檢《晶報》之後撰寫的論文，所做工作類型是一樣的。我過去雖也做過一點資料的收集和研究，但除檢索、整理書目和通檢幾個刊物之外，大多屬於「定向求索」，也就是吳福輝先生所謂「帶著已成的題目撈材料」〔註6〕型的工作。李楠他們卻是通檢報紙，這種工作是非常重要，也極其艱苦的。「板凳要坐十年冷」，唯如此，通俗文學研究才能真正後繼有人。願他們耐住寂寞，堅持下去！

范伯群先生把挖掘資料比作偵探破案：「我們所掌握的已有的生平資料像一條『船』，供我們在這浩如煙海的書籍海洋中游弋。一旦發現新大陸就會給探測者帶來莫大的驚喜。」〔註7〕對此我也頗有體會。

例如，我們初到北京檢索通俗文學書目時，就已發現王度廬和《小小日報》的關係，但因北京圖書館報庫正在實施縮微工程，不對外開放，所以未能就此進行追索。後來我寫《王度廬評傳》時，由於條件所限，也未補上這

〔註6〕 李楠：《晚清、民國時期上海小報研究》吳福輝序言，見該書第4頁，人民文學出版社，2005，北京。

〔註7〕 范伯群：插圖本《中國現代通俗文學史》，第591頁，北京大學出版社，2007，北京。

塊資料空白。最近才經王先生之女，從《小小日報》縮微卷上查到 150 篇王氏早期雜文，還有 24 篇早期小說（多不完整，少數僅知文題）；不久，又收到從 1934 年 3 月西安《民意日報》副刊「戲劇與電影」上查得的幾篇文章斷片和連載於 1936、1937 年北平《平報》的武俠小說 3 部、文章 1 篇；後來，我請張元卿博士協助查閱南京《京報》，又發現 1940～1945 年連載於該報的武俠小說 7 部，文章 1 篇。這些新資料不僅使王度廬的「形象」更加清晰了，而且糾正了我寫《評傳》時所作的個別誤斷。

這個例子說明，有待發掘的通俗文學資料的確還多得很；同時說明，報紙不僅是通俗文學文本的重要載體，而且它們展現的「歷史現場」確乎更加廣闊、鮮明。國家圖書館的縮微工程，已經起到「惠澤四方」的作用，如能進而實現數字化，必能給使用者帶來更大便利。

這裡還有一個教訓：1990 年我曾走訪九十多歲的耿小的（郁溪）先生，由於當時不知他也曾是《小小日報》主要作者和編輯，所以雖請教過「北派」作家情況，卻未特別問及王度廬和《小小日報》。這是因所掌握的耿氏生平資料不完整而導致的疏漏，追悔莫及！

范先生又說：「我覺得這座 28 層樓的上海圖書館真是一個寶庫。它的藏書之富，特別是近現代時期的藏書，據說比國家圖書館多出三分之一。從中我也悟出一個道理來，像這樣的豐富館藏的圖書館，許多資料在『等』我們去開掘……」〔註 8〕這個「等」字很有意思：按照我的解讀，它的背後還隱藏著期望館方「變『等』為『招』」的企盼——從上海圖書館一方乃至全國圖書檔案系統來說，如何使館藏的公共資源更「主動」、更廣泛、更有力地發揮社會效益，讓「死」資料「活」起來，應該也有許多迫切的工作可做。最近我曾訪問上圖「譜牒中心」，由於那裏的目錄上網、文獻集中、部分版本且已實現數字化，所以檢索、查閱、打印非常便捷。既有此例，該館能否也來設置一個通俗文學的特藏中心呢？如果眼下難以辦到，那麼是否可以先將相關書目公佈上網呢？倘能如願，則建特藏庫、實行全國各館書目聯網等等「夢想」，也就增添成真的可能了（據說該館已在對舊期刊進行縮微，這是一個好消息）。

〔註 8〕　范伯群：插圖本《中國現代通俗文學史》，第 591 頁，北京大學出版社，2007，北京。

（三）

按照「史料學觀」研究不同性質、特別是對立乃至對抗性的史料時，不僅應該關注它們的差異，更應關注它們的聯繫，特別是「聯結點」。從這樣的角度考察史料，可以發現通俗文學和新文學之間存在諸多聯結點，這裡僅舉五例：

（1）承接關係，它本身就是聯結點。新文學是從舊文學、特別是辛亥前後的「舊文學」裏孕育出來的。後來被視為通俗文學的一些「舊作家」、「舊刊物」，都對某些後來成為新文學家的作者有過提攜、培育之功（例如惲鐵樵、丁初我之於周氏兄弟，向愷然之於半農）。孩子長大之後，是不應該忘記乃至否認搖籃及其作用的。

有意思的是，翻譯學、語義學領域的一場小爭論，居然也會隱含著是否認可新、舊文學承接關係的問題，這就是關於「小說」與 Novel 的爭論。爭論的核心是：把 Novel 譯為「小說」是否恰當？

否定論者認為這是誤譯，因為中國的「小說」觀念更加寬泛，所以漢文裏的「小說」一詞和西文裏的 Novel 不可進行對譯。肯定論者則認為將此二詞進行對譯並不存在訛誤。

經查，Novel 一詞源自古意大利語的 nouvella，其含義為「新聞、閒談、故事」。而從語源考察，漢文「小說」一詞初見於《莊子》所謂「飾小說以干縣令」，繼有桓譚所謂「殘叢小語」、「短書」，以及班固所謂「街談巷語，道聽途說者之所造」諸解，外延也很寬泛。因此，Novel 的源頭與中國傳統「小說」一詞的源頭，其內涵倒是頗為近似的。

否定論者又從敘事方式角度提出：中國傳統白話小說源於說書，所以敘事堅持第三人稱全知視角和「滿格時間」——也就是不斷續的「線性時間」；而 Novel 的敘事，在時空處理上則是跳躍的云云。然而，據說現代英國女作家 Elizabeth Gaskell 描寫曼徹斯特棉紡工人生活的 Novel——*Mary Barton*，其敘事恰恰具有上述中國傳統小說的「滿格」特徵（從淵源考察，咱們這裡是「說話」，他們那邊也許是「說唱」：說話人、說唱者與聽眾都共處於同一傳播時空之中，這個傳播時空當然都是「滿格」的）；而中國傳統的、文學意義的「小說」文類，也並非只有話本，還有唐人傳奇以及筆記體小說，其敘事亦未見得一律遵循「滿格時間」。

如此看來，否定論者對 Novel 的解釋及對漢文「小說」一詞的解釋，都

是經過「狹化處理」的，並不完全反映它的本相。這啓示我們：異質文化進行交流時，往往會出現一種情況：你以爲外國沒有的，其實往往倒是有的；你以爲屬於國粹的東西，其實到是具有世界性和普適性的。應該力求避免這樣的「誤讀」。

上面所說翻譯界、語義學界的「否定論」，反映到新文學界即有「西化論」──魯迅就認爲，「新的小說」是「受了西洋文學的影響」而產生並「侵入文壇」的。〔註9〕所謂新的小說，指的應該就是「Novel 型」的新文學小說。這樣就更鮮明地提出了一個問題：「新小說」與「舊小說」究竟是否存在聯繫呢？

爲此，我又託禹玲博士查了一下語義學領域的研究資料，發現最早用漢文的「小說」一詞與 Novel 加以對譯的，竟是外國傳教士，時間則在 1815 年至 1843 年間，出處就在他們編纂的漢英詞典裏。〔註10〕也就是說：當年在華的西方漢學家們研究中國文學之後，認爲中國傳統文學之中不僅有 Novel，而且也有 Fiction 和 Rommans，不過，他們認爲總體上都可稱之爲 Novel。

在中國新文學界的西化論者出現百年之前，外國人已先將 Novel 加以「漢化」了，而且「化」得並非沒有道理。這不是極有意思的文化現象嗎！它說明異質文化之間是存在相似性和相似發展軌跡的，同時也從語義學的角度，證明了包括「新小說」在內的中國新文學決不是無源之水，它和包括通俗文學在內的「舊文學」是存在無法切斷的血緣關係、承接關係的。

（2）作爲文學觀念的「通俗」，也是新文學與通俗文學的一個「聯接點」。當年陳獨秀打出「文學革命大旗」，上書「三大主義」，其一便是「建設明瞭的通俗的社會文學」。「左翼文學」之討論「大眾化」，延安時期及其後出現的「工農兵文藝」，也都證明著這個「聯結點」的存在。至少在「文學革命」、「革命文學」的領軍者與「鴛蝴派」之間，他們最初的「鬥爭」焦點並不在於要不要「通俗」，而在由誰來「通俗」、爲什麼而「通俗」以及怎樣「通俗」上。前者認爲：「通俗」應是精英意識或「革命觀念」的「普及」，所以不能由那些捨不得拋棄傳統、站在與市民大眾「平視」立場的通俗文學家來主導；「通俗」應是革命的宣傳，只爲愉悅、只爲供應市民大眾精神消費而「通俗」，是必須反對的（然而在很長一個階段，他們又並未解決「怎樣『通俗』」的問題）。

〔註9〕 魯迅：〈《草鞋腳》小引〉，《魯迅全集》第六卷，第 21 頁，人民文學出版社，2005，北京。

〔註10〕 參見唐宏峰：〈當小說遭遇 novel 的時候〉，《語義的文化變遷》，第 326、327 頁，武漢大學出版社，2007，武漢。

這一反對，後來發展成了「攻擊」乃至「消滅」。即便如此，批判與被批判也是一種聯結：民國時期，通俗文學一方自覺或不自覺地在創作實踐中吸納或部分吸納了新文學陣營的合理批評；新文學一方，也在某些實際行動中關注並吸納了通俗文學的經驗──魯迅在《南腔北調集‧論第三種人》中說：連環圖畫裏是「可以產出密開朗該羅，達文希那樣偉大的畫手」，「從唱本說書裏是可以產生托爾斯泰，弗羅培爾的。」〔註11〕這裡集中體現著他對「俗」「雅」關係的辯證認識，非常值得重視和反思。

（3）包括文化產業在內的文化市場，又是一個「聯結點」。儘管新文學、革命文學反對商業化和精神消費觀，但是只要看看民國時期諸如商務印書館和世界書局的產品（也是商品）結構，便可知道新文化、革命文學同樣需要依託文化市場。而文化市場，則在建立、維持多元共存的文化－文學總體構造方面，起著具有決定性的建構、支撐、維持作用。上世紀30年代，新文學和通俗文學即共處於這樣一個文化市場，形成一种競爭共存、相遇亦安的動態格局。

（4）翻譯領域也是一個聯結點或聯結區。至今許多「主流」的翻譯史論著，都說通俗文學作家翻譯外國作品只著眼於通俗性，因此價值判斷不准，選擇品位不高。實際並非完全如此，以周瘦鵑1917年前的翻譯實踐為例：

A）他選擇的西方經典作家，包括俄羅斯的列夫‧托爾斯泰、高爾基、普希金、契訶夫、安德烈耶夫，英國的史蒂文森，法國的大仲馬、都德、莫泊桑、左拉、巴比塞，美國的斯陀夫人、歐亨利、愛倫‧坡，意大利的鄧南遮，西班牙的伊巴涅斯；東方則有印度的泰戈爾。以上不僅包括19世紀浪漫主義、批判現實主義的代表作家，而且包括「前現代主義」和現代主義的代表作家。

B）他有三個「第一」：第一個譯介高爾基；第一個譯介安德烈耶夫的《紅笑》（時在1917年之前，而鄭振鐸的譯本發表於1924年，曹鶴西的譯本可能發表於1927年，梅川的譯本則發表於1929年）；第一個譯介「意、西、瑞典、荷蘭、塞爾維亞」作品〔註12〕（所譯葡萄牙、奧地利、羅馬尼亞作品，當年亦屬罕見）。魯迅、周作人評周瘦鵑《歐美名家短篇小說叢刊》曰：「固亦昏夜之微光，雞群之鳴鶴矣。」〔註13〕八年之前他們譯介「異域文術新宗」，結

〔註11〕《魯迅全集》，第四卷，第453頁，人民文學出版社，2005，北京。
〔註12〕見魯迅、周作人：〈《歐美名家短篇小說叢刊》評語〉，《魯迅全集》第八卷，第69頁，人民文學出版社，2005，北京。
〔註13〕同注12。

為《域外小說集》印行，然響應者甚罕，此時見到周瘦鵑的譯著，確實是「犁然有當於心」〔註14〕的。

　　C）1916 年 4 月，周瘦鵑與嚴獨鶴等所譯《福爾摩斯偵探全集》由中華書局出版，這套書所建立的小說翻譯、編輯及出版標準，至今猶在沿用。

　　周氏並非特殊個案，應該說，民國初期（包括「五四」後的一段時間），包括林紓、曾樸（1905 年即介紹過大仲馬及其《基督山伯爵》──《水晶島之伯爵》）、包天笑、張毅漢、陳景韓、李定夷等通俗文學作家或「舊作家」，一直是翻譯界的主力，是後來新文學翻譯家的前輩（周瘦鵑翻譯上述作品時，茅盾剛開始試譯，鄭振鐸還在讀書）。

《域外小說集》書影《歐美名家短篇小說叢刊》書影

　　（5）上世紀 30 年代的中國電影藝術，得力於通俗文藝家、左翼文藝家以及早期電影企業家的通力合作，是一個由「聯結」發展為「融合」的範例。通俗文藝家視電影為愉悅市民觀眾的好工具，左翼文藝家視電影為宣傳進步思想的好工具，早期電影企業家視電影為賺錢的好工具；他們又都認為，使用這個工具必須講求藝術性。「有藝術性的工具」觀，形成三股力量的「聯結點」，促成三股力量的「大聯合」，催生了中國早期電影，而它正是左翼電影

〔註14〕魯迅：〈《域外小說集》序言〉，《魯迅全集》第十卷，第 168 頁，人民文學出版社，2005，北京。

的前身。

通俗文學與新文學之間的「聯結點」還有很多，它們證明：二者的歷史關係既有對立（差異），更有同一，而同一性就包含著互補性。

（四）

目前人們已在討論現代文學史的「重新整合」了。這就首先涉及如何正確認識新文學和通俗文學的關係。

前年我在澳門大學的「金庸與漢語新文學國際學術會議」上，曾經談及嚴家炎先生的一篇文章──〈一場靜悄悄的文學革命──在查良鏞獲北京大學名譽教授儀式上的賀詞〉。文中既說金庸的崛起「是一場悄悄地進行著的文學革命」，又說「金庸小說的出現，標誌著運用中國新文學和西方近代文學的經驗來改造通俗文學的努力獲得了巨大成功。」〔註15〕對後一判斷我有保留，因爲它至少可被解釋爲「改造」通俗文學之成功即是「靜悄悄的文學革命」，或被解釋爲新文學和通俗文學的關係是「改造者」和「被改造者」的關係，通俗文學乃是「被改造的文學」（金庸自己卻說，他寫現代武俠小說，恰恰是因爲不滿於新文學之西化）。

新文學和通俗文學的關係應該是平等的。何謂平等？孫中山曾說：「在立腳點謀平等」，陶行知補充道：還需「於出頭處求自由」，否則「平等」就會變成截長補短或揠短就長。〔註16〕本體論的平等觀就是承認差別，接受差別，讓每個個體都能「自由」地、充分地爭「出頭」。所以，金庸小說的出現，正是通俗文學不被處於「改造」的地位，「於出頭處求自由」的結果。其間固不排斥向對方、向傳統文學和外國文學借鑒經驗，但是這種關係不應闡釋爲改造與被改造的關係。

金庸爲何出現於香港而非臺灣或大陸？臺灣葉洪生、林保淳歸因於「臺、港的生活環境迥異」〔註17〕──恰恰由於香港不存在誰「改造」誰的問題，金庸（還有梁羽生）方能脫穎而出。而與大陸相比，臺灣的生活環境又頗不同：國民黨當局亦曾動用公權力嚴禁武俠小說，但卻禁而不絕，以至島內武

〔註15〕嚴家炎：〈一場靜悄悄的文學革命──在查良鏞獲北京大學名譽教授儀式上的賀詞〉，《金庸散文集》，第357、359頁，作家出版社，2006，北京。

〔註16〕參見《湘湖生活》第1期，浙江湘湖師範印行，1981，蕭山。

〔註17〕葉洪生、林保淳：《臺灣武俠小說發展史》，第375頁，遠流出版公司，2005，臺北。

俠小說創作不僅承續了 1949 年在大陸業已斷絕的流脈，而且開創、發展出自己的武俠小說史，直至進入古龍那樣的「後金庸時代」。所以如此，除了臺灣「禁武俠」主要著眼於「附匪文人」之外，蓋因那邊並未取締市場經濟，即通俗文學生存、發育的土壤。

武俠小說何以在大陸「一禁便死」，斷流至於三十年？除了公權力的嚴苛之外，根本原因即在市場經濟之滅亡。而金庸的「返銷」大陸，則不僅顯示著政治環境的趨於寬鬆，同時也是市場經濟回歸的先聲。凡此，怎能歸諸新文學和西方文學對通俗文學的「改造成功」呢！

（五）

在參與編撰《中國近現代通俗文學史》時，我常思考的一個問題是「機制」與「體制」的關係。「機制」指通俗文學運行的動力，「體制」則指表現為結構的通俗文學史的敘述邏輯。就此而言，我認為已由江蘇教育出版社印行的《中國近現代通俗文學史》尚有不盡人意之處，而范伯群先生後來獨自完成的插圖本《中國通俗文學史》恰恰彌補了這一不盡人意。

正如賈植芳先生所說：插圖本《中國通俗文學史》「是設計精巧、施工精心的優質第二期工程。」〔註18〕與「一期工程」《中國近現代通俗文學史》相比，我認為它的重大突破和提升首先在於體制。《中國近現代通俗文學史》共計八編，前六編為小說、戲劇的六種分體史，第七編為期刊史，第八編為大事記，因此全書呈現為共時結構；插圖本則完全採取繼時結構，無疑更加切合史書體制。更重要的是，這一體制主要以期刊發展階段為「綱」，從而突顯了通俗文學的「動力機制」及其運行歷程。

商業行為的目的是盈利，這個動力機制注重文學作品的商品性質，按照需求─供給法則、分配─交易法則和投資─盈利法則，推動它們完成自己作為商品的作用。通俗文學的歷史也是在這個機制的推動之下運行、演進的，這與新文學的發展形勢大異其趣。對於上述機制的運作，插圖本在相關章節中作過許多生動而精彩的述評；遺憾的是對「北派」報刊未能設置專章加以論析，而要完成這個專章，其工作量是極為繁重的。如前所述，這又原是我們過去資料工作的一個「弱項」。暫付闕如，可以理解。

〔註18〕范伯群著插圖本《中國通俗文學史·序一》，第 3 頁，北京大學出版社，2007，北京。

范先生在相關章節裏曾講到作爲出版商的沈知方和狄平子如何運用商業機制推動通俗文學新熱潮的事例，我們還可從他們的整體經營思想、經營策略和經營實況，來考察一下當時的「文化現場」。以世界書局爲例，它在上升期和鼎盛期的出版物，除通俗小說、期刊之外還有三個板塊：一是教科書，該書局在這方面的地位僅次於商務和中華；二是政治宣傳品，例如北伐前後國共合作時期出版的《農民協會問答》、《三民主義淺說》等；三是傳布新思想、新學說的出版物，影響最大者是共計一百五十多種的《ABC 叢書》。沈知方策劃、推出這三個板塊，固然主要還是爲了牟利，但也不能認定沒有我們今天所說的「社會效益」考量。在當時上海灘的出版界裏，沈知方和世界書局決非特例。從書報文化市場的構成角度考察，正是這些出版企業，對「多元共生」文化景觀的佈局、平衡和穩定起著支撐和決定的作用。

在這樣的「文化市場」裏，各種文化、文學派別形成一個競爭共存，相遇亦安的動態格局。新文化－新文學固然佔據著相當的「地盤」，但未建立「話語霸權」，除了政治原因之外，還由於在這種結構裏，讀者對於「話語權」之能否實現起著決定作用。也正是由於這個原因，「黨化文藝」反倒「地盤」很小，以致被魯迅譏爲「群玉班」。到了「輿論陣地」上，各派之間當然有批評和反批評，有攻訐、有謾罵，但在文化範圍之內，卻是誰也「批」不「死」誰，所以誰也不「怕」誰的；不像後來年月，一頓「大批判」眞的可從政治以至肉體置「異己」於死地。當然，這種「多元共生」局面也有大缺陷：過濃的「銅臭」會影響它的健康，虎視眈眈的「檢查老爺」和「鏟共同志」們，則威脅、破壞著它的安全。所有這些都是史實，所有這些也都包含著十分值得總結、借鑒的經驗和教訓。

我覺得「機制」與「體制」的問題，在編撰「整合」版即「雅」、「俗」合一的《中國現代文學史》時，也是至關重要的、必須解決好的關鍵問題。資中筠先生曾說，二十四史裏，除《史記》外都是改朝換代史，爲了維護新朝的正統性，都抹殺、掩蓋了許多歷史眞相──滅國先滅史。我期待的「整合」之後的中國現代文學史，是一部全景式的、各種文學流派共存的眞實生態史，而不是「彼可取而代也」的「換代史」。

2013-11-10

2015-10-20 增訂

也談「通俗」

　　「通俗」和「俗」不是一回事;「通俗文學」和「俗文學」也不應是一回事（至少在中國現代語境裏是如此）。

　　據我所知,「通」字和「俗」字最早合為一個詞兒在書面出現,可能見諸東漢人服虔所著《通俗文》,這是一部以「雅言」釋「俗語」的書。由此看來,「通俗」在本義上原指「雅文化」對「俗文化」的認知或感應;也就是說,作為文本,它反映著「雅人」為了認識什麼是「俗」而做的努力（現在則相反:多半把它理解為「俗文化」的「自我表現」或者「雅」向「俗」的「宣導」、「教化」了）。「俗文化」對「雅文化」的認知和歸附,則應稱為「通雅」,恰巧歷史上也有這麼一部字書,作者是明朝的方以智;它以明朝的文言（相對於上古之文,這是「俗」的）釋上古之「雅言」,故名《通雅》。這兩部書都失傳了,但「通俗」一詞後來十分流行,以至往往成為「俗」的同義語（動賓式的「結構內涵」被擦抹掉了）;「通雅」則至今尚未成為一個通用的辭彙。「通俗小說」是大家非常熟悉的名稱;「通雅小說」卻誰也沒聽說過。這也說明,在歷史上「小說」與戲曲一樣,長期被認為全是「通俗」的,進不了「雅文學」的殿堂的,金聖歎之所以「出格」,原因之一便是提出了「四大奇書」之說,把它們抬進了那個殿堂。

　　從「街談巷語,道聽途說者之所造也」的「小說」中特別劃出一類,另冠以「通俗」這個限定詞,可能是在宋元之後（張贛生先生則認為時在明代）,因為白話小說以文本的形式正式出現了:它比文言小說更加「通俗」（這個詞兒可能也從此時開始,具有了偏向於「俗社會」之「自我表現」以及由雅「通向」俗的含義）。

　　至於把小說分爲「新」的和「舊」的，並且把「通俗小說」視爲「舊文學」，那是「五四」以後的事兒。然而，現在那些站在「新文學」的「立場」鄙薄通俗小說的人常常忘記這樣一個事實：「五四」時期新文學攻擊以鴛蝴派爲代表的通俗文學時，其攻擊的鋒芒恰恰不針對它的「通俗」，而在於它的「舊」，因爲當時新文學追求的目標恰恰包括「通俗」。現代文學的歷史告訴我們：陳獨秀所提倡的「明瞭的、通俗的社會文學」，實際上含有想把精英話語化爲大眾話語的「灌輸意圖」，這裡的「通俗」涵義已不偏向於「雅文化」對「俗文化」的認知，而轉變成了對於「俗眾」的「啓蒙」。從語義變遷的角度考察，對於「通俗」的本義來說，這有點兒近乎「反訓」，不過這也不是陳獨秀們的獨創，而是宋元以來的「成見」。

　　有意思的是，作爲「五四文學革命旗手」的魯迅卻認爲：精英話語要化爲大眾話語是非常困難的。「大眾話語」屬於大眾，在絕大多數中國大眾還是文盲的情況下，不可能出現眞正的「大眾文學」。魯迅自己曾經嘗試用「明瞭的、通俗的」話語寫作〈公民科歌〉等，瞿秋白也寫過〈東洋人出兵〉，但是作爲「大眾文學」，這些嘗試都不成功（個人認爲，魯迅的〈門外文談〉倒是用「明瞭的、通俗的」語言申述精英意識的一篇好文章，但它仍是「精英文學」而非「大眾文學」）。而從這個意義上考察，延安時期出現的「工農兵文學」，其歷史地位卻是不可否定的，儘管「山藥蛋派」一類文學仍有明顯的「灌輸意圖」。再後來，很大一部分「文學精英」則發展到了不求「通俗」的地步，自以爲可以不必與「大眾」相通了。

　　從通俗文學一面考察，情況也很有意思。從晚清到「五四」前後，早期鴛蝴派作家引爲自豪的，倒在自己能以「晚周諸子之言」或「駢四驪六之文」作小說。他們認爲，與「引車賣漿者言」的新文學相比，自己倒是「雅」的。直至新文學佔有主流地位之後，這種情況才發生變化：使用「引車賣漿者言」的新文學自認爲「雅」了；向新文學「學習」，也使用「引車賣漿者言」的鴛蝴派轉而自認爲「俗」了；再進一步，「雅」被等同於「新」，「俗」被等同於「舊」了。其實，在中國現代文學史上被鄙薄爲「俗」、也自認爲「俗」的通俗文學，絕大多數也不是「俗人」的「自我表現」，而是那些不被視爲「精英」的文化人寫給「俗眾」看的東西，其中固有無數粗製濫造之作，包含許多「媚俗」的內容，然而卻也表現著一種「灌輸意圖」。就此而言，它與新文學也並不對立，而是有著相似之處的。眞正屬於「俗眾」自己創作的文學，應該稱

為「俗文學」，鄭振鐸著有一部《俗文學史》，就是民間文學史，而不是作家文學史；我們說的「通俗文學」，其實仍是一種作家文學。

囉嗦半天，無非說明「雅」也好、「俗」也好，都有自己的歷史範疇，同時又都經歷著歷史的變遷。無論從語義、從史實、從文化－文學內涵上考察，它們都不是凝定的、不變的，而是既互相對立又互相聯繫乃至互相轉化的：你中有我，我中有你，你可以變成我，我可以變成你。企圖把現代文學史描繪為一部「有我無你」的歷史，本身就是「反歷史」的。這是本人長期從事這種文學史教學之後經歷過的一種「反思」，也是一種有點兒沉痛之感的教訓。

2005-1

張贛生之通俗文學研究

　　贛生兄過早地離開了人世。我們失去了一位摯友,通俗文學研究領域失去了一位傑出的學者。但是,正如他的耿介義烈和古道熱腸將永存於友朋心中,他的研究成果也將永在學術領域閃耀光芒,並將不斷地遺惠來者。

　　《民國通俗小說論稿》(以下簡稱《論稿》)是贛生通俗小說研究成果的結晶。評介一位學者的學術成果並非易事,即使他是相當熟悉的朋友;所以,本文所說的仍是一種「我見」──我所認為的贛生的通俗小說觀(主要以《論稿》為討論對象)。

正本清源

　　在現代文學史教科書裏,民國通俗小說一直沒有地位,這是因為「五四」以來以「鴛蝴派」為代表的通俗小說一直處於被否定的境遇;所以,研究民國通俗小說,首先面臨一個「正名」問題。贛生在其《論稿》中是就訓詁和鑒史兩方面,從根源上來解決這一問題的。他指出,「俗」字的古義是「風俗」、「民俗」,雅俗對立則原指中夏語言與方言之對立,因此就語源和歷史狀況而言,「俗」字原來均無貶義。「通俗」一詞則本義有二:一為與世俗溝通,一為通曉風俗,用諸小說主要指前者,而與後者也不格迕。因而「小說」一詞,自出現之初,「它就與『通俗』牢牢栓在一起」了,只不過原指知曉風俗,後則偏重於指溝通世俗而已。所以在中國,凡小說本來都是通俗的(贛生認為「通俗小說」一詞的出現,應「歸疚」於馮夢龍的一次「誤會」,詳見《論稿》第7、8頁)。

　　贛生的上述觀點,可謂正本清源之論。按「小說」一詞,在西方原本也

含有知風俗、通世俗之義。據說英文的 novel，法文的 nouvelle，都源於古意大利文的 novella，意為「描寫世態的小話」，這一含義，與《漢書‧藝文志》「街談巷語，道聽途說者之所造也」的含義頗為相似。看來在西方的歷史上，凡小說，本來也都是通俗的；大概到了出現「先鋒」型小說之後，才有了非通俗和通俗的區別。中國的情況似乎要複雜一些。贛生在《論稿》中說，陳獨秀〈文學革命論〉首倡「三大主義」，其一便是「推倒迂晦的艱澀的山林文學，建設明瞭的通俗的社會文學」，可見「五四」文學革命興起之時，不僅不反對通俗，而且是提倡通俗的。至於新文學的反對通俗小說，「其實質不過是西方小說傳統與中國小說傳統之間的衝突而已。」

　　這裡涉及中國現代文學史和中國現代文學觀念的複雜內涵，不妨多說幾句。「五四」當時的雅俗觀念與現在恰恰相反，當時之所謂雅，指的是文言文，白話文則被視為俗。這就是陳獨秀們之所以提倡「通俗的社會文學」的原因之一。雅者正也，當白話的新文學取得正統地位之後，雅俗觀念就顛倒了：白話新文學成了雅，駢四驪六的鴛蝴派文學和後來那些雖用白話寫作，卻在內容和形式上都偏向傳統的小說就成了俗。新文學於斥責鴛蝴派思想觀念之陳腐的同時，也把中國的小說傳統視為陳腐，並在某種程度上忽視了小說「溝通世俗」的本質和功能，這反映了五四文學革命的偏激一面。但是，從三十年代的「大眾化」討論開始，新文學陣營中的有識之士開始注意如何使新文學走向大眾，也就是如何通俗化的問題；當然，他們探索的主要是西化的新文學小說如何與世俗實現溝通。但是，這一問題的提出，也使他們把目光重又轉向保持著中國傳統的通俗文學，於是在中國現代文學史上，就出現了四十年代前後新文學和通俗文學由互滲而發展到有所整合的勢態（我曾以「李紳」為筆名，在《通俗文學評論》1995 年第 2 期發表〈也談雅與俗〉一文，討論過上述問題；最近蘇州大學徐德明君在其博士學位論文《中國現代小說系統雅俗流變論》中、孔慶東君在發表於《通俗文學評論》今年第 2 期的〈抗戰前通俗小說掃描〉一文中，均系統地討論了這一問題，可以視為對贛生上述觀點的回應和拓展）。現在通俗文學研究之登上學術殿堂，應該視為上述歷史趨勢的必然結果（當然，其間還經歷了幾十年的大曲折）。

史觀史識

　　有的研究者考察通俗文學時，往往把注意力集中在民國初期至三十年代

的鴛蝴派小說，這可能反映著兩種情況：或者對四十年代的史料不熟悉，或者囿於「舊派小說」之見，認爲三十年代以後通俗小說已經走向末路（兩種情況又是互爲因果的）。贛生認爲，民國通俗小說的發展可以分爲三個階段：1912 年至 1919 年爲第一階段，是由晚清小說向民國小說的過渡期；1920 年至 1929 年爲第二階段，是南派小說的繁榮期；1930 年至 1949 年爲第三階段，是北派小說崛起和民國通俗小說成熟的時期。他的觀點與前一種看法的差異是顯而易見的，集中表現於對北派的重視和對四十年代通俗小說成就的高度評價（這二者也是互爲因果的）。但是，他的觀點的背後，還有更加深沉的思考。

如前所述，贛生認爲新文學小說和通俗小說的對立，實質上是西方小說傳統和中國小說傳統的對立，而通俗小說的存在、發展及其在民國時期所達到的成就，恰恰證明了中國小說傳統的生命力。是否承認民族文化傳統的生命力，關係到文化發展觀等重大問題。現在，一般地說，理論界誰也不會否認民族文化傳統；但表現在評價通俗小說這樣的具體問題上，情況就不同了：至少「五四」後的許多新文學理論家，在相當長的一個階段裏，是否定中國小說傳統，特別是否定其現實生命力的，而這種觀點至今還有形無形地存在於對通俗小說的偏見中。

劉彥和云：「通變則久」；又云：「通變無方，數必酌於新聲」（《文心雕龍‧通變》）——文章的發展變化，總是要表現在後代作品之中的。這裡說的雖是文體「通變」的規律，實亦概括了文化傳統「通變」的規律。贛生在其《論稿》裏，通過民國通俗小說創作發展過程的追索和大量作家作品的剖析，勾勒出「五四」以來中國小說傳統通變革新的軌跡，相當全面地探討了促成這種發展的內外動因和推力拉力。

他在考察第一階段時，表現出一種與眾不同的「偏執」：他對以徐枕亞爲代表的鴛蝴派早期言情小說著墨甚少，這固然是《論稿》體例使然（該書不談民國時期以文言創作的通俗小說），另一方面也反映著贛生的見解：他認爲此類小說就精神實質而言，與晚清小說無甚區別，對於考察民國通俗小說，價值甚微。另一方面，他稱孫玉聲、曾樸、張春帆、包天笑爲「民國通俗小說界的元老」，其中對包天笑評價尤高，因爲「他是四元老中唯一具有民國新風貌的人」。這種「偏執」反映著他的史識和價值標準：以有所繼承、有所革新爲民國通俗小說的價值所歸。他之以向愷然（實際上還有趙煥亭）、張恨水

為第二、三階段的「轉折人物」，同樣反映著這樣的價值選擇。

當考察民國通俗小說向革新方向演進的軌跡時，他在剖析作家作品中實際主要揭示了三方面的動因。

第一，時代和社會的變化推動了通俗小說的演進。例如，談到李涵秋時他指出：「五四」的一代「是深刻思考的一代，時代需要的是深沉的思想，而不是罵得痛快」；加以民主觀念的世俗化，就促成了社會小說以至言情、武俠等小說對「現實主義」的趨歸（這種「現實主義」當然是不同作家心目中的、有著不同理解的「現實主義」，儘管武俠小說在本質上甚至不可能是現實主義的）。考察這一問題時，他也充分注意到了商業化、報章化因素的積極作用和消極影響。

第二，作家的經歷、學養等形成的「現代」型素質，自然地表現為創作中的現代因素。例如向愷然的《留東外史》雖有濃厚的晚清小說遺風，卻在如實描繪異國風情和心理分析方面顯示著新的風貌；趙煥亭的說書語氣看似陳舊，而其藉此「袒露自身」的話語策略，卻流露著「作者對自身的存在的自覺」。時代的、文化的新潮，影響著創作主體的素質，從而推動了中國小說傳統的變革，這是外因通過內因起了作用。

第三，通俗小說作家自覺地吸收包括西方文化傳統在內的新文化素養，自覺地在創作實踐中對中國小說傳統實現革新。《論稿》在分析顧明道、張恨水、劉雲若、宮白羽、王度廬、耿小的等作家時，都指出了這種情況。贛生說：顧明道之「所謂『冒險體』或『理想小說』，顯然是接受了西方的小說觀念」；張恨水的整個創作生涯裏，「他在思想上的求新仍未稍懈」；劉雲若「對五四以來的新文學也並未有落後」（見所引劉葉秋語）；白羽「更加熱衷於新文藝，信奉歐洲文藝理論」，「努力要在小說中體現出現實主義的方法」；王度廬「內心深處所尊崇的實際是新文藝小說」；而在論耿小的時，贛生則徵引耿氏〈論幽默〉等文，指出其中分明有著小泉八雲的影子（按耿氏曾撰專文介紹小泉八雲，我訪問他時，他又說起也很贊成魯迅的幽默觀，而魯迅的幽默觀也受小泉八雲的影響）。贛生論張恨水時有一段總括性的結論：「他一方面承認自己的作品有消閒作用，並不因此灰心；另一方面又不滿足於供人消遣，而力求把消遣和更重大的社會使命統一起來，以盡其應盡的天職。他能以面對現實、實事求是的態度對待自己的工作，在局限中努力求施展，在必然中努力爭自由」。除對通俗小說寫作之意義的自我評價有所差異外（白羽等對寫

通俗小說常流露出自卑心理），我認為這段評論基本也適用於上面提到的所有那些傑出或較傑出的民國通俗小說作家。

《論稿》上篇談及民國通俗小說和西方影響的關係時也有一段結論性的話：「民國通俗小說的變化與西方小說沒有必然的直接關係，它與西方文化的關係是通過了中間環節的間接關係，這個中間環節即中國的社會風俗，西方文化影響了民國社會風俗，民國通俗小說又隨社會風俗之變而變。」（第25頁）我以為這段結論是不夠周嚴的——只要將它與上面所述三種動因加以比照，不難發現它涵蓋不了第三種動因。看來，贛生的「分析」，有時是大於「思想」的。至於他所沿用的「南派」、「北派」傳統概念（「南派」、「北派」的說法可能並非源於魯迅的〈有無相通〉），當分析不同作家之間的相互影響時，這組概念主要偏重於風格，如顧明道之於朱貞木，張恨水之於秦瘦鷗（但也未嘗不含地域內涵：南方作家大體陰柔、細膩，北方作家大體質樸、嚴謹；然而，分析具體作家，特別是那些個性獨特的大家時，情況往往相當複雜，例如還珠樓主就兼有北地之豪放、南國之陰柔以及蜀中之雄奇）。當他闡述民國通俗小說歷史的演進軌跡時，這組概念則偏重於地域：民國通俗小說的成熟，確實完成於張恨水等北方作家。這是因為，他們雖是立足於中國小說傳統的通俗作家，卻能相當成功地取「雅」（包括某些西方藝術傳統和中國新文學素質）化「俗」，從而較好地實現了中國小說傳統的通變革新。

「斯斟酌乎質文之間，而隱括乎雅俗之際，可與言通變矣。」（《文心雕龍·通變》）周振甫先生闡釋劉勰這一觀點時說：「雅的不要偏於古而不適於今，俗的不要偏於今而有訛淺的缺點，所以要加以矯正，使雅而不古，俗而不訛」。此一道理，難道只適用於通俗文學史嗎？這是值得我們深長思之的。

審美談藝

贛生是一位造詣頗深的美學家，他在《論稿》中對民國通俗小說進行綜合研究、對有關作家作品進行個案剖析時，闡發了不少美學見解。這些見解涉及本體論、創作論、風格論、鑒賞論等美學範疇，有許多是他潛心品味研究對象之後得出的獨到體會，不僅有助於欣賞作品、把握風格、瞭解作家，而且作為藝術規律，也甚發人深省。

作為對中國小說傳統的總體把握，他提出「演義性」、「章回體」、「程式化」三大特性。

在評論何海鳴等的作品時，他曾強調指出「載道」不屬於他所說的中國小說傳統。在他看來，中國小說傳統的「演義性」，體現爲《三國演義》式的「演述義理」，即作家對歷史和社會生活及其判斷的藝術表現，「義理」也包括作家的人生體驗、情感體驗。他還強調指出，「演義性」是和「寫意性」緊密相連的，它是「重己役物」的中國哲學精神滲透到藝術領域，而形成的「一套完整的『役物而不役於物』的傳統小說藝術觀念體系」。重己役物，就創作而言是講作者與素材、與自己的作品的關係，就鑒賞而言是講讀者（觀眾）與鑒賞對象的關係。贛生認爲中國的小說傳統更強調主體精神對「物」的改造和介入，正是在這樣的意義上，他認爲「按中國的傳統觀念，小說藝術本來不講究寫實」（《論稿》第 190 頁）。也正是從這樣的美學原則出發，他對許多通俗小說作家及其作品的成敗得失作出了精彩的評價。

例如，論及蔡東藩時他指出，蔡氏之失在於走了一條「拘泥於史實，一力去考證，辨僞」的「非藝術家的路」，強調求實，膠瑟求柱，結果是找不到文學性；而當蔡氏「一旦無史籍可據，想膠柱也無柱可膠，不得不依賴傳說，不得不加以想像」時，他的文章反而倒有起色了。論及董濯纓時他指出，「正由於董氏不斤斤於考證事實，而多採逸聞傳說，才增強了《新新外史》的『演義』性」，其不足則在觀念、識見的淺薄。前者之失在於未能「重己」，後者之失在於「己」之不「重」。論及姚名哀、陳慎言時，他認爲民國通俗小說注重新聞性、寫實性是一種進步，但若作者的想像力因此而被素材束縛住了，那麼作品也就難臻上乘。對秦瘦鷗的《秋海棠》贛生評價甚高，認爲其成功的主要原因之一，即在於創作時間與素材事件的發生時間拉開了十年的距離：「只有拉開這一段時間距離之後，社會與作者都由熾熱轉爲冷靜，才有利於把一個眞人眞事的醜聞改造成充滿人道主義精神的《秋海棠》。」《秋海棠》的藝術生命力遠遠高於姚、陳二人之作，秦氏「待時」反而更「入時」，姚、陳一心追求「入時」，反在相當程度上「失」了「時」，其原因蓋亦在於處理「己」與「物」的關係火候有別。

「寫意」比「演義」更加「重己」。在本體論的意義上，「寫意」與「言志」有聯繫，更注重主體精神和情感體驗的張揚，贛生極爲推崇還珠摟主，即出乎此。白羽雖然亟欲在自己的小說裏運用「現實主義方法」，贛生卻說：「白羽之寫社會黑暗正像還珠寫自然風光一樣，是一種按捺不住的熱望，一有機會就要借題發揮，不過還珠按捺不住的是愛，白羽按捺不住的卻是恨！」

這也是從「寫意」的美學價值立論的。

作爲創作論和鑒賞論,「寫意」更注重想像的作用,更講神遇、意會。作者、讀者(觀眾)都以把握、表現(或領會)「物」所內涵的神髓、神韻爲得趣。談及鄭證因對武術的虛寫時贛生指出,鄭氏常於武打場面中以各種武術「口訣」來代替動作描寫,因爲「這些被列爲『訣要』的字,實際也有一定的形象性,足以啓動人們的想像力」,所以「同樣也使讀者感到活靈活現」;由於這是化實爲虛,讀者於是在神會中得到了特殊的審美享受。「寫意」又並不排斥寫實,傳統戲曲《拾玉鐲》決不能置實景、上實物道具,然而孫玉姣的穿針、引線、趕雞、喂雞等動作卻完全是「寫實」的,近乎繪畫中的白描。贛生非常欣賞王度廬《寶劍金釵》裏一段描寫俞秀蓮、李慕白的文字,王氏主要通過人物語言揭示了俞秀蓮在愛情上的兩難處境,除心理描寫外,皆是白描。贛生說,這段描寫之妙,在於寫出了「勢」,「一個小說家不但要善於寫文、寫事、寫情,更要善於寫勢」。這裡所說的「勢」,當指環境、情節、人物關係、人物語言等所內含的張力,只會「寫事」者表現不出這種張力,惟有善「寫勢」者才能使自己的描寫具有張力,惟有善「審勢」者才能品味出這種文章所內含的張力,這也是作者和讀者的神遇和意會。由此贛生又引出一番「正格」、「側鋒」之論:他認爲,王氏筆下的玉嬌龍等形象固然生動,然而究屬「側鋒」,只有俞秀蓮這樣看似無甚特點,實則內蘊深厚的「正格」形象才最難寫,寫好了也就最見功力,最能顯示大家風範。

贛生曾引用侯定超爲《綠野仙蹤》所作序裏的一句話:「夫天下大冷人,即天下大熱人也。」在贛生看來,張恨水、劉雲若、還珠樓主、白羽、王度廬等大家,皆是「大熱人」。談及耿小的之滑稽小說時他又說:「那些笑話中,貫穿著一種東西,這就是作者對現實世界的感慨,這種感慨使那些一段段的笑話有了脊樑骨」。作爲一個通俗小說作家,精神深處有無「大熱」,有無「脊樑骨」,也是「重己」重到什麼程度、什麼火候的問題。這是中國小說傳統能否得到繼承,繼承得是否到家的根本。

從上面談到的《拾玉鐲》一例可知,「寫意性」與「程式化」又是互相聯繫的。贛生談及中國小說傳統的程式化問題時說:「能看到程式化形式背後更深層實質者,便能活用程式化;僅看到程式化形式者,便難免流於一般化、公式化。」所謂程式化背後的實質,我以爲主要即指寫意性。贛生論徐春羽,批評其運用程式化方法未臻爐火純青之境,因爲徐氏在小說裏照搬戲

曲的臉譜化方法，未能使之化爲小說的有機程式。他論劉雲若，則謂劉氏長於寫意，而其寫意頗得力於程式化之運用得法，這是因爲劉氏善於把「兩三組『三小』（按指戲曲中之小旦、小丑、小生，即具有類型特徵的人物形象）錯綜交織在一起，再穿插以淨、末等角色，且能寫出各自的個性，在類型化中求得多樣化」。這裡我想補充幾句：劉氏運用程式化之成功，還在於他自覺地化入了西方小說技巧。他自謂向有「比肩曹、施，而與狄（更斯）、華（盛頓・歐文）共爭短長」之志，他筆下的人物頗有「變形寫實」的形象特徵，而這正是狄更斯的長處。不僅人物描寫如此，劉氏的小說構思也是如此，除繼承中國藝術的程式化傳統外，又包含著對西方小說藝術的自覺取法，這種現象也反映在白羽等的創作中，是非常值得注意的。《通俗文學評論》今年第 2 期所載〈西方通俗小說：研究及其他〉一文介紹了西方通俗文學理論中的「模式小說」論，這證明正如贛生說的，西方藝術也有程式化、也講程式化。應該說，劉雲若、白羽等在其創作實踐中消化西方藝術營養，以助中國小說傳統之通變，表明了他們的某些認識至少不比我們的通俗文學理論界落後。

關於風格問題，贛生從「重己役物」的哲學思想出發，強調得中、適性，即所謂逐物實難，憑性良易。《論稿》中說：「火」與「溫」都不是絕對的，周信芳和馬連良相比，似乎前者「火」而後者「溫」，其實前者並不「火」，後者也並不「溫」，因爲他們都得中、適性。還珠樓主雄宏險怖，朱貞木小巧奇詭，就得中、適性而言，對二人亦無可軒輊，因爲都是憑性而得度的；然而，就主體素質之渾厚、豐贍而言，後者又畢竟遜於前者，但這已是品位問題而非風格問題了。

關於「章回體」，贛生認爲其仍有生命力之處在於充分考慮讀者的欣賞習慣和欣賞環境（如柁梁式結構之運用等），以及集表、白、評於一身的敘述模式。如前所述，他很注意民國通俗小說作家在運用章回體方面的通變，這也屬於他所說的「祖意的反思」——「『反思』不是復古，而是自我完善」（《論稿》第349 頁）。另一方面，他也指出「『說書口吻』的淡化乃至消除，以及嚴謹的章回格式被改造爲不嚴格的章回形式」，乃是民國通俗小說演變的大趨勢。

論人衡文

《論稿》以南方通俗小說作家 12 人、北方通俗小說作家 14 人各列專篇，加以評介。這 26 篇評介構成全書的基礎和主體，所評確切精當，見解深刻獨

到，除前面已經論及者外，還有不少值得介紹之處。

　　總體而言，通俗小說作家都注重「適俗」、「趨時」，注意分析讀者興趣，追趕文化市場時尚，然而他們並非都是成功者。贛生對那些成功者、并非完全成功者和基本不成功者（如蔡東藩）的分析，都十分注意考察內因與外緣的契合情況。他認為，民初上海通俗文壇「淫啼浪哭」的氣氛和本人「腿殘、留校執教、參加星社」這三件事，影響著顧明道一生的文學事業。處於那種文壇氣氛之中，加上「生活面狹窄」和「多愁善感」，「寫言情小說自然是最方便的，他可以坐在家裏憑自己的情感體驗來打動讀者，只要情感誠摯，哪怕寫的只是他個人的小天地，也總會有其可取之處。」這就決定了顧氏作品的「脂粉氣」；當向愷然引發的武俠熱掀起，顧明道隨而趨之的時候，「脂粉氣」之滲入《荒江女俠》，也就是必然的了。這既為「武壇」帶去了新鮮感，也暴露了顧氏作為一個武俠作家的不足。論及還珠樓主時，他特別注意其「山水癖」，認為還珠應邀寫武俠小說時，面對著一個如何使主觀願望與客觀條件協調的矛盾。「直到他把神話和自然美結合起來，才找到了最佳的突破口」，其作品中的自然風光描寫，也就遠遠突破了交代背景和渲染氣氛這兩個層次，而成為對自然風光所激發的詩情的宣洩，獨特的審美感受的張揚。還珠的這種詩情，與其融儒、道、禪於一體的文化素養，「不失其性命之情」的真情，交匯激蕩，形諸文字，使他的才華得到了盡情發揮，也使他的作品成為別人無法模仿的上乘之作。作為比較，贛生還指出，趙煥亭的傳統文化修養不薄，並且深知人情世故，善於摩寫世態，但他「沒有以自身條件為主設法使主客觀條件協調，而是屈從於報刊所需，捨己所長，去寫技擊」，這正是其成就不及還珠的主要原因之一。

　　贛生本人藝術修養全面，審美悟性極強，故品評作家作品每能抓住神髓，以一語加以精確概括。他首創北派武俠四大家之說，已為海內外學者普遍接受。他對四家各有二字評語，曰還珠「奔放」，白羽「冷峻」，鄭證因「粗獷」，王度廬「細膩」。他對張恨水和劉雲若加以全面比較，說張氏「偏重社會」，劉氏「偏重言情」；張氏「比較客觀」，劉氏「比較主觀」；張氏一生追求藝術上的變化，劉氏一貫保持自己的作風；張氏較為寫實，劉氏更多寫意；張氏頗中和，劉氏甚潑辣。這種品評，近乎傳統文論中的「詩佛」一派（似亦可稱之為「寫意」性的文藝批評），而又滲透著科學精神，很能收「殺縛事實，銖兩悉稱」之效。

在價值標準的掌握上，他注重科學性、客觀性、歷史性和全局性，而不主張從個人喜好出發。王度廬夫人李丹荃女士曾對他說起，覺得王先生的言情小說更有味道；我從個人偏好出發，亦有同感。贛生則認為：「從中國文學史的全局來看，王度廬的言情武俠小說大大超越了前人所達到的水準，是他創造了言情武俠小說的完善形態，在這方面，他是開山立派的一代宗師。」「評價王氏的貢獻，不光要看他的哪一部小說寫得好、寫得有現實意義；更要看他在中國文學發展的全局中有哪些獨到之處。」他的觀點無疑是對的。

精當、深刻的學術觀點，必以大量原始資料的佔有和鑒別為前提。《論稿》中不僅資料豐富，而且考證也很見功力，如對「武俠小說」作為專稱之始原的考證（第 87 頁）；對葉小鳳《古戍寒笳記》中袁停雲這一人物的原型之考證（第 47 頁）；對趙煥亭之生年、《梨園外史》之主要作者的推論（第 185、237 頁）等等，均頗精彩。

據我所知，贛生原有撰寫通俗文學史和武俠小說史的計劃，《論稿》只是一個中間成果。生也有涯，知也無涯。他的許多願望都未能實現，真是抱恨彌天！可喜的是，現在已有不少青年學者加入到這支學術隊伍中來，並已顯示出他們的朝氣和實力了。贛生地下有知，一定是非常欣慰的吧！

1997-6-20

俠義靈魂與人文精神
——《臺灣武俠小說發展史》序

　　作為一個也曾涉足武俠小說研究的大陸學人，拜讀葉洪生先生、林保淳先生合著的這部《臺灣武俠小說發展史》，我既獲益良多，也有不少會心之處。

　　本書第四章第二節引有溫瑞安的一段話：「武俠小說是最能代表中國傳統文化精神的，它的背景往往是一部厚重的歷史，發生在古遠的山河，無論是思想和感情，對君臣父子師長的觀念，都能代表中國文化的一種精神。」是的，武俠小說是中國特有的一種文學類型，儘管一直被劃入「次級文類」，然而對於海內外、境內外的許多華人來說，它簡直就是「中國」的象徵，承載著中華文化的昂揚、豐美和厚重，化為他們夢裏「迷人、醇香的」佳釀。

　　中國的傳統俠義小說，於清朝末年、民國初年而生一變，二十世紀二十年代又生一變，三、四十年代再生一變。這些嬗變，反映著此一文類從「古典型」向「現代型」發展的過程——這裡所說的「現代」，既是相對於「古代」的時間概念，同時又是一種文化概念，即指「非古典」的人文精神。在我看來，辛亥革命和五四運動都是中國「現代」人文精神的集中體現；三、四十年代出現的「北派五大家」，則於繼承傳統的同時又對傳統有所揚棄，使這種人文精神明顯地滲入自己的作品，把民國武俠小說推向一個巔峰。

　　作為「俠義精神」的文學載體，古代俠義小說描繪俠者及其俠義行為，普遍關注的是建功立業、除暴安良之類屬於「外部」範疇的「價值體系」；古代作家筆下那些「文學的俠客」，常被描述為「超人」式的「救世主」。對於這些主人公的「內部世界」之缺乏關注，與對其「外部行為」的踔屬張揚，形成了多數古代俠義小說的「內在反差」。直到三、四十年代之前，儘管出現過若干變化，但是多數武俠小說依然未能擺脫這一傳統。就此而言，新文學

陣營的理論家指責武俠小說只能讓小百姓在「白日夢」裏出幾口「不平之氣」，而不能使他們明白什麼是「人」，這種批評是頗有道理的。我以爲「北派五大家」的主要貢獻之一，便是藉「武俠」寫「人」，揭示出「俠」的「人性」和「人間性」，賦予「俠義精神」新的闡釋。

　　「北派五大家」寫的雖然仍屬「英雄傳奇」，但是他們在相當大的程度上顛覆了那個自古以來把俠客宣揚爲「救世主」的「白日夢」。在白羽的筆下，「好人也許做壞事，壞人也許做好事」；「好人也許遭惡運，壞人也許獲善終」（《話柄》）。白羽作品裏的「好人」們，固然也做「除暴安良」的事，然而他們往往發現：靠自己的力量，「暴」是「除」不完的；他們雖也「安」過幾個「良」，最終常連自己也「安」不成！至於那些「壞人」，除了性格的偏狹之外，其「惡行」多有「社會」和「人情」的根源；他們中間有人極想改過，但是「好事」做得再多，卻仍不能見容於世。在揭示「反派人物」的「人間性」上，鄭證因與白羽有著相似之處。至於王度廬作品裏的俠士、俠女們，其行爲動力集中於爭取、維護自己「愛的權利」，因而明顯地透露著「個性主義」的色彩。這幾位作家寫「俠」，都從頌揚「人格」進展到了刻畫「性格」，王度廬更將個性刻畫推進到人物心理：他的主人公們在與「外部敵人」拼鬥的過程中，都不同程度地體驗到了最大的挑戰恰恰來自「自我」（既是 Self，也是 Ego）。與上述作家不同，還珠樓主敘述的是最爲荒誕不經的「仙魔」故事，然而神馳八極的奇想之中，同樣滲透著深刻的生命體驗，其間還有廣泛、精闢的文化闡釋，這是另幾位作家不能企及的。他在揭示人性樣態的多面性和內涵的複雜性方面，也比另外四家更爲獨特、豐繁；浪漫主義的創作方法，則使他筆下的故事和人物閃出綺麗、炫目的光彩。上述作家已經顯示出突破章回體的不同努力，而朱貞木則在這一方面做出了更大的貢獻。「北派五大家」雖被稱爲「舊派」，但是他們的「內在文心」，確乎已經蘊含著「創作的『新』與『熱』」（墨嬰〈《偷拳》序〉）。

　　然而，中國大陸武俠小說的發展流程，至「北派五大家」卻戛然終止了，猶如一條蜿蜒伸展的道路，突然碰到萬丈絕壁。對於大陸讀者來說，這一終止意味著長達三十年的「空白期」。然而，改革開放之後，他們驚喜地發現：民國武俠小說的發展流程原來並未中斷，而是由臺灣和香港兩地擔當起了「存亡繼絕」的責任！那條蜿蜒伸展的道路，不過是在懸崖面前分成兩支「岔道」，並且終於迂迴到大陸，形成了「合流」！洪生先生和保淳先生在這部《臺灣

武俠小說發展史》裏，就為我們詳盡描述了五十年來臺灣武俠小說自草創、興盛至低回、衰微，直到「轉向」、「登陸」的過程。這一過程包含兩類圖景：第一類由為數眾多的作家作品構成，屬於文學本體；第二類屬於相關的背景，包括社會、經濟、政治、商業、文化、傳媒等等範疇，它們與前一類交錯共生，構建起互動關係。這種互動，既可能促進、也可能促退，既可以包含積極因素、也可以包含消極因素，既有對應、也有錯位，形成一道又一道環環相扣、錯綜複雜、光怪陸離的立體景觀。

本書將臺灣武俠小說的發展過程分為四個時期：發軔期、鼎盛期、退潮期和衰微期。據我體會，發軔期又包含兩個階段：延續「北派五大家」餘烈的「草萊」階段，以及漸開新局的「發展」階段。對這兩個階段的描述之中，包含著洪生先生和保淳先生兩大學術貢獻：其一，釐清了臺灣武俠小說的淵源；其二，使司馬翎這顆「蒙塵的明珠」重現光輝。

關於臺灣武俠小說的淵源，本書揭示：早在梁羽生、金庸分別發表第一部作品之前，臺灣作家夏風、郎紅浣、孫玉鑫等已經發表了至少七部長篇武俠小說；成鐵吾、太瘦生的「出道」時間，則與金、梁不分先後。這些在臺灣開闢草萊的武俠作家以及繼起的其他作家，其創作靈感、敘述模式和風格樣態，均直接來自「北派五大家」或者與之具有密切關聯。至於港、臺兩地「武壇」發生廣泛交流，金庸和梁羽生對臺灣作家逐漸產生「橫向影響」的時間，當在六十年代之後，其時臺灣武俠小說諸名家均已登場，各流派亦已形成，包括極具「先鋒性」的古龍，也都嶄露頭角了。凡此足以證明，臺灣武俠小說是直承四十年代民國武俠小說的淵源，自足地發展滋長起來的。所以，「早期臺、港兩地的武俠作家皆為『道上同源』——他們共同立足於中華文化土壤，也都師承於『舊派武俠』，在創作基礎上並無若何差別。惟以彼等遭逢世亂，流寓海外，遂自覺或不自覺地將這一分離鄉背井的失落感投射到武俠創作上來，聊以寄託故國之思。」（本書第三章第三節）這便雄辯地說明：臺、港兩地的武俠小說發展史，實乃中國現代武俠小說史的延續。它們雙峰對峙，兩水並流，填補了大陸武俠小說史的一段空白，對中國現代通俗文學的發展、繁榮作出了重大貢獻。

臺灣武俠小說家多達三百餘人，其中「真正談得上有自覺意識、亟欲突破創新的大家，屈指數來，不過司馬翎、古龍兩位而已。」（本書第三章第二節）洪生先生曾在論文中說：司馬翎「是以『舊派』思想為體、『新派』筆法

爲用。其變以『漸』不以『驟』的「介乎新、舊兩派之間的關鍵人物」。(〈世代交替下的「武林奇葩」——司馬翎的武藝美學面面觀〉)保淳先生也曾在論文中說，司馬翎的地位之所以重要，在於他的創作跨越臺灣武俠小說發軔期和鼎盛期兩大階段，個人風格凡經三變，「頗足以視爲一個縱觀武俠小說發展歷史的縮影。」(〈蒙塵的明珠——司馬翎的武俠小說〉)他們在本書中，則將司馬翎置於「武壇三劍客」的另兩位——臥龍生和諸葛青雲——之間加以論述，又在評介「鼎盛期」的諸多流派之時分析他對同輩作家的影響，從而進一步豐富了上述觀點。

司馬翎承上啓下的地位和作用，在很大程度上似亦集中於「現代人文精神」。他由注重揭示人性的複雜性及其內部衝突到弘揚「新女性主義」，恰恰體現著人文精神在現代武俠小說中的一段發展進程：竊以爲「女性主義」的精髓在於追求人性的平等、自然和完善(就此而言，「女性主義」也許可以視爲「人性主義」)。所以，司馬翎的自覺彰顯女性自主意識和「女智」，確乎比「北派五大家」前進了若干步。他筆下那些以儒、墨立心的俠者的恢宏氣質，他對「情」和「欲」的既反「道學」而又富於道德感的闡釋，他的以廣博「雜學」爲基礎、以玄學爲靈魂的「綜藝武學」，他那影響深遠的「武打氣勢論」，以及與上述特徵互爲表裏的高華飄逸的文體，則綜合構建爲一個既立足傳統、又吸取新潮的「武俠人文系統」，對於「新派武俠」洵有「內造外爍」之功。

中國的武俠小說作家裏，古龍則是一個最自覺地不斷「求新求變」，最自覺地從西方和日本小說裏「偷招」，並能在實踐中一再實現自我突破的人。本書將他作爲臺灣武俠小說鼎盛期的代表，結合解讀作品，詳細分析、評述其創作風格亦經「三變」的過程，論證了他所體現的「新派」特徵。鑒於港臺「新派」掀開了中國武俠小說史的全新一頁，這一章的意義顯得非常重要。

古龍之「新」，在其「現代性」——這裡所說的「現代」，已是與二十世紀「現代主義」相聯繫的一種文化特質；與前面所說的辛亥、五四「現代人文精神」相比，是爲突破和飛躍。古龍顛覆了傳統武俠作品裏的「武林」和「江湖」，他筆下的武俠世界可以視爲「城市江湖」的象徵；古龍顛覆了傳統武俠小說的「武藝美學」，開創了「迎風一刀斬」式的「神韻派」武藝美學(除東洋「招式」之外，其間顯然還可見到司馬翎「氣勢武學」的影響)。更加引人注目的是，古龍突破傳統，創造出一個全新的「浪子／游俠／歡樂英雄」

形象譜系。這些「浪子」型的「歡樂英雄」，無須承載其先輩實際擔當不起的「綱常負荷」（這是前輩作家「強加」給「文學之俠」的），自主地宏揚自由意志，追求至性至情，重估著人生的價值。正如本書作者所指出的，這些「江湖浪子」身上，浸透著尼采所說的「衝創意志」（the will to power），那是一種「燦爛的、歡欣的、剛強的」、「無窮的生命力」，它「沉醉狂歡，為破壞一切形式與法則的力量，反抗一切限制，作不休止的鬥爭」（陳鼓應《尼采新論》）。在古龍的作品裏，還可以見到「孤獨者是最有力者」、「寂寞者是大歡樂者」、「愛你的敵人」這樣一些尼采式的哲學命題。凡此，都體現著二十世紀的「現代性」；這裡是否也隱含著臺灣武俠小說與臺灣「現代文學」的某種內在聯繫呢？對此，我只敢「妄想」，未敢妄言。

但是，古龍又沒有割裂傳統。正如他的「迎風一刀斬」式武學是以中華「武德」、「武道」為核心一樣，他筆下的「江湖浪子」們的血管裏，仍然流淌著先秦俠者「由任」、「尚義」的血液。本書作者還特別指出了古龍與「北派五大家」的血緣關係，我想補充一點：那些「江湖浪子」的體內，很可能找得到王度廬《風雨雙龍劍》主人公張雲傑的某種「基因」。張雲傑的身上雖無「尼采色」，然其性格偏於「狂」而遠於「狷」，他對「復仇」的厭惡，他應付尷尬處境時的爽快、狡黠和自嘲式的幽默，都顯示著某種「浪子氣息」，因而與江小鶴、李慕白輩大不相同（《洛陽豪客》裏的楚江涯，則可視為張雲傑式性格的延續）。對於古龍，這裡儘管未必存在《鐵騎銀瓶》與《多情劍客無情劍》那樣的直接影響痕跡（具見本書第二章第三節第七目），然而所含訊息或亦值得注意。

「為變而變走向不歸路」是一個十分貼切、醒目的小標題，準確地揭示了「求新求變」策略內部隱含的矛盾及其導致的危機。古龍自己說過，武俠小說應該更好地寫出「人性」，這本是他「求新求變」的目的。「為變而變」則把「變」當成了目的，實質是用形式（文體）上的「唯新是鶩」來掩蓋想像力的衰退，結果必然由「偏鋒」走向「不歸」。平心而論，溫瑞安在繼承古龍方面還是有所作為的，曾在「求新求變」的道路上繼續取得過一些成績。他追求武俠小說的「詩化」，未嘗不是一種新意。可惜的是，他又更把「為變而變」推向極端：古龍還慮及讀者需求，他則走向了只求自我表現；古龍行文還講分行，他則把「文字障」發展到了「表現主義」的「視覺效應」。背離通俗文學的本體性而去盲目追求「先鋒性」，被扼殺的只能是通俗文學。所以，

本書把溫瑞安列為「衰微期」的「主角」，顯示著明睿的史識。

通俗文學屬於商業文化，書商、讀者和作者的關係，形成了通俗文學的「動力機制」。在這個「動力三角」中，書商既是作者與讀者的中介，更是具有決定作用的樞紐。商業行為的目的是盈利，上述機制注重文學作品的商品性質，按照需求─供給法則、分配─交易法則和投資─盈利法則，推動文學作品完成自己作為商品的作用。需求─供給法則首先要求書商確定目標市場。通俗文學的出版商將目標市場定位於「大眾」這個最為廣大的消費群體，武俠小說應該適應這一群體的精神消費需求，它的「本體性」在很大程度上就是如此而被確定的。

美國學者阿薩・伯傑（Arthur Asa Berger）在所著《通俗文化、媒介和日常生活中的敘事》一書中引有這樣一段話：「所有文化產品都包含兩種因素的混合物：傳統手法和創造。傳統手法是創作者和觀眾事先都知道的因素──其中包括最受喜愛的情節、定型的人物、大家都接受的觀點、眾所周知的暗喻和其他語言手段，等等。另一方面，創造是由創作者獨一無二地想像出來的因素，例如新型的人物、觀點或語言形式。」所以，文化產品鏈的一端為「創造的作品」（例如「先鋒文學」），另一端為「樣式的作品」。後者正是通俗文學出版商所需要的商品，他們也正是按照這樣的「規格」向作家「下達訂單」的。這種運作方式走向極端，必然會令作家喪失自主性，變成純粹的「製作者」。

但是，文學商品畢竟又是「文學」，除一般的商品價值之外，它畢竟還有自身的價值體系，這一價值體系在總體上是傾向於「自主」和「創造」的。前面所說的「創造的作品」與「樣式的作品」兩端之間，有著一片非常廣闊的地帶，這正是那些並未喪失自主性的通俗文學作家可以馳騁的空間。那些眼光非凡的出版商，則會給作家留出這種空間，支持他們努力創作具有創造因素的樣式作品，從而建設健康的、有活力的文化市場。

本書第二章用了整整一節篇幅評介臺灣武俠小說市場上的「八大書系」，體現著作者對於通俗文學運作脈動及其商業規律的準確把握。他們對於「八大書系」的經營策略、各自擁有的基本作家群以及各家書系的功過得失，論之均詳；而對宋今人創辦的真善美出版社，尤其推許有加。作為「八大書系」的代表人物，宋今人的經營策略特色，在於十分重視「作家」／「作品」這個環節，在獎掖新人新作、宣導健康潮流、維護作家權益、推薦優秀作品等

方面極爲傾注心力。更加可貴的是，他還撰有不少評介作家作品、論述創作甘苦、標揭價值標準、提倡發展創新的文字，其中確乎貫穿著「道德理想」和「淑世精神」。雖然以「八大書系」爲樞紐的文化商業運作過程也還存在一些消極因素，但在總體上屬於良性互動，顯示著「市場」對通俗文學發生、發展的決定作用。

關於臺灣武俠小說「退潮期」和「衰微期」的到來，本書揭示了更爲錯綜複雜的因果關係：隨著經濟文化生活的飛速發展，特別是電視文化的迅猛崛起，前述「動力三角」逐漸失卻平衡，書商的樞紐作用更是大爲削弱。對於武俠小說的衰微，書業惡性競爭固然難逃其咎，然而它們又有自己的苦衷。例如，就「作家」環節而言，既有見利忘義之「文娼」（如色情派）的作祟，亦有「鳴高」之「超新派」的作繭自縛，又有「作者」向「編劇者」的紛紛蛻變，還有大批「招數用老」者的退出江湖；後三種情況，大概都是不能直接歸咎於書商的。再如，就「讀者」環節而言，固然存在「文娼」作祟的基礎（讀者方面變態的精神消費需求），但也存在大量「讀者」轉化爲「觀眾」的趨向；後一種情況的出現，顯然亦與書商無關，而且總體上似亦不能定性爲行業間的惡性競爭——電影、電視的發展，曾經促進武俠小說的行銷，然而最終卻導致讀者市場的嚴重萎縮，其間所含消息，非常值得深思。我以爲本書結尾至少業已包含下述結論或啓示：武俠小說的一時衰微，並不必然表徵著文化和社會整體發展進程的危機；歷史的前行，往往是不惜犧牲局部的。凡此，均反映著本書作者對於歷史行程及其深層漩流的辯證把握，可見史才，亦見史識。

武俠小說在海峽兩岸均曾遭到查禁，其命運卻頗爲不同。回顧相關歷史，確乎可以鑒今。

在臺灣，武俠小說之所以非但「禁而不止」，而且開創出一代輝煌，我以爲根本原因在於市場經濟未被取締；大陸則不然，二十世紀五十年代以後實行計劃經濟，印刷、發行、書業均被置於公權力嚴格控制之下，包括武俠小說在內的通俗文學，其生存基礎必然因之喪失殆盡。這屬於「硬環境」問題，不是很難理解；至於當年兩岸與「查禁」相關的「軟環境」問題，竊以爲更加值得加以比較考察。

本書列述有關史實之後認爲：「臺灣當局的禁書政策，自始即缺乏一套有效的政令及管理機制，不但『人治』爲患，而且時鬆時緊。」所見可謂切中

肯綮。臺灣查禁武俠小說的幾次「專案」，均由「保安司令部」、「警總」或「國防部」主導實施，「防共」、「恐共」、「心戰」態勢躍然紙面。凡是留在大陸的武俠小說作家均被「定性」爲「附逆」，從政策層面考察，這種「擴大化」的思維顯然粗糙之至；而把武俠小說分爲「共匪武俠小說」和「反共武俠小說」或「忠義小說」，則既表現著文藝常識上的無知，又說明查禁的著眼點其實不在「武俠小說」，而在「安全考量」——這又揭示了武俠小說在臺「禁而不止」的另一原因。關於金庸作品在臺遭禁的緣由，我對「《射雕》與毛澤東（〈沁園春・詠雪〉）掛鉤」之說是既相信又不完全相信的：從「秀才碰到兵，有理說不清」的角度，我相信此說，因爲這屬於不讀原著、率爾「抹紅」的典型低能勾當。二十世紀三十年代「國民政府」在大陸時，其書報檢查機構早就慣用此伎；大陸「文化革命」期間，亦曾屢用此法，以對知識分子進行「抹黑」。但從當年臺灣決策高層的角度考量，我不完全相信此說，因爲蔣經國、嚴家淦、宋楚瑜諸公，均非「粗人」之流；況且他們都愛閱讀金庸作品，決不至於看不懂其中諷刺、影射「文革」與「個人崇拜」的諸多情節（大陸有評論者對此十分推許，我卻不敢苟同，以爲就文學性而言，實乃敗筆）。所以，我想當年臺灣查禁金庸作品的根本原因，似乎還在其「人」之「政治色彩」；而 1973 年金庸的訪臺成行，則恰恰透露出決策高層對於「大陸政策」的某種思索。

本書第四章第五節內「『武俠研究』鳥瞰」題下，實已論及武俠小說在大陸遭禁的「歷史大背景」與「文化大環境」。作者認爲，1930 年代新文學家的立場，實爲「一種全方位的文化省思」，「決非僅僅在爭論單純的文學問題，而是借文學作一種社會批判與文化反思。」這也應該視爲對 1949 年後大陸文化政策指導思想所作的準確判斷：與當時的臺灣當局不同，大陸查禁武俠小說主要並非出於「保安」考量，而是「社會改造」大工程的一個極其微小的部分。在我看來，社會革命家和新文學家們那種「全方位的」「社會批判與文化反思」本身無可非議，應該檢討的是其中所含的「左」傾思潮。對於武俠小說來說，1949 年後最致命的打擊並非來自行政舉措，而是恰恰來自與公權力相結合的「左」傾文化思潮。我一直認爲，考察「左」傾文化思潮，必須回溯到 1930 年代的「無產階級革命文學」派（以「創造社」、「太陽社」爲代表），而其思想又與蘇聯「無產階級文化派」（以波格丹諾夫爲代表）如出一轍，該派理論要害似可歸結爲：傾向於否定文化遺產和「非無產階級」的現

實文化，傾向於把「非無產階級」的作家、藝術家視爲異端和敵人。當年這一派作家對武俠小說的批評並不很多，因爲在他們看來，連〈阿 Q 正傳〉都已屬於「死去」的「時代」，武俠小說就更不屑一顧了。1949 年後，這種「左」傾思維因與公權力結合而能量大增，其時魯迅與〈阿 Q 正傳〉雖然早已得到「平反」，但是包括武俠小說在內的「市民文學」，仍被置於不屑一顧的「死地」。

從宏觀上看，「左」的危害在大陸確乎經歷了一個由微至著、由局部至全局的過程，其間有所張弛、有所起伏，領導層中甚至提出過應該允許存在「無害文藝」的主張，但還來不及展開討論，就「以階級鬥爭爲綱」了，接著便是「文革」浩劫。而從微觀上看，對於武俠小說，這一過程無論處於「局部範圍」還是「全局範圍」、「和風細雨階段」還是「急風暴雨階段」，與它都已不關痛癢，因爲那都屬於「活著的世界」，而它早被埋入「死去」的「時代」了。然而「福兮禍所倚，禍兮福所伏」，武俠小說的上述處境，倒也爲「文革」時還健在的那些前武俠小說作家帶來一點「幸運」——他們雖然不能不受「衝擊」，但與那些被「打翻在地、再踏上一隻腳」的文藝界的「走資派」（其中不乏當年執行「左」傾路線者）以及眾多「前革命作家」相比，日子卻要好過一點，這也是因爲後者屬於「現行」，他們屬於「歷史」。不過，目睹著原本一個比一個「進步」、一個比一個「革命」的「前批判者」全都成爲「專政對象」甚至冤魂的事實，那些早已自慚形穢、現又「苟全性命於亂世」的前武俠小說作家，還敢心存絲毫「重生妄想」嗎！在我看來，惟由「左」傾惡性發展爲「極左」的過程之中，才能找到武俠小說在大陸「一禁就絕」的根本原因。

物極必反，「文革」既把「左」的危害推向極端，也就意味著「自我否定」的必將到來。「四人幫」垮臺之後，在通俗文化領域集中體現大陸人民「精神解放」喜悅的第一件大事，我以爲應是當年春節香港影片《秋香》的上映：它宣告著人們的愉悅享受重又得到肯定，宣告著人文關懷的必將回歸。至此，武俠小說的「重生」才不再屬於夢囈。至於「開禁」之並非一帆風順，出版、流通行業的無序狀態和惡性競爭之令人厭惡，固然均屬消極因素，但其背後實含積極消息：因爲這些現象屬於市場經濟誕生前的陣痛，預示著連計劃經濟色彩最爲濃厚的出版行業，也已非走改革之路不可了。從根本上看，這對武俠小說的「重生」應是好事。

　　整體而言，從 1920 年代直到如今，武俠小說是一向不願招惹現實政治的（東方玉那樣專寫「反共武俠小說」的個案除外），可是現實政治卻硬要來招惹它。區區一個「次級文類」，其興、衰、存、亡，居然也要牽動一部「政治經濟學」。見微知著，讀者諸君也許可以從中得到一些更具普適意義的歷史經驗罷！

　　　　　　二零零五年四月於姑蘇楊枝塘。當其時也，臺海似有
　　　　　　水暖風和之兆，但願其勢不挫，造福兩岸骨肉同胞。

開拓武俠文化研究的深廣度
──讀王立《武俠文學母題與意象研究》

　　一般的武俠文學研究，多以作家作品個案為研究對象；王立教授的《武俠文學母題與意象研究》一書（遼寧師範大學出版社 2005 年 3 月出版），則以「母題」和「意象」為研究對象。這是一種獨特的學術視角和研究方法。因其獨特，所以能夠揭示許多循傳統方法難以發現的文化內涵，從而拓展學術視野，開發研究深度。我認為本書的獨特性，在很大程度上得力於人類學以及比較文學等跨文化之研究理論、方法的運用。

（一）

　　關於「母題」的定義，本書作者採用的似乎是「凡有意義的語義成分即可構成母題」這樣一種寬泛見解〔註1〕；而被他選為重點研究對象的，則是那些在結撰武俠故事方面起著「核心聚焦」作用的「主導母題（leitmotif）」，亦即富有文化內涵，對於情節的生發、主題的形成或文化上的尋根探源具有決定作用的母題。作者在「緒論」中列舉了選擇、劃分這些母題／範式的七種角度，我以為亦可將其概括為兩個大類：第一類多是構成作品情節的基礎，為故事敘述所不可或缺的、蘊有極強的「多發性主題基因」的母題，例如復仇、信義、愛情、「比武招親」、「動物報恩」等。它們屬於西方文論家所說的「動力性束縛母題」（又稱「核心單元」）。第二類是與環境、背景有關或能構

〔註1〕　對於母題的構成單位，西方文論家的意見並不一致。例如，托馬舍夫斯基主張最基本的母題應是句子或分句；普羅普認為母題可以小到一個詞乃至一個詞的構成部分；格雷馬斯則認為只要是有意義的語義成分，即可構成母題。

成「定型性」象徵的意象，例如騎射意象以及大漠、海洋、冰醨、神雕等意象。對於文學性的敘述來說，此類意象的作用主要在於補充、擴張、豐富情節鏈和主題精神，因而多屬西方文論家所說的「動力性自由母題」（又稱「催化單元」）。這兩大類固然有所區別，卻都屬於功能強大的「動力性母題」。選準了這些母題，也就把準了武俠文學或某類特定武俠文學作品（如金庸小說）的「文化脈搏」。

蘊藏在具體文本中的單元母題，均可視爲文化座標上的一個「節點」：由縱軸向上可以追溯到它的「最初形態」和「最初國家（地域）」，向下可以探尋到它的發展軌跡及其趨向；由橫軸，則可發現它從此一文本移入屬於本土文化傳統乃至其他文化傳統各種文本的狀況。上述文化座標，實際上從屬於一個歷時性存在與共時性存在縱橫交錯的立體巨結構，所以每個節點裏同時還流動、彙聚著來自其他節點的文化信息。只有把母題置於上述文化巨系統中，考察其組合、重組、延拓、衍生、增殖、流變形態，審視它們與相關文類各種作品文本的參融整合過程，才能把握、揭示它們的價值和意義，也才能從宏觀的角度進入武俠文學—文化的研究。正是基於這種認識，作者說：「本書不僅是對於武俠文學的主題學（thematology）研究，也是一種以武俠文學爲研究對象的主題學—母題研究方法的具體運用，與題材史（Stoffgeschichte）研究最爲切近。」談到這種研究與宏觀的中外文化比較研究之關係時，他說自己做的是「帶有專題性的『中觀』研究」，但是在我看來，與「傳統」方法相比，他的研究卻又具有相當的宏觀「品格」。

（二）

「比武招親」是一個外延、內涵都很清晰的母題。作爲繁衍不絕的色情白日夢，它曾在中國傳統戲曲、小說裏層出不窮地呈現、衍化，人們若能將它解讀爲封建時代亞社會裏一種稍帶「自由氣息」的習俗，寄寓著「碰大運、得豔福」的小市民式奇想，就算識見不凡了。本書作者在〈古代敘事文學中的比武招親母題〉一章中，卻從人類學和跨文化研究的角度，追溯出它的「最初形式」乃是存在於世界各地早期人類生活的「成婚考驗」。作爲一種習俗，它顯然反映著先民對於兩種「生產」——物質生產和延續人類本身的「生產」——之關注。原來，這本屬於人類群體爲了「優化生產力」而採取的一種有效措施，同時也是改變（至少在「招親」者的主觀願望裏也是「優化」）族群

結構的一種手段，既非中國所特有，也不都那麼「浪漫」和「香豔」。

接著，作者又以確鑿的論據，證明中國敘事文學裏的比武招親母題表現，其「最初地域」應該來自印度，因爲東漢所譯《修行本起經》中敘述的白淨王太子求親故事，顯然早已具備中國後來同類故事的程式、規則、旁觀者反映、圓滿結局等等要素，屬於完整、成型的敘述文本。這樣的漢字文本，在當時的中國顯然是絕無僅有的。作者在同一章的第一節裏，還介紹過大乘經典《神通遊戲》即《方廣遊戲經》中佛陀比武求親的故事。它與《修行本起經》裏的相應內容應屬互文：不僅故事情節相似，而且主人公也相同——《修行本起經》裏的女主人公「裘夷」或譯「瞿夷」，亦即《神通遊戲》裏的「瞿波」；「白淨王」即「淨飯王」，釋尊之父也。所以，《神通遊戲》也可作爲中國敘事文學中的比武招親母題源於印度的得力「旁證」。

武俠故事裏的比武招親，實爲一種特殊形式「賭賽」，所以本書作者指出：作爲習俗和儀則，它十分注重「守信」，「多方面地表現出民間江湖俠義的亞文化倫理精神」。上述佛經故事和中國後來的有些故事中，比武都是在求親的男子之間進行的。此類模式裏的女子，成爲純粹被動的「競爭標的」，特別明顯地體現著男權話語的統治地位。但在中國的各種故事和戲曲中，最被人們津津樂道的，則是由招親的女子與求親的男子之間進行的直接比武。此時，女主人公具有相當的主動權，誠如本書作者所說：「在一定的風險係數下」，「女方個體有限的自由選擇權」獲得了「合理化」。此類故事突出顯示著「女性情愛要素向俠義競爭母題的介入，以及俠義英雄倫理與女性情愛心理的互動關係」，從而形成「帶有俠情義膽的女性性格」之別致的審美表現。對於這種特定情境下的「女性性別意趣」及其在現代武俠作品中的演變，作者作了細緻、深入的分析。當然，這種境地下女性自由意志的實現，至少需要兩個前提：自身擁有至少足以壓倒一切求親者的高超武藝和當事各方的嚴守信用。所以，總體而言，它們難免仍是一些綺麗的「女性主義白日夢」，但在化解對立群體敵意、改組群體結構等方面，卻又承載著豐富明確的社會學的信息。

（三）

在符號學的語境裏，「金兀朮」這個符號的外延比「比武招親」還要「清晰」，因爲後者的外延概括「類」，而它則屬於「單分子外延」，其所指具有

「唯一性」。清人所撰《說岳全傳》裏的金兀朮形象,是一個複雜的母題結構,「亦奸亦忠」則是這一形象所涵母題之一。本書〈忠奸觀念與反面人物塑造〉一章,集中討論《岳傳》裏的金兀朮何以成為一個亦奸亦忠的人物形象及其意義。對於這個問題,作者從如下方面進行細緻解讀:文本成因──「體現了中國古典小說多樣化、活靈活現刻畫人物的創作特點」;歷史真實──金兀朮在其早期抗遼鬥爭中原是一位忠勇的民族英雄;小說作者意圖──「極力讓金兀朮去『評判』宋朝的忠奸」,藉以「體現和滿足忠奸分明的民族心理」;讀者期待──寄平民的慕俠心理於特殊的文學形象,滿足「敬忠濟善、嫉惡如仇的群體性格」之表現欲望;時代精神──凸顯著民族矛盾尖銳之際,大眾對於「忠奸」倫理的跨民族的價值判斷以及清代統治者以此倫理大義消解滿漢民族矛盾的苦心,同時反映著人們「對漢族中心觀念的反思」。值得注意的是,上述解讀無不圍繞著一個理論核心,這就是對於「義」的剖析。

作者指出,忠奸觀念的形成,說到底「還是義這個中國傳統的倫理內核在起作用」。他不僅從中國傳統倫理的角度,而且更引用西方學者的論述,來闡明「義」的內涵和實質:人文主義倫理學認為,「義」是一種處理「人─我」關係的道德習慣,體現為雙重的準則──積極方面,要求主動地去制止非正義;消極方面,要求自律,即不作惡並克服自我「攫取的本能」。這樣,就為觀照中國傳統倫理提供了一個富有人文精神的參照系。對比之下,儘管儒家早已提出過「狷者有所不為」的主張,元人也有「任俠十三戒」之說,但是作為中國亞文化的傳統江湖俠義觀念以及體現這一觀念的俠義之士,其普遍傾向總是偏於「義」的「積極方面」的。至於「義」也應有「消極方面」,這是中國傳統江湖觀念(包括「豪俠」觀念)通常不願接受的命題,因而在「義理」上對此並不強調或強調不夠。這種單向性的思維,決定「俠義人物」和「慕俠者」無不認為「義」是一種主動的、純粹外向的施為;俠者仗義行俠,則其對立面必定屬於「不義」。以上認識與正統觀念結合,必然崇奉「華夷之辨」、「正邪之辨」,認定凡屬「異族」、「敵國」、「仇讎」、「邪派」,必然與「義」無關。據此反觀《岳傳》裏的金兀朮形象,確乎在相當大的程度上顛覆了上述傳統觀念。儘管這一形象身上仍然烙著「反派」印記,但它還是反映了一種「跨國別的忠奸之爭」,宣示著一種超越國界、族界的信義觀。這為考察中國武俠文學的發展、進步,也提供了一個有益的

思路和啓示：後來近現代武俠小說中出現的那些「亦正亦邪」、「形邪實正」的人物形象，當與《岳傳》中的金兀朮具有某種「血緣」關係。其間蘊涵的文化觀念以及文學創作方法的變遷軌跡，確實值得研究者深入探討。

（四）

「義」是「俠」的靈魂，也是武俠文學〔註2〕的靈魂。正如本書作者論及六朝「慕俠」傾向時指出的，「恩報信仰」又是「義」的重要內涵。對於中國古代的俠者來說，「報恩」往往表現爲代人復仇，「報仇」往往表現爲爲己復仇，俠者則在復仇行爲中完成倫理使命、展示自我價值、實現道德昇華。

如把「母題」定義爲情節最細小的單位，那麼「復仇」是否屬於母題似乎值得討論〔註3〕，因爲與「比武招親」不同，「復仇」、「愛情」、「忠貞」之類，其內涵顯得更加抽象、複雜，而其「外延」即情節性範式則是並不清晰的。可能有鑒於此，本書作者更多地將「復仇」稱爲「主題」而不直指爲「母題」；但是無論稱爲「母題」還是「主題」，它顯然屬於中國武俠文學最富核心聚焦功能和多發性功能的主導範疇之一。對於此類範疇的研究，極難憑藉一兩篇文章或一兩個章節解決問題，所以本書所附「作者歷年發表的武俠文學研究論文選目」中，竟有四分之一以上篇目都是研究「復仇」母題／主題的；本書也有大量章節，無不論及這一課題，其中〈中西方復仇文學主題的復仇動機、範圍的比較〉一章，無疑具有高屋建瓴的作用。

該章精髓，在於從中西文化的深層結構，考察不同民族的復仇觀與其文化整體形態、價值取向的內在聯繫，從而闡明中西復仇文化的主要異同。作者指出，西方主流文化源於古希臘，因而較爲重視個體的價值；例如英國古代法律中關於「酬金贖罪」的規定，即集中體現著對於人的價值和尊嚴的重視。西方文化的「契約」精神和「法」的精神也強於中國。所以，西方文化

〔註2〕 在我看來，儘管「武俠」一詞出現的時間很晚，但是廣義的「武俠文學」應該萌芽於俠義人物最初列入載記之時，因爲當年孔門設科，「文學」觀念極爲寬泛，載記亦屬「文學」。就此而言，要在文獻中尋找純粹的、「非文學」的「歷史之俠」，恐怕只能從「小學」之類範疇探求了。

〔註3〕 關於母題可否分解，西方學者意見不一，而在實踐上則似無法排除可以分解的母題。例如，美國學者斯蒂斯·湯普森（Stish Thompson）編製的《民間文學母題索引》中，「造人」即與「造人以統管大地」等並列、「造物主造人」亦與「用造物主的軀體造人」等並列，兩對例子裏的後一類母題顯然是從前一類中分解出來的。

中的復仇觀念強調「對等」、「公平」原則，要求限制報復對象和報復行為的「擴大化」；儘管西方也有「以命抵命，以牙還牙」的古訓以及科西嘉島那樣禍及無辜的「血親復仇」陋習（筆者按，莎士比亞名作《羅密歐與朱麗葉》表現的也是「血親復仇」），但在整體文化精神上總是強調維護人的尊嚴的，故其復仇文學也偏重於描寫「摧殘仇人精神，而非肉體毀滅」。反觀中國，我們的主流文化源於儒學，強調「人治」，注重的是家族倫理、群體教化。儘管亞文化圈中的復仇行為和故事也不乏維護個體尊嚴的案例，但就主流文化而言，「復仇」顯然已被賦予「某種先在的人倫義務、社會使命」。倫理文化的模式極大地擴張了復仇主體及其行為的「崇高性」、「莊嚴性」和「正義性」，與之相應的是對於「他者」個體尊嚴及其價值的極端漠視。加上兩漢以來「族誅」酷刑及其觀念的持續影響，使得古代中國盛行復仇的擴大化和殘忍化。所以，在中國舊時的多數復仇故事裏，「似乎所有的值得一提的復仇壯舉都成了正義屬性的，而正義的復仇就應該無所不用其極。主流文化倫理觀念的明顯介入，影響了復仇的公平對等性質」。

　　本書作者將「復仇」這一母題／主題置於跨東、西文化的語境加以俯瞰，這樣做的價值和意義不僅在於對中國武俠文化的消極因素進行尋本清源，更在於深入闡明了所論問題應該具有的人文內涵。因為，以文化相對主義的視角考察，「多元性」、「差異性」、「他者性」均可成為探索文化共識的基礎。值得注意的是，這種「共識」早在民國時期某些優秀武俠小說作家的創作實踐中，也已開始有所呈現了。例如，白羽在所著《聯鏢記》中，就以大量篇幅描寫「壞人」向「好人」進行復仇的過程，並從社會和精神的層面細緻展示了這種復仇行為的合理性，相當典型地體現了復仇的「對等原則」和個體尊嚴性。王度廬的《鶴驚崑崙》不僅大力描寫被復仇者所體驗的精神痛苦，而且極力描寫復仇者本身在復仇過程中所經歷的精神痛苦和困惑，揭示了「復仇」與「播種新仇」的同義性。他在另一作品《風雨雙龍劍》中，又進一步描寫主人公對於怨怨相報的復仇陋習之極端厭惡和堅決摒棄，使這一母題由「再生性層積過程」轉入了「否定性層積過程」。這些文學史現象，均有力地證實了中國近現代的武俠文學對於「傳統」已經有所反思並已進行主動揚棄，具有重要的文化意義。沒有本書作者的前述理論闡釋，我們就有可能忽略這些文本裏潛藏的豐富文化意義，並對它們的歷史價值估計不足。

　　我對本書還有不少其他感想，限於篇幅，只得從略。當然，「武俠文學母

題與意象研究」這個課題，有待拓展的餘地還很寬闊；作為「題材史」，整體上的邏輯建構似亦尚可進一步加以完善。我期待著王立教授在此領域取得新的、更大的成就。

2005-9

向愷然的「現代武俠傳奇話語」

　　向愷然先生的生平，當可分爲六個階段：第一階段（1890～1905）爲童年及國內求學期。第二階段（1906～1916）爲留日及短暫歸國期，其間兩度參與「反袁」鬥爭。第三階段（1916～1926）爲「上海十年」（實際九年多），屬於「專職創作時期」，據不完全統計，這一階段撰寫、出版的長篇小說及專集至少有二十餘種，短篇達六十餘篇（包括武術論著）〔註1〕。這一時期的創作以武俠小說爲主，同時繼續撰寫《留東外史》及其續作。其間曾短暫返鄉暇居，並一度任湖南東路清鄉軍軍職，駐長沙東鄉。第四階段（1927～1937）爲北伐及主持湖南國術訓練所及俱樂部期；從北平返滬後，有將近兩年仍屬「專職創作期」（主要完成《近代俠義英雄傳》66～84回）。第五階段（1938～1948）爲安徽抗戰及內戰期。第六階段（1949～1957）爲晚年期。〔註2〕

　　從以上簡介可以看出，向愷然僅用占其生平不到六分之一的時間，就奠定了自己在中國文學史上的重要地位：既是留學生文學的開創者，更是民國武俠小說的奠基人。

　　我認爲他對武俠文學的貢獻可以概括爲一句話：創建了一種「向氏武俠傳奇話語」，也可稱之爲「現代武俠傳奇話語」——這裡說的「現代」不是「現代主義」之「現代」，而是一種與「古典」相別、相對的概念，接近於胡適、陳獨秀們的說法。

〔註1〕　短篇作品以刊載一次計爲一篇。
〔註2〕　詳見筆者與向曉光合編之〈向愷然（平江不肖生）年表〉。

向愷然在上海，桌上為其所養之「墨猴」

　　向氏「現代武俠傳奇話語」的範本，就是《江湖奇俠傳》、《近代俠義英雄傳》和那些較優秀的短篇武俠小說。

　　關於《江湖奇俠傳》和《俠義英雄傳》的評價，學界已有定論：前者「首張民國奇幻派武俠小說之目」〔註3〕，後者則由於反映近代歷史、表現反帝愛國精神而具有更高的「書品」。二者雖有差別，但在「回歸江湖」、彰顯「俠」之平民性和多樣性上又是相通的。對此不擬申論，僅想從話語體系的角度談些粗淺的想法。

　　徐文瀅論及《江湖奇俠傳》時曾說：「寫這樣夢囈的神怪小說原來也不是易事。」〔註4〕話中雖然不無貶意，卻也道出了向愷然文體的一大特色──不可模仿性。正因如此，我們認為他是民國武俠小說作家群裏一位不可多得的「文體家」。

〔註3〕　羅立群：《中國武俠小說史》，第 176 頁，花山文藝出版社，2008，石家莊。
〔註4〕　徐文瀅：〈民國以來的章回小說〉，《鴛鴦蝴蝶派文學資料》（上），第 143 頁，福建人民出版社，1984，福州。

以筆記「紀實」，藉小說「設幻」

向愷然的「現代武俠傳奇話語」有個生成過程，1923 年前屬於準備期或生成期。

向氏的武術、武俠作品，包括筆記與小說兩大類。

最早的「志人筆記」可以追索到《拳術》之附錄「拳術見聞錄」。《拳術》係武術教材，最初連載於 1912 年的《長沙日報》，未見；1915 年又連載於《中華小說界》，無附錄；1916 年中華書局出版單行本，始見該附錄，其中包括後來用於《近代俠義英雄傳》的不少材料（霍元甲傳長達三千字）。

最早的「志怪」型筆記，已知的是 1916 年 3 月《民權素》第 16 集所載〈變色談〉，均屬與虎相關的傳聞，其中包括後來用於《江湖奇俠傳》的材料。

已知早的文言短篇小說為 1916 年 8 月《小說海》2 卷 8 號所載〈無來禪師〉（此外還有〈朱三公子〉、〈丹墀血〉、〈皖羅〉、〈寇婚〉等四篇，分別載於同年、同刊 10、11、12 號及次年 2 月《寸心雜誌》第 3 期）。

文言長篇小說，已知最早的是《龍虎春秋》（1919）；《半夜飛頭記》當亦作於《江湖奇俠傳》之前（1920？），係敷演〈無來禪師〉而成。

這一時期的狀況可以概括為：以筆記載錄材料（此時作者僅是記錄者）；以「幻設」手段，「作意」加工材料，使之形成小說（此時作者方為創造者）。這是利用武術、武俠的素材和題材，鍛鍊、發揮主觀創作能動性的過程——當然，其間包括運用寫作《留東外史》的經驗。就武俠小說而言，這一階段作者尚未確立個人風格，自身創作優勢亦未實現定位，例如《龍虎春秋》寫雍正奪嫡和「江南八俠」事，未脫「演義」、「公案」俗套；〈丹墀血〉係與半儂合撰，敘法國歷史傳奇，在取材、文體方面都呈現著摸索的過程。語體則處於由文言向白話的過渡期。

《江湖奇俠傳》和《近代俠義英雄傳》（以下或簡稱「兩傳」）的發表，標誌著向氏現代武俠傳奇話語的趨於成熟。

章回體的「內部改革」

《江湖奇俠傳》第一〇六回有一段作者「現身說法」的文字：

> ……在下寫這部奇俠傳，委實和施耐庵寫「水滸傳」、曹雪芹寫「石頭記」的情形不同：

> 石頭記的範圍只在榮、寧二府；水滸傳的範圍只在梁山泊；都

是從一條總幹線寫下來，所以不致有拋棄正傳、久寫旁文的弊病。
這部「奇俠傳」卻是以奇俠爲範圍；凡是在下認爲奇俠的，都得爲
他寫傳。從頭至尾，表面上雖也似乎是連貫一氣的：但是那連貫的
情節，只不過和一條穿多寶結的絲繩一樣吧了！〔註5〕

這是對該書之所以采用鬆散的結構形式和難免「久寫旁文」的解釋。從敘述
模式的角度，作者則把這種情況稱之爲「劈竹剝筍法」──「劈竹」指分傳
之間的縱向關係，即「紀傳連綴」的體式：每一分傳猶如竹竿的一節，依次
說之，猶如逐節劈下。「剝筍」既指層層剝繭式的敘述行爲，也指分傳與「正
傳」或「總幹線」的橫向關係：各分傳猶如筍殼，正傳或總幹線猶如筍肉；
分傳講完，正傳或總幹線的全貌方得全部呈現。

按照上述理解，《江湖奇俠傳》的正傳應該是「柳遲傳」。作者稱：第四
回中呂宣良與柳遲的「明年八月十五子時」嶽麓山之約，是「看官們時時刻
刻記掛著的」一個焦點〔註6〕。事實上，從第四回到火燒紅蓮寺的「故事時間」
恰恰是一個年頭，以柳遲始、以柳遲終，形成一個時間上的「柳遲框架」或
「正傳框架」；所有分傳，包括趙家坪之爭和崑崙、崆峒之爭，都被納入這一
框架之中。對於這個框架而言，諸分傳含有許多「過去時」的內容，「正傳時
空」的濃縮性與各分傳之時空的延展性形成巨大反差。這種「結構意圖」所
追求的，恰恰就是新文學小說家和文論家十分看重的「橫截面結構」〔註7〕。

上述「橫截意識」同樣體現在某些比較精彩的分傳裏，「藍法師傳」（見
56～64回及69、71回）是個很具典型性的案例。它的素材來自此前發表的筆
記〈變色談〉、〈獵人偶記〉以及短篇小說〈藍法師捉鬼〉、〈藍法師打虎〉和
〈蝦蟆妖〉〔註8〕。寫《江湖奇俠傳》時，作者首先把它們捏合到峨嵋派立宗、

〔註5〕 葉洪生主編：《近代中國武俠小說名著大系》《江湖奇俠傳》第五冊，第1311
頁，香港藝文圖書公司，1985，九龍。

〔註6〕 葉洪生主編：《近代中國武俠小說名著大系》《江湖奇俠傳》第三冊，第 744
頁，香港藝文圖書公司，1985，九龍。

〔註7〕 茅盾的《子夜》經常被新文學史研究者引爲長篇小說採用「橫截面結構」的
成功案例，該書初版印行於1933年。

〔註8〕 〈獵人偶記〉，最初連載於1922年8月3日至10月29日的《星期》第27、
28、29、30、32、35號。〈藍法師捉鬼〉，初載於1922年10月22日《星
期》第34號；〈藍法師打虎〉，初載於同年11月5日《星期》第36號，總
題〈藍法師記〉。〈蝦蟆妖〉，初載於1924年3月7日《紅雜誌》第2卷第
30期。

方紹德清理門戶、盧瑞犯戒自裁、柳遲赴約受命的大結構中。具體處理時，又使「捉鬼」故事發生了明顯的變形和擴展（將其捏入柳遲婚事情節，篇幅則由 4 千字衍展至近 3 萬字）；「鬥虎」和「蝦蟆」故事則被解構，分別插入不同的情節時空並加以重構（也發生了衍展和變形）。〈獵人日記〉中的許多內容，亦被捏到了藍法師身上。上述情節又都被「壓縮」在八月十四日及之前數日內，並將時序加以顛倒、交錯，總體上處理得相當細緻、得體〔註9〕。紅蓮寺故事則被納入柳遲拜見呂宣良後的當晚，這一框架的時間也是極其濃縮的。

《江湖奇俠傳》敘述話語的「橫截意識」落實為作品結構時存在不少幼稚性，因而呈現著明顯的「過渡特徵」。首先體現為正傳即柳遲傳的「文本斷層」——從第四回柳遲受命到五十五回柳遲再現，其間存在五十回篇幅的「正傳空白」；這說明作者並未從整體上真正掌握長篇小說時空交錯的現代敘述技巧，「裝填」在「柳遲框架」裏的那些分傳，基本仍屬一條「紀傳連綴」式的「故事鏈」（雖然由於採用了倒敘、插敘等技巧而未呈現為典型的繼時性結構）。與之相應，上述五十回中各分傳之間的接合方式，依然採用的是由此人引出彼人、藉此事引出彼事的傳統形式，並且常以「說話人」的直接敘述干預，實現時空轉換。但是，這些缺欠掩蓋不了向愷然「橫截意識」及其實踐的「現代意義」。

《俠義英雄傳》則「大概是以前清光緒廿四年（公元一八九八年）『戊戌六君子』殉難時為中心，而上下各推十年左右」〔註10〕為全作所敘故事時空（這基本上也是「正傳」即霍元甲傳的時間框架），整體上不屬典型的「橫截結構」。相對於《江湖奇俠傳》，它的結構顯得比較緊湊，這是因為「正傳」霍元甲故事及人物本身比較豐滿，其貫穿作用發揮得較好。至於分傳之間的接合，該書同樣較多地保留著紀傳連綴體的痕跡。

向愷然的「橫斷意識」也體現於敘述行為。「兩傳」雖仍沿襲以說書人為第一敘述者的傳統模式，但是作者善於頻繁運用插敘、倒敘、回敘來編織故

〔註9〕 其間稍有失誤：第 56 回寫柳遲在陷阱裏聽周季容說藍法師已因鬥虎而致殘，是將此事置於「捉鬼」之前；而下文卻將鬥虎致殘置於捉鬼之後，出現自相矛盾。此類疏誤當與計期交稿，致使缺乏前後照應的「營業性」操作體制分不開。

〔註10〕 葉洪生：〈平江不肖生小傳及分卷說明〉，《近代中國武俠小說名著大系》《江湖奇俠傳》第一冊，第 7 頁，香港藝文圖書公司，1985，九龍。

事，實現時空交錯（就分體而言，有許多是比較成功的）；又特別喜歡運用「第二敘述者」，即藉故事中的人物之口來交代情節，變第三人稱敘述為第一人稱敘述；還非常善於運用「人物眼睛」，即雖取第三人稱，但故事情節和情景氛圍卻都出諸人物視角，從而變全知視角為非全知視角。所有這些，都集中於一個目的：改造傳統章回小說單向線性的、純第三人稱的、全知的敘述模式。

《江湖奇俠傳》書影

規範、流暢的「俗話」語體

就語體考察，以「兩傳」為代表的向氏武俠小說運用的是一種帶有「文言遺痕」的「俗話」書寫體。它所憑藉的話語資源主要是古代擬話本小說的語言，同時又從現代口語（包括方言和「行話」──江湖術語，《近代俠義英雄傳》中尤多）吸取白話資源。通常情況是：草野人物的語言多用口語、方言、行話，敘述者的語言則多帶文言痕跡（這同時也是傳統戲曲的話語模式），因而更具書寫性特徵。這種俗話書寫體，經常顯出作者「改造文言」的功力。

向愷然在〈獵人偶記〉第一章中，曾用一句淺近的文言文，來描繪湘西苗族獵戶所供奉的獵神──

> 翻壇祖師之神像、皆頭朝下、腳朝上、倒置於神龕之中、無一家順置者。〔註11〕

───────────────

〔註11〕 按此文在《星期》週刊刊出時，是以旁圈標示句讀的；這裡改用逗號標示「讀」，句號標示「句」。

同樣的內容，在《江湖奇俠傳》第六十二回中卻是這樣描述的——

> （那木偶的）形象與普通木偶完全不同：普通木偶，或是坐著，或是站著，或是睡著，或是蹲著、跪著，從不見有倒豎著的；惟他所供奉的這木偶，兩手據地，兩腳又開朝天，和器械體操中拿頂的姿勢一般。〔註12〕

對比上面兩條引文，可以看出前者為一句，後者為由三個單部句組成的大複句，而且第二、三句的謂語部分特別複雜，從而形成搖曳多姿的修辭美，被描繪的對象因此也就顯得更加細緻、生動。後者又可視為前者的「抻長」，這主要是由於「嵌入」大量現代詞語，由於定語、狀語、補語等相當複雜的次要句子成分的運用而導致的。

這種通過「改造文言」而產生的「俗話」書寫語，屬於向愷然「兩傳」的語言主流。它們無論在運用複雜的定語、狀語、補語、賓語和現代虛詞方面，還是在大型複句的運用方面，都顯得十分規範，從而形成一種相當流暢、相當符合現代漢語語法的「現代俗話」書寫語。借用胡適的說法，這是創作「國語的文學」中產生的「文學的國語」，但又不同於那種「話怎麼說，就怎麼寫」的口語白話文。

向愷然的上述語言能力，早在《留東外史》裏即已顯現，由此可見他的日語修養所起的重要作用：中國文言文之大弊在於「言」、「文」不一，當時雖然已有文言語法著作《馬氏文通》，但對於撰寫白話文基本無助；而中國的第一部現代漢語語法著作，黎錦熙的《新著國文語法》出版於 1924 年。所以，向愷然的「現代語法知識」只能來自他所精通的，「言」、「文」相對合一的現代日語，而在將其「移植」／「轉換」進漢語的過程中，他顯現了不凡的語言能力。

上述現象在第一代新文學作家和通俗文學作家裏並不罕見，但是有些人卻未能成功實現「轉換」（既是從外文到中文、也是從文言到白話的轉換）。例如，同樣通曉外語的李定夷，其白話小說就始終達不到文言小說的語言運用水準，而其散體文言小說又始終達不到駢體文言小說的水準；由此可見向愷然的不同凡響之處。

人們往往忽略向愷然另一部相對不知名的作品《江湖怪異傳》，我認為該

〔註12〕文字、標點均據葉洪生主編：《近代中國武俠小說名著大系》《江湖奇俠傳》第三冊，第 819、820 頁：藝文圖書公司，1985，九龍。

書在文體和語體上都更具「現代性」，遺憾的是他又並未自覺地把這種「現代性」加以延續和擴展。這種情況也存在於下面將要述及的一些現象中，說明向愷然在創作時並無自覺的「使命意識」，許多「新意」均出於他的「率性而為」，從中倒也更能窺見一個曾經長期「留洋」而又浸潤著濃厚「江湖氣」的作家身上所蘊涵的「整體潛質」，這種潛質又因文學的商品化而發生著「異化」。

「嗜奇求怪」的「敘述綱領」

向愷然自稱「是一個販賣稀奇古怪的人」〔註13〕。「姑妄聽之，姑妄述之」〔註14〕既是《江湖奇俠傳》的「敘述綱領」，也可視為向氏「現代武俠傳奇話語」的總體「敘述綱領」。這與新文學的「求真」（包括外部世界的「真」和內部世界的「真」）精神大相徑庭，然而卻繼承著中國古代許多小說、戲曲和民間文學的悠久傳統——它們都是遵循「『姑妄言之』綱領」的（北方某些地方至今猶稱講故事為「說『瞎話』」），「傳奇」這一文體（既指小說，亦指戲曲）實即由此而得名〔註15〕：它們寫的都是不平常的人和事或現實生活裏根本不可能存在的人和事。

向愷然善於講故事。無論多麼玄虛的故事，在他筆下都會寫得娓娓動聽，讓讀者覺得像「真」的一樣。我認為除了注重細節描繪之外，這得力於他在敘述策略上的兩個特長。

其一，即使敘述最「不真實」的人和事，他也致力於「尋找依據」——不僅包括野史、筆記，而且包括身邊的熟人、熟事。「冰廬主人」施濟群為《江湖奇俠傳》第三回而寫的回末評語裏，有這樣一段話：

笑道人述金羅漢行狀，彷彿封神傳中人物。余初疑為誕，叩之

向君：向君言此書取材大率湘湖事實，非盡向壁虛構者也。〔註16〕

據說，金羅漢呂宣良的「模特兒」是一位養著兩只雞的澧陵籍周姓武師，內功修為頗高。到了向愷然筆下，不僅這位澧陵武師被徹底「神幻化」了，而

〔註13〕〈一個三十年前的死強盜〉，《紅雜誌》第 2 卷第 44 期（1924 年 6 月 6 日）。

〔註14〕葉洪生主編：《近代中國武俠小說名著大系》《江湖奇俠傳》第三冊，第 817 頁，香港藝文圖書公司，1985，九龍。

〔註15〕文學史家多認為「傳奇」文體得名於唐代裴鉶的同名著作，那是一部充滿道教思想、記述奇幻故事的短篇小說集。

〔註16〕葉洪生主編：《近代中國武俠小說名著大系》《江湖奇俠傳》第一冊，第 42 頁，香港藝文圖書公司，1985，九龍。

且那兩只雞也被幻化成兩只神鷹；這一「神鷹—神雕意象」，又一而再、再而三地爲還珠樓主和金庸所繼承、發展，至今猶爲人們津津樂道。柳遲的模特兒則是向氏友人柳惕怡〔註17〕。可能由於柳遲的相貌被寫得太醜而且投身於丐幫，向愷然便在《近代俠義英雄傳》裏另寫了一位相貌堂堂的「柳惕安」，作爲對朋友的「補償」。以上事例說明，向愷然之所以注重「依據」，目的不在「再現現實」，而在尋求發揮想像的「支點」，再憑藉想像而創造出超離現實的奇幻人物和奇幻世界。那些「依據」儘管只屬「取其一點，不及其餘」的「因由」，卻使作者的想像獲得了超越前人窠臼的藝術個性。作爲「傳奇作家」，他在貫徹自己的藝術追求時，對藝術上的「眞」、「假」關係是拿捏得相當符合辯證法的。

其二，在向愷然的筆下，即使極其怪誕的故事，也往往帶有濃鬱的生活氣息，從而營造出許多既稀奇古怪，又充滿「人間性」的情境和畫圖：法力高強的「峨嵋派」開派祖師方紹德，卻要天天自己生火燒飯；被藍法師收服的厲鬼，發起感慨來是滿口的村言村語；一條板凳，載著鄧法官的腦袋送去理髮，成群瀏陽百姓跟著圍觀……這些生活氣息十分濃重的圖景裏，都洋溢著生動的平民性和人情味，讓人覺得既怪誕而又親切。這反映著作者性格和情趣裏的平民精神，也反映著湖湘文化既神秘而又世俗的特性。正如葉洪生先生指出的，後來還珠樓主寫峨嵋派，當即取法於《江湖奇俠傳》；然而，向氏雖把「峨嵋派」的宗主寫成一位高僧〔註18〕，實際上方紹德師徒的法力卻均屬於巫術。巫儺文化原本具有很強的世俗性，所以《江湖奇俠傳》裏的峨嵋諸俠都是「人」而不是「仙」，他們的生活狀態都與平民無甚差別。還珠樓主筆下的「峨嵋洞府」，則是典型的道教「金仙世界」；他所塑造的仙俠形象以及他所追求的意境和所透露的文化觀念裏，又還含有比向愷然更加純正的佛理和佛性。對比之下，兩位作者的「文化性格」判然可別。

《近代俠義英雄傳》素稱「無一字無來歷」，但其「來歷」同樣體現著「嗜奇求怪」特徵。該書敘述的是眞實的歷史，然而作者僅僅把「正史」作爲背

〔註17〕 詳見向一學：〈回憶父親一生〉，嶽麓書社 2009 年版《江湖奇俠傳》，第 622
　　　　頁，長沙。

〔註18〕 這位高僧法名「開諦」。按向愷然在〈我投入佛門的經過〉（原載於 1948 年 8
　　　　月《覺有情》月刊第 208 期）中曾說：他早在 1923 年即已經皈依「諦老和尚」，
　　　　投入佛門。「開諦」之名或出於此。那位現實中的「諦老和尚」當即天台宗名
　　　　僧諦開法師，蔣維喬、葉恭綽等也是他的居士弟子。

景，著力表現的則是邊緣性的題材和素材，也就是通過武林奇人們的故事，從側面、「走邊鋒」地來敘述戊戌前後的歷史。這樣，歷史和歷史人物都被賦予濃厚的傳奇性。其敘述策略與此前的《留東外史》及此後的《革命野史》相似，所不同的是，在《近代俠義英雄傳》裏，「外史」、「野史」都被「傳奇化」了，其間也不缺乏關於道術、法力的虛誕敘事。

文化內涵：厚重裏的新意

　　向氏現代武俠傳奇話語中厚重的文化內涵，均與「奇怪」二字密切相關。向愷然所「嗜」、所「求」的「怪」和「奇」，集中於兩大方向：一是江湖上的奇人奇事；二是民間流傳的怪誕傳聞。

　　江湖奇人奇事多與武術相關。中國的武術文化或被稱爲「玄門」〔註19〕，屬於玄學文化；它與道家、釋家、儒家、醫家、兵家密切相關（《近代俠義英雄傳》中的黃石屏、秦鶴岐及其師傅就都是「醫俠」）。而「武俠」又往往與「會黨」分不開（向愷然大概是第一位寫「丐幫」的作家──同屬寫「丐幫」的長篇小說，還珠樓主的《雲海爭奇記》比《江湖奇俠傳》晚出 17 年）。此類題材顯然蘊含著十分駁雜的文化內涵，既涉及傳統的主流文化，更包括神秘色彩、詭異色彩極濃的「亞文化」。

　　正如龔鵬程所說：「武術，應視爲一種重要的文化表現方式」，「不單要通過武術，去探討一個民族的文化內涵，也應倒過來，將武術視爲哲學思想的一種體現。」〔註20〕

　　《近代俠義英雄傳》的一大貢獻，正是把「武術」提升到「文化」的層次上來，從而揭示「武學」之哲理內涵。不僅如此，它還是第一部在「武壇」上表現中西文化的衝突和對話的武俠小說，這在中國文學史和小說史上都是空前的。黃石屏與德國醫院院長圍繞「點穴」而展開的故事，以及霍元甲、農勁蓀考察外國體育設備、教育訓練方式及其體制的觀感等，都是書中十分精彩的情節。黃石屏對德國醫院院長解釋穴位和經絡的那些話，突出表明了「玄學」與「科學」的異同，前者即是武學哲理的重要內容。作者對義和團的否定態度，則表現了相當進步、相當科學、相當具有「世界眼光」的思想意識。這部作品反帝、反沙文主義而不「排外」，弘揚中華傳統文化而不「護

〔註19〕按「玄門」一詞亦見於佛經，則指佛教。玄，玄妙、玄深也。
〔註20〕龔鵬程：《武藝叢談‧技擊文化學》，第 318 頁，山東畫報出版社，2009，濟南。

短」，肯定西方實證科學而不「崇洋」。這樣新鮮的文化內涵，在以往的武俠小說中從未出現過，確乎顯示著《近代俠義英雄傳》「書品」之高。

向愷然所醉心的怪誕傳聞多與「巫風」相關，集中體現著湘楚文化神秘詭異、汪洋恣肆的風采（向氏也是最早寫「排教」和「祝由科」的作家之一，還珠樓主寫這兩個巫術流派亦在其後）；與之相關的民間傳聞，更是蘊涵厚重的文化積澱和文化能量，因而為讀者提供了廣闊的解讀空間。例如，藍法師鬥虎故事源自新寧民間傳說〔註21〕，除了作者自己「解讀」出來的「除暴安良」語義之外，更潛藏著苗族先民所感受的「天人關係」：故事展示了人與自然的嚴峻對立——不征服自然人就無法生存；同時，人與自然又是可以相通、相安的，二者的中介便是「巫」，藍法師的「殺虎定額」就蘊含著人與自然相安的條件。故事的震撼人心之處還在於：藍法師固然是位了不起的大英雄，那隻三腳白額虎又何嘗不是至死猶鬥的「大英雄」呢！我們解讀出來的這些「語義」，與其說出自向愷然的立意，不如說更多地出自苗族先民的集體記憶。

還有趙如海的故事〔註22〕，它是一個惡人轉化為「好鬼」的怪誕傳奇。這一民話原型裏原本隱含著消解「善惡二元對立」的「潛命題」，對於「除暴」主題來說，這是一種「背叛」；而作者的加工，又把「背叛」轉化成為主題的提升〔註23〕。

其實，消解「善」與「惡」、「正」與「邪」之極端二元對立的趨向，在《江湖奇俠傳》裏呈現得更早：第34回寫到的滿清將官慶瑞，雖是崆峒「邪派」重要角色，然而正直仗義，毫無劣跡；以至當他被難之時，崑崙「正派」的碧雲禪師都會以佛法出手相救。對於這段情節，作者又用「現身說法」的姿態作過「理論性」的闡釋，大意是說：人及禽魚木石皆各有其「孽」，「孽」不積累到足以與「命運」相抵的程度，主體是不會產生質變的。清朝之所以

〔註21〕 向愷然曾在〈藍法師捉鬼記〉的開頭，介紹過辛亥年十一月，自己住在長沙大漢報館裏，每到夜間就坐在火爐邊，聽新寧劉蛻公講述種種怪異故事的情景；並說其中「尤以藍法師的事為最奇妙」。

〔註22〕 具見葉洪生主編：《近代中國武俠小說名著大系》《江湖奇俠傳》第五冊，第97回至101回，香港藝文圖書公司，1985，九龍。

〔註23〕 書中敘及民國以後瀏陽取消邑屬壇祭典，趙如海的鬼魂卻也不再顯靈來監督地方官時云：「大約是因民國以來的名器太濫了，做督軍省長的，其人尚不見重，何況一個知縣，算得什麼？……這或者也是趙如海懶得出頭作祟的原因。」不僅罵盡民國官場，而且點出了這個故事的寓言價值。

不到辛亥年就不會傾覆，即因「孽」的積累未到臨界點；反之，革命不到辛亥年就不會成功，也是志士們的「孽」尚未積累到臨界程度的緣故。〔註 24〕這種觀念儘管不無定命論的因素，卻已把「孽」加以「中性化」，成為消解善惡、正邪絕對對立的「哲理基礎」。作者又在第 33 回借慶瑞之口解釋過「法術沒有邪正，有道則法是正法，無道則法是邪法」〔註 25〕的「道理」。以上兩個例子中都含有不太「純正」的佛理：前者隱含著佛理中「『業力』說」的「影子」，後者則分明是佛理中「『法無定性』說」的別一表述。這對於探索向愷然的「邪正觀」及其內含的「自我消解因素」，探討佛學對其創作的影響，都是頗有價值的。〔註 26〕

作為文學家，向愷然筆下那些寫得比較成功的故事和人物，都形成了相對獨立的內涵邏輯和性格邏輯，它們都指向人事和人性的複雜性；於是，善惡、正邪對立在故事中被消解的情況便會不斷出現。紅蓮寺和「刺馬」故事又是一個相當典型的例子：紅蓮寺是個「淫窟」，它的出資人卻是被塑造為義俠的張汶祥；寺僧知圓是個「淫僧」，卻出身於「名門正派」，原係張汶祥的師弟；張汶祥身在綠林，屬於「匪類」，然在作者筆下卻成為一個大忠大義之人〔註 27〕。至此，這部作品原來的立意已經發生明顯變化，所謂崑崙、崆峒正、邪相鬥的「總幹線」，已在實際上變得可有可無了〔註 28〕。這種現象，應該稱之為「創作方法的勝利」。

《江湖奇俠傳》裏的上述描寫，同時多屬「精神民俗、心意民俗」的「創化模式」〔註 29〕。民俗事象本身就是一種深層的人性建構，同時又賦予該書濃鬱的鄉土特色。這種新意，也是「古典」武俠小說所缺乏的。

〔註 24〕具見葉洪生主編：《近代中國武俠小說名著大系》《江湖奇俠傳》第二冊，第470、471 頁，香港藝文圖書公司，1985，九龍。

〔註 25〕同上，第 420 頁。

〔註 26〕從哲理角度考察，向愷然關於「孽」的敘述又包含著傳統易學和五行學說中「克就是生」的觀念。易學專家認為，這種觀念是與西方哲學截然有別的「偉大理論」，參看黃漢立：《易經講堂》第 217 頁，三聯書店有限公司，2009，香港。按湖南話裏「孽」、「業」同音，向愷然說的「孽」當即為「業」。

〔註 27〕按張汶祥「刺馬」故事，向愷然之前即已見諸不少筆記和小說，對於這位主人公，不同的作者向來褒、貶絕然對立。向氏對此故事的闡釋和對此人物的塑造，均超越前人。

〔註 28〕《江湖奇俠傳》（單行本）第 111 回以後並非向愷然手筆，不在本文討論範圍。

〔註 29〕參看薛曉蓉、段友文：〈周氏兄弟文學創作的民俗意識比較〉，《魯迅研究月刊》2010 年第 12 期，第 30、31 頁。

綜上所述，向氏「現代武俠傳奇話語」已不僅屬於個人，它不但影響及於同代作家（如姚民哀、顧明道等），而且爲後起作家所繼承、所發展（其中最突出的是還珠樓主）；到了五十年代，又由港、臺武俠作家加以發揚光大，從而開創了以金庸爲代表的「新派武俠小說」鼎盛期。追本溯源，向愷然實屬「中國現代武俠傳奇話語」的開創者。

除了作家身份之外，向愷然另外還有三重身份：一、民族、民主革命的參與者（就職業而言，1949 年前的他，更多地擔任過中、高級的「軍公教人員」，而且與桂系淵源頗深）；二、武術家及武術活動、武術教育的推動者和組織者；三、佛門居士。對這三重身份的具體內涵，至今知之甚少，更談不上深入研究；它們都對作家身份有所影響，反之亦然。因此，研究向愷然全人的工作，目前還剛處於起步階段，尚有許多基礎性的工作等待著我們去補做，期望出現新局面。

2010-8
2011-5 增補改定

平江不肖生向愷然年表

徐斯年　向曉光　楊銳

1. 本表曾於 2010 年遞交平江不肖生國際學術研討會交流。2012 年 11 月刊於《西南大學學報（社會科學版）》第 38 卷第 6 期。2013 年 4 月又刊於《品報》第 22 期。楊銳近據新見資料作了補充和訂正，現將楊之補充稿與原稿加以合併，以饗同仁。

2. 表內所記年月，陽曆均用阿拉伯數字記載，陰曆及不能確認陰、陽曆者均不用阿拉伯數字。年齡均為虛歲。

3. 部分著作尚未查明初版時間，附錄於表後備查；其中部分著作未見原書，有待辨別真偽並考證寫作、初版時間。

1890 年（清光緒十六年庚寅）　1 歲

是年趙煥亭約 7 歲（約生於光緒四年）。

陰曆二月十六日戌時，向愷然生於湖南省湘潭縣油榨巷向隆泰傘廠。原名泰階，冊名逵，字愷元。原籍湖南省平江縣。祖父貴柏，祖母楊氏。父國賓，冊名瑩，字碧泉，太學生；母王氏。[1]

按此據民國三十三年（1944）六修《向氏族譜》。向氏 1951 年所撰〈自傳〉稱「六十二年前出生於湖南湘潭油榨巷向隆泰傘店內」[2][3]。1951 年為 62 歲，是為虛歲。向隆泰傘廠原為黃正興傘廠，店主黃正興暮年以占鬮方式將傘廠平分，無償贈與向、王二店員，向姓店員即愷然祖父貴柏。向氏姻親郭澍霖自幼與黃家為鄰，有遺稿述其經過甚詳。

1893 年（清光緒十九年癸巳）　4 歲

姚民哀生於是年。

向愷然在湘潭。

1894 年（清光緒二十年甲午）　5 歲

是年 8 月中日甲午戰爭爆發。次年 4 月，日本強迫清廷簽訂《馬關條約》。向愷然開蒙入學。祖父貴柏公卒。

1897 年（清光緒廿三年丁酉）　8 歲

顧明道生於是年。

向愷然在湘潭。

1900 年（清光緒廿六年庚子）　11 歲

向隆泰傘店歇業，向愷然全家搬回平江。

按此據〈自傳〉。後遷居長沙東鄉，具體時間未詳。

1902 年（清光緒二十八年壬寅）　13 歲

還珠樓主李壽民生於是年。

向愷然或已在長沙。

按黃曾甫謂：「他的父親雖曾在平江縣長庚毛瑕置過薄戶，但後來遷到長沙縣清泰都（今開慧鄉）竹衫鋪樊家神，置有田租 220 石和瓦房一棟。」〔4〕黃與向有「通家之誼」，30 年代曾任《長沙戲報》社長。

1903 年（清光緒廿九年癸卯）　14 歲

湖南巡撫趙爾巽奏准成立「省垣實業學堂」，光緒三十四年（1908）更名「湖南省官立高等實業學堂」。

向愷然考入湖南實業學堂。是年秋，識王志群於長沙。王爲之談拳術理法，促深入研究並作撰述。

按〈自傳〉云：「就在十四歲這年考進了高等實業學堂。但是只讀了一年書，便因鬧公葬陳天華風潮被開除了學籍……因此只得要求我父親變賣了田產，自費去日本留學。」〔2〕對照陳天華自盡、公葬時間，考入高等實業學堂時間當在是年末。凌輝整理之〈向愷然簡歷〉謂「考入長沙高等實業學堂學土木建築」〔5〕。所記校名與正式校名略有出入，該校初設礦、路兩科，「土木建築」或指路科。

中華書局 1916 年版《拳術》敘言：「癸卯秋。識王子志群於長沙。爲余竟日談」拳術理法，並謂：「吾非計夫身後之名也。吾悲夫斯道之將淪胥以亡

也。欲求遺眞以啓後學。若盍成吾志哉！」〔6〕〔7〕王志群（1880～1941），號潤生，長沙縣白沙東毛坡人，著名拳術家，以精於「八拳」及「五陽功」、「五陰功」聞名。

1904 年（清光緒三十年甲辰）　　15 歲

向愷然在讀於湖南實業學堂。

1905 年（清光緒三十一年乙巳）　　16 歲

12 月 8 日（陰曆十一月十二），陳天華在日本東京大森灣蹈海自盡，以死報國。

向愷然在讀於湖南實業學堂。

1906 年（清光緒三十二年丙午）　　17 歲

5 月 23 日（陰曆閏四月初一），陳天華靈柩經黃興、禹之謨倡議籌辦，運回長沙。各界不顧官方阻撓，議決公葬嶽麓山，5 月 29 日舉行葬儀。

向愷然參與公葬陳天華，因而遭實業學堂掛牌除名。父親變賣部分田產，籌集赴日留學經費。向愷然從上海乘「大阪丸」海輪，赴日留學。

按關於首次赴日留學時間，有 1905、1906、1907、1909 四說。對照陳天華蹈海、公葬時間，1905 年說可排除。湖南省文史館藏〈向愷然簡歷〉（凌輝整理件）記爲 1906 年，與向愷然〈我失敗的經驗〉中「前清光緒三十二年，我第一次到日本留學」的自述一致。《國技大觀・拳術傳薪錄》說「吾年十七渡日本」，可知他習慣以虛歲記年齡。《留東外史》第一章謂「不肖生自明治四十年即來此地」（明治四十年即 1907 年），當指定居東京時間。《湖南文史館館員簡歷》所收〈向愷然傳略〉謂「於 1909 年東渡日本留學」〔8〕，經查宏文學院結束於 1909 年，是知「1909」當係「1906」之誤。赴日留學經費來源，向一學〈回憶父親一生〉云：「這田產的來由，是曾祖父逝世後，祖父將向隆泰傘廠收束，在祖籍平江長庚年毛坡城隍土地買了四十石租和房屋一幢，又在長沙東鄉苦竹坳板倉（開慧鄉）竹山鋪樊家神買下良田二百二十石租和房屋一幢。留日的學費就是從這些田產中，拿出一百二十石租變賣而來。」〔9〕

1907 年（清光緒三十三年丁未）　　18 歲

祖母楊氏太夫人卒於是年。

向愷然當於是年考入宏文學院並加入同盟會，與湘籍武術名家杜心武、

王潤生（志群）等過從甚密，並從王潤生學「八拳」。

按或謂向氏先入東京華僑中學，後入宏文學院。〈簡歷〉稱在宏文「學法政」[5]。經日本早稻田大學中村翠女士查實，宏文學院並無法政科。

王志群於光緒三十一年（1905）赴日留學，在宏文學院兼習柔道，並加入同盟會。民國元年（1912）回國，在長沙授拳。次年得黃興資助再次赴日。民國四年（1915）回國後繼續從事拳術傳授，後任湖南大學體育教授。向愷然在《國技大觀・拳術傳薪錄》中敘述在日本從王學拳經過頗詳。

中村翠 2010 年 11 月 22 日致徐斯年函謂：「弘文學院的校名於 1906 年改稱爲『宏文學院』，因此向愷然就讀的是宏文學院。根據現存的史料，該學院好像沒有設置『法政』科（設置普通科、速成普通科、速成師範科、夜學速成理化科、夜學速成警務科、夜學日語科）。該學院於 1906 年廢止『速成科』。如果向愷然入普通科（3 年），他主要學日語，其他科目還有算術、體操、理化、地理歷史、世界大勢、修身、英語和圖畫等等。」

1911 年（清宣統三年辛亥）　　22 歲

4 月 27 日（陰曆三月廿九），黃興、趙聲指揮八百壯士攻入兩廣總督衙門，與清軍激戰一晝夜，兵敗而退。起義軍犧牲百餘人，後收斂遺骸 72 具葬黃花崗，稱「黃花崗七十二烈士」。黃興於 29 日（陰曆四月一日）脫險，返回香港。10 月 10 日，武昌起義爆發，清政府被推翻。

7 月，趙煥亭發表小說《胭脂雪》。

是年陰曆二月向愷然從日本返湘，於長沙創辦「拳術研究所」。三月，與友人程作民往平江高橋看做茶。十一月，借住長沙《大漢報》館，與同住之新寧劉蛻公相識，常圍爐聽劉談鬼說怪。

按向氏在〈我研究拳腳之實地練習〉中稱：宣統三年「二月，從日本回家」；「三月，我和同練拳腳的程作民到平江縣屬的高橋地方去看做茶。」[7] 程作民即《近代俠義英雄傳》第 66 回所寫陳長策之原型。《國技大觀・拳術傳薪錄》：「宣統三年，主辦拳術研究所於長沙，遭革命之變，所址侵於兵，遂爲無形的破產。」向曉光 2010 年 4 月 11 日致徐斯年函云：「據我伯父的兒子向猶興回憶，五六年八月從華中工學院因病休學回長沙住在我祖父家南村十號，祖父經常與他聊起祖父以前的經歷，談到一件事，黃花崗七十二烈士，當年祖父也參入（與），要不是跑得快就是七十三烈士了。」向猶興 2010 年 8 月 15 日所撰〈憶我的祖父平江不肖生〉謂：「祖父說參加了黃興率領革命黨

先鋒隊百多人在廣州舉行的起義，從下午激戰到深夜，因寡不敵眾傷亡慘重。我祖父也身受重傷而未致命才免遭一劫。」此段經歷在已掌握的向愷然著述中均未見記載，由於缺乏旁證，暫不載入繫年正文。

章士釗〈趙伯先事略〉云：「議以廣東爲發難地，分東西兩軍，取道北伐。西軍經廣東，入湖南，會師武漢，黃興主之。東軍貫江西，出湖口，直下江南，則伯先爲帥也」。後因鄧明德被捕，「凤計不得不變」，改分數隊分攻各處，「隊員皆同人自充之」。「期四月一日一舉而取廣州，黃興爲總司令，先率同仁入粵。伯先與胡漢民留守香港，至期會合。於是吳、楚、閩、粵、滇、桂、洛、蜀、越、皖、贛十一省才士樂赴國難，無所圖利者，相繼來集。」以此推測，向愷然若參與其事，或與黃興有關，當於高橋歸後即赴廣州。

向愷然〈藍法師捉鬼〉：「辛亥年十一月，我住在長沙大漢報館裏，我並沒有擔任這報館裏何項職務，只因這報館的經理和我有些兒交情，就留我住在裏面。當時和我一般住在裏面的人，還有一個新寧的劉蛻公。這位劉蛻公的年齡雖是很輕，學問道德卻都不錯，他有一種最不可及的本領，就是善於清談種種的奇聞怪事，也不知他腦海裏怎麼記憶的那們多。那時天氣嚴寒，我和他既沒擔任甚麼職務，每到夜間同館的人都各人忙著各人的事，惟我和他兩人總是靠近一個火爐，坐著東扯西拉的瞎說。」

1912 年（民國元年壬子） 23 歲

1 月 1 日，中華民國成立，孫中山就任臨時大總統。2 月 12 日，清帝退位。4 月 1 日，孫中山解職，讓位於袁世凱。8 月，同盟會等團體聯合改組爲中國國民黨。

9 月（陰曆八月），向愷然撰成《拳術》（即《拳術講義》）一卷，署名「向達」，刊於《長沙日報》。隨即返回日本。

長子振雄生於 11 月 28 日，字庚山，號爲雨。生母爲楊氏夫人。

按 1928 年 5 月 1 日《電影月報》第 2 期載宋癡萍〈火燒紅蓮寺之預測〉云：「壬子予佐屯良治《長沙日報》，一夕愷然來訪，攜所著《拳術講義》一卷授予曰：『行且東渡，絀於資，此吾近作，願易金以壯行色。』」向氏《國技大觀‧解星科（三）》後記有「壬子年遇曹邑周君子漢於日本」語，是知當年返日。《拳術‧敘言》末署「民國元年壬子八月」，是知返日時間或在九月間。

向氏長子振雄，畢業於中央軍官學校，抗戰期間曾參與長沙、衡陽保衛

戰等，卒於民國三十五年丙戌六月十八日（1946 年 7 月 16 日）。母楊氏夫人生於清光緒十五年陰曆六月初三，有子二：振雄、振宇。據至親回憶，還有一子夭折；又有一女，名善初，生卒年均未詳，故皆未列入繫年。向愷然後來又在上海納繼配夫人孫氏，名克芬，卒於民國十七年。有一領養子，名振熙，8 歲夭亡，時在「長沙火災」前後，亦未列入繫年。

1913 年（民國二年癸丑）　24 歲

　　3 月，袁世凱指使兇手暗殺宋教仁，二次革命隨後爆發。湖南督軍譚延闓在譚人鳳、程子楷等推動下宣佈獨立，7 月 25 日組成湖南討袁軍，程任第一軍司令（後任總司令），與湘鄂聯軍第三軍（軍長鄔永成）同駐岳州。8 月初，與擁袁之鄂軍在兩省邊境鏖戰，終因兵力不足退守城陵磯。8 月 13 日，譚延闓宣佈取消獨立，程子楷遭袁世凱通緝，流亡日本。

　　向愷然任岳陽製革廠書記，並在長沙與王潤生共創「國技學會」。曾遇李存義之弟子葉雲表、郝海鵬，初識形意拳、八卦拳。湖南獨立後，出任討袁第一軍軍法官，曾駐岳州所屬之雲溪。事敗，隨該軍總司令程子楷再赴日本，就讀於東京中央大學。

　　按向愷然在〈回頭是岸〉中曾說：「民國壬子年，不肖生在岳州幹一點小小的差事，那時的中華民國才成立不久，由革命黨改組的國民黨，在湖南的氣焰，正是炙手可熱，不肖生雖不是真正的老牌革命黨，然因辛亥以前在日本留學，無意中混熟了好幾個革命黨，想不到革命一成功，我也就跟著那些真正的老牌革命黨，得了些好處。得的是甚麼好處？第一是得著了出入官衙的資格，可以帶護兵馬弁，戴墨晶眼鏡……」對照相關文獻、史實，可知文中「壬子」當係「癸丑」之誤──《拳術見聞錄·蔣煥棠》即謂：「癸丑七月，余創辦國技學會於長沙，煥棠諾助余教授。今別數載，不知其焉往也。」〈獵人偶記〉第六章則謂：「民國癸丑年七月，余從討袁第一軍駐岳屬之雲溪」。「時前線司令為趙恒惕，正與北軍劇戰於羊樓。余方旁午於後方勤務，無暇事遊獵也。迨停戰令下，日有餘閒，（居停主人）徐乃請余偕獵。」

　　《湖南省文史館館員傳略》謂向氏在製革廠所任職務為「書記長」。

　　「國技學會」即「國技會」，前身為 1911 年之「拳術研究所」。《國技大觀·解星科》：民國二年「復宏」拳術研究所之舊觀，「創辦國技學會，得湘政府補助金三千元，延納三湘七澤富於國技知識者近七十人」。遇葉雲表、郝海鵬事，見〈練太極拳的經驗〉。

1914 年（民國三年甲寅）　25 歲

　　4 月，《民權素》創刊於上海，編者蔣箸超、劉鐵冷。7 月，孫中山組成
中華革命黨，再發起反袁運動。

　　向愷然在日本撰寫長篇小說《留東外史》，始用筆名「平江不肖生」。

　　是年十月向愷然當已歸國，曾由平江至上海小住。

　　按〈獵人偶記〉第一章云：「及余年二十五，曾略習拳棒，相從出獵之念，
仍不少衰於時，家父母亦略事寬假，遂得與黃（九如）數數出獵焉」；「十月
中旬」，「持購自日本之特製獵槍」，隨黃於平江「白石嶺」獵鹿。所述年齡若
爲虛歲，則於是年即已歸國。

　　又，〈好奇歟好色歟〉謂：「甲寅年十月，我到上海來，在卡德路慶安里，
租了一所房子住下」。

　　〈自傳〉稱 1915 年（乙卯）歸國，疑記憶有誤。

1915 年（民國四年乙卯）　26 歲

　　1 月，《小說海》創刊於上海，編者黃山民。12 月 12 日，袁世凱宣佈實
行帝制，改元「洪憲」。12 月 25 日，蔡鍔在雲南發動「護國運動」，各省紛紛
回應。

　　向愷然加入中華革命黨江西支部，繼續從事反袁活動。

　　7 月至 12 月，所著《拳術（附圖）》（無附錄）連載於《中華小說界》第
2 卷第 7 期至第 12 期，署「向愷然」。

1916 年（民國五年丙辰）　27 歲

　　是年初，袁世凱任命之廣東都督龍濟光先後鎮壓廣州、惠州反袁起義；4
月 6 日，迫於形勢，宣佈廣東「獨立」；4 月 12 日，以召開廣東獨立善後會議
爲名，誘殺護國軍代表湯覺頓、譚學虁等，史稱「海珠慘案」。

　　約於是年初，向愷然受中華革命軍江西省司令長官董福開委派，赴韶關
遊說龍濟光屬下之南、韶、連鎮守使朱福全起義反袁，恰遇海珠之變，身陷
險境。當於六月下旬脫險。隨後即應友人電召至滬，與王新命（無爲）、成舍
我賃屋南陽路，專事寫作，賣文爲生。

　　3 月，〈變色談〉發表於《民權素》第 16 集（未完），署「愷然」。

　　3 至 4 月，〈拳術見聞錄〉發表於《中華小說界》第 3 卷第 3～4 期，署名
「向愷然」。

5月，《留東外史》正集一至五卷由民權出版部陸續初版發行。

8月，〈無來禪師〉發表於《小說海》第2卷第8號，署「愷然」。

10月，〈朱三公子〉發表於《小說海》第2卷第10號，署「愷然」。

11月1日，《申報‧自由談》刊載《留東外史》「第四集」出版廣告（按這裡的「第四集」當指後來稱為「正集」的第四卷，下同）。同月，〈丹墀血〉（與半儂合撰）發表於《小說海》第2卷第11號，署「愷然」。

12月，〈皖羅〉發表於《小說海》第2卷第12號，署「愷然」。同月，《拳術》由中華書局初版發行（後附〈拳術見聞錄〉），署「平江向逵」。

按是年6月19日，雲南護國軍張開儒部攻克韶關，朱福全棄城逃遁，向愷然因而脫險，與《拳術傳薪錄》謂「民國五年友人電招返滬」在時間上基本切合。〈我個人對於提倡拳術之意見〉中亦稱：「民國五年，友人電招返滬，復創中華拳術研究會於新聞新康里，未幾因有粵東之行，事又中止。」〈自傳〉：「遇海珠事變，幾遭龍濟光毒手。」〔3〕或謂即海珠事變後遭朱福全囚禁。

王新命敘與向愷然、成舍我共同「賣文」等事頗詳，包括向愷然為稿酬問題與惲鐵樵「決裂」，當時與向同居之女友為「章石屏」等〔10〕。關於與惲鐵樵「決裂」事，經查1916～1918年《小說月報》目錄，未見有「向逵」、「愷然」或「不肖生」作品，而署名「無為」者亦僅兩篇。

《留東外史》正集卷數據董炳月〈「國民作家」的立場：中日現代文學關係研究〉；又見范煙橋〈最近十五年之小說〉。〈變色談〉等篇刊載月份均為陰曆。按林鷗自編〈舊派小說家作品知見書目〉著錄有《變色談》一種，似為單行本，署向愷然著，不知出版時間及單位，詳情待查。

1917年（民國六年丁巳）　28歲

是年沈知方於上海創辦世界書局。1月，《寸心雜誌》在北京創刊，主編：衡陽何海鳴。

向愷然在滬。

1月，中華書局印行《拳術》第12版。2月，「奇情小說」〈寇婚〉發表於《寸心雜誌》第3期，署「不肖生」。《中華新報》或於是年連載向愷然所撰《技擊餘聞》。

11月1日，《申報‧自由談》又刊《留東外史》「第四集」出版廣告。

是年又曾返鄉暇居，一度出任湖南東路清鄉軍軍職，駐長沙東鄉。隨後當即返滬。

按〈獵人偶記〉第三章云：「民國六年里居多暇，輒荷槍入山，爲單人之獵」；第六章：「丁巳八月餘任湖南東路清鄉軍，率直隸軍一連駐長沙東鄉。」返滬時間當在下半年。黃曾甫云：「民國初年軍閥混戰時期，地方不寧，向愷然曾一度被鄉人推任爲清泰都保衛團團正（團副爲李春琦，石牯牛人）。余幼年讀小學時，曾親見向愷然來我家作客，跨高頭駿馬，來往於清泰橋、福臨鋪之間。」〔4〕王新命《新聞圈裏四十年》稱向愷然《技擊餘聞》於《中華新報》刊出後「尤膾炙人口」〔10〕。據其所述時間，當在民國六年。待核該報。

1918 年（民國七年戊午）　29 歲

向愷然在滬。

3 月 1 日，《申報·自由談》刊載《留東外史》「第五集」（當指正集第五卷）出版廣告。

次子振宇生於是年 2 月 25 日，字一學，號爲霖。生母爲楊氏夫人。

按《江湖異人傳》謂：「戊午年十一月，我從漢口到上海來，寄居在新重慶路一個姓黃的朋友家裏」。

向振宇，黃埔軍校第 15 期畢業，1937 年入空軍官校，爲第 12 期飛行生。1941 年 11 月赴美受訓，次年歸國，編入空軍第四大隊。曾駕機參與鄂西、常德、衡陽等七大戰役，先後擊落日機兩架。1991 年 7 月卒於長沙。

1919 年（民國八年己未）　30 歲

是年向愷然曾一度自滬返湘，與王志群創辦國技俱樂部於長沙，不久返滬。

2 月，《拳術見聞錄》由上海泰東圖書局出版單行本，署「向逵愷然」。

4 月 1 日，長篇武俠小說《龍虎春秋》由上海交通圖書館出版，署「向逵愷然」。

按創辦國技俱樂部事，見〈我個人對於提倡拳術之意見〉等。《龍虎春秋》共 20 回，敘年羹堯及「江南八俠」故事。

1920 年（民國九年庚申）　31 歲

向愷然在滬。《半夜飛頭記》或作於是年。

按《半夜飛頭記》第一回述及友人於「四年前」曾讀〈無來禪師〉，問是否知其故事，因而引起作者撰寫本書之意向（見時還書局民國十七年第八版）。據此可推知寫作時間：初版時間或即在同年，當由上海時還書局印刷發

行。學界多將《雙雛記》、《豔塔記》與《半夜飛頭記》並列爲向氏作品，實則《雙雛記》爲《半夜飛頭記》之一續（二集，書名已在《半夜飛頭記》結尾作過預告），《豔塔記》爲二續（三集），另有《江湖鐵血記》爲三續（四集），分別出版於民國十五年（1926）10月、十七年（1928）7月、十八年（1929）2月，均由上海時還書局印行。續作者爲「泗水漁隱」，即俞印民（1985～1949），浙江上虞人，曾就讀於紹興府中學堂、上海吳淞中國大學；曾任武漢《大漢報》副刊助理編輯，抗戰爆發後任國民政府西安行營少將參議，第一、第十戰區少將秘書。《豔塔記》自序略謂：不肖生著《半夜飛頭記》，久而未續，時還書局主人訪余於吳下，具言不肖生事繁無間，將囑余以蕆其事。余不治小說久矣，昔年主漢口《大漢報》時，以論政之餘，間作雜稿以實篇。旋以主人之請，遂爲續《雙雛記》以應。茲事距今，忽忽兩年矣。

1921 年（民國十年辛酉）　　32 歲

世界書局改爲股份公司，先後設編輯所、發行所、印刷廠，並於各大城市設分局達三十餘處。

向愷然當在滬。

1922 年（民國十一年壬戌）　　33 歲

3 月，《星期》週刊創辦於上海，編者包天笑。8 月 11 日，《紅雜誌》週刊創刊於上海，編者嚴獨鶴、施濟群。顧明道《啼鵑錄》、姚民哀《山東響馬傳》分別出版、發表於是年。趙煥亭始撰《奇俠精忠傳》。

向愷然在滬。

8 月 3 日，包天笑主編之《星期》週刊第 27 號始載筆記小說〈獵人偶記〉第一章，署「向愷然」；9 月 10 日第 28 號載第二章；9 月 17 日第 29 號載第三章；9 月 24 日第 30 號載第四章；10 月 15 日第 32 號載第五章；10 月 29 日第 35 號載第六章。同刊 10 月 22 日第 34 號、11 月 5 日第 36 號連載〈藍法師記〉（含「藍法師捉鬼」、「藍法師打虎」兩篇）。

10 月 1 日，《留東外史》續集（六至十集）由上海民權出版部出版發行。

10 月 8 日，《星期》週刊第 32 號開始連載《留東外史補》，署「不肖生」，「天笑評眉」。

是年，〈聰明誤用的青年〉連載於《快活》雜誌第 24、26、27 期，署「不肖生」。

是年向氏曾爲中國晚報社編輯《小晚報》，其間初會劉百川。

按《留東外史》續集出版時間據董炳月〈「國民作家」的立場：中日現代文學關係研究〉。向愷然〈楊登雲〉（上）：「記得是壬戌年的冬季。那時在下在中國晚報館編輯小晚報，有時也做些談論拳棒的文字，在小晚報上刊載……而劉百川也就在這時候，因汪禹丞君的紹介，與我會面的。」《小晚報》詳情待查。

1923 年（民國十二年癸亥）　34 歲

6 月，《偵探世界》半月刊創刊於上海，編者先後爲程小青、嚴獨鶴、陸澹安。第 6 期始刊姚民哀《山東響馬傳》。趙煥亭始撰《奇俠精忠傳》。

向愷然在滬。

1 月 5 日，《紅雜誌》第 22 期開始連載《江湖奇俠傳》。

1 月 21 日，《留東外史補》於《星期》第 47 號載畢，共計 13 章。

3 月 4 日，《星期》週刊第 50 號刊載〈我研究拳腳之實地練習〉。

3 月 6 日《紅雜誌》第 34 期、第 50 期分別刊載短篇〈嶽麓書院之狐疑〉、〈三個猴兒的故事〉。

5 月 11 日，〈三十年前巴陵之大盜窟〉發表於《小說世界》第 2 卷第 6 期，署「不肖生」。

6 月 1 日（？）《偵探世界》第 1 期開始連載《近代俠義英雄傳》，署「不肖生」。6 月 21 日（？）第 3 期、7 月 5 日（？）第 4 期、7 月 19 日（？）第 5 期分別刊載短篇小說〈好奇歟好色歟〉上、下及〈半付牙牌〉，10 月 24 日第 10 期、11 月 8 日第 11 期刊載〈紀楊少伯師徒遇劍客事〉上、下，十一月朔日第 13 期、十一月望日第 14 期刊載〈紀林齊青師徒逸事〉上、下，均署「向愷然」。

7 月 6 日，〈陳雅田〉發表於《小說世界》第 3 卷第 1 期，署「不肖生」。

9 月 14 日，袁寒雲發起「中國文藝協會」，向愷然參會並在同鄉張冥飛介紹下與袁寒雲相識。

按《北洋畫報》第 8 卷第 355 期袁寒雲〈記不肖生〉一文云：「予客海上時，曾因友人張冥飛之介識之；且與倚虹、天笑、南陔、芥塵、大雄、東吳諸子，共創文藝協會。」另據鄭逸梅〈「皇二子」袁寒雲的一生〉云：「克文來滬，和文藝界人士，頗多往還。民國十二年他發起中國文藝協會，九月十四日，開成立大會於大世界之壽石山房，到者六十人，均一時名流，推克文

爲主席。十一月十五日又開會選舉，當然克文仍爲主席，余大雄、周南陔爲書記，審查九人，爲包天笑、周瘦鵑、陳栩園、黃葉翁、伊峻齋、陳飛公、王鈍根、孫東吳及袁克文。幹事二十人，爲嚴獨鶴、錢芥塵、丁慕琴、祁敝卿、戈公振、張碧梧、江紅蕉、畢倚虹、劉山農、謝介子、張光宇、胡寄塵、張冥飛、余大雄、周南陔、張舍我、趙苕狂、徐枕呆等。但不久，克文北上，會事也就停止，沒有什麼活動了。」

9 月，與姜俠魂、陳鐵生等編訂《國技大觀》，內收向愷然所撰〈我個人對於提倡拳術之意見〉（見「名論類」）、〈拳術傳薪錄〉（見「名著類」）及〈述大刀王五〉、〈解星科〉（三篇）、〈窯師傅〉、〈趙玉堂〉（見「雜俎類」之「拳師言行錄」）。同月，上海振民編輯社出版、交通圖書館印行《拳師言行錄》單行本，列入「武備叢書」；署「楊塵因批眉，婁天權評點，向愷然訂正，姜俠魂編輯」。

嚴獨鶴主編之上海《新聞報》約於是年下半年開始連載《留東新史》。

八月，世界書局出版《江湖怪異傳》（前有張冥飛序）。

是年，世界書局出版《繪圖江湖奇俠傳》第一集（1～10 回）、第二集（11～20 回）及《近代俠義英雄傳》第一集（1～10 回）、第二集（11～20 回）。

是年由合肥黃健六介紹，向愷然在上海居士林皈依「諦老和尚」，聽講《慈悲永讖》。

按《偵探世界》第 1 至 8 期封面、封底均無出版月日，文中所注時間出自推算。葉洪生《近代中國武俠小說名著大系・平江不肖生小傳及分卷說明》謂美國斯坦福大學胡佛圖書館藏有民國十二年世界書局原刊本《繪圖江湖奇俠傳》。國內曾見此版，似用刊物連載之紙型直接付印，分冊裝訂。《國技大觀》扉頁署「向愷然陳鐵生唐豪盧煒昌著」；「名著類」中除〈拳術傳薪錄〉外又收「向愷然注釋」之〈子母三十六棍〉，該篇原出《紀效新書》，作者爲明代俞盧江（大猷）。

《新聞報》1924 年 3 月 19 日始載《留東新史》第 26 章，由此推測初載當在 1923 年（待核始載之確切時間）。或稱不肖生又撰有《留東豔史》，寫作、出版時間未詳。

皈依「諦老和尚」事據向氏〈我投入佛門的經過〉。按「諦老和尚」當即天台宗名僧諦閑法師（1853～1932），俗姓朱，法名古虛，字諦閑。光緒十二年（1886）由上海龍華寺方丈、天台宗四十二代祖師跡瑞法師授爲傳持天台

教觀四十三世祖，葉恭綽、蔣維喬、徐蔚如等均爲其居士弟子。

《近代俠義英雄傳》第一集有沈禹鐘序，署「癸亥秋月」。第三至八集初版時間待查。《江湖奇俠傳》第三集以後之初版時間有待核查、考證，暫不列入本表繫年；參見顧臻《〈江湖奇俠傳〉版本研究》〔11〕。

1924 年（民國十三年甲子）　　35 歲

7 月 18 日，《紅雜誌》出至 2 卷 50 期（總 100 期）停刊；8 月 2 日，《紅玫瑰》出版第 1 卷第 1 期，編者嚴獨鶴、趙苕狂。

向愷然在滬。

1 月，〈變色談〉連載於《社會之花》第 1～4 期，署「不肖生」。

《偵探世界》續載《近代俠義英雄傳》。又，元旦第 17 期載短篇小說〈天寧寺的和尚〉，三月朔日第 21 期載〈吳六剃頭〉，四月朔日第 23 期載〈江陰包師父軼事〉，四月望日第 24 期載〈拳術家李存義的死〉。四月末，《偵探世界》終刊，共出 24 期，第 24 期刊載《近代俠義英雄傳》4 回，其他各期每期刊出 2 回，共計 50 回。

《紅雜誌》續載《江湖奇俠傳》。又，2 月 29 日 2 卷 30 期、3 月 7 日 31 期、3 月 28 日 34 期、5 月 16 日 41 期、5 月 25 日 42 期、6 月 6 日 44 期、6 月 13 日 45 期分別刊載短篇小說〈熊與虎〉、〈蝦蟆妖〉、〈皋蘭城上的白猿〉、〈喜鵲曹三〉、〈兩礦工〉、〈一個三十年前的死強盜〉、〈無錫老二〉。

《紅玫瑰》續載《江湖奇俠傳》。又，8 月 9 日 1 卷 2 號刊短篇小說〈名人之子〉，9 月 6 日 6 號刊〈李存義殉技訛傳〉（爲〈拳術家李存義的死〉正訛），10 月 11 日 11 號、10 月 18 日 12 號、11 月 15 日 16 號、11 月 22 日 17 號、12 月 6 日 19 號、12 月 20 日 21 號分別刊載短篇小說〈神針〉、〈快婿斷指〉、〈孫祿堂〉、〈鬍福生〉、〈沒腳和尚〉、〈黑貓與奇案〉。

6 月 26 日，《新聞報》連載《留東新史》結束；30 日始載《玉玦金環錄》。

7 月，世界書局出版《留東新史》3 冊，共 36 章。

按〈名人之子〉爲短篇社會小說，正文署「向愷然」，題下有趙苕狂按語云：「向君別署不肖生，素以武俠小說著稱於世，茲乃別開生面，以此社會短篇見貺。繪影繪聲，惟妙惟肖，絕妙一回官場現形記也。讀者幸細一咀嚼之。苕狂附識。」《留東新史》出版時間據董炳月〈「國民作家」的立場：中日現代文學關係研究〉。

1925 年（民國十四年乙丑）　36 歲

　　向愷然在滬。

　　《江湖小俠傳》由世界書局出版發行。

　　《紅玫瑰》1 月 17 日 1 卷 25 號、2 月 7 日 28 號、2 月 28 日 31 號、3 月 28 日 35 號、4 月 4 日 36 號、4 月 11 日 37 號、4 月 18 日 38 號、5 月 23 日 43 號、6 月 6 日 45 號分別刊載短篇小說〈恨海沉冤錄〉、〈傅良佐之魔〉、〈俠盜大肚皮〉、〈無名之英雄〉、〈秦鶴岐〉、〈綠林之雄〉上、下、〈三掌皈依記〉、〈何包子〉。

　　5 月 1 日，《新上海》第 1 期開始連載〈回頭是岸〉，署「不肖生」，至 1926 年第 3 期共載七章半。

　　5 月，陳微明設「致柔拳社」於上海，向愷然從之習練楊氏太極拳數月；適王志群來滬，又從之習吳氏太極拳。

　　按《江湖小俠傳》有初版廣告見《紅玫瑰》2 卷 1 號。〈練太極拳之經驗〉：「到乙丑年五月，幸有一位陳微明先生從北京來到上海」，設立致柔拳社教授太極拳，乃得初習數月。而《近代中國武俠小說名著大系》所收〈我研究推手的經過〉則謂「一九二三年在上海從陳微明先生初學太極拳」，「一九二三」當爲「一九二五」之誤。陳微明（1881～1958），湖北蘄水人，曾舉孝廉，任清史館編纂。先從孫祿堂習形意拳、八卦掌，後從楊澄甫習太極拳。著有《海雲樓文集》、《太極拳講義》等。

1926 年（民國十五年丙寅）　37 歲

　　是年 7 月，國民革命軍分三路從廣東正式開始北伐。9 月 10 日，國民革命軍第八軍（軍長唐生智）所部劉興第四師佔領湖北孝感，廖磊時爲該師第三團團長。

　　向愷然在滬。

　　6 月 1 日，《江湖奇俠傳》第 86 回在《紅玫瑰》2 卷 32 號載完，編者在「編餘瑣語」中宣告：不肖生之《江湖奇俠傳》共 86 回，本期業已登完。現請其接撰《近代俠義英雄傳》，以備本刊第 3 卷之用。但 3 卷 1 號所載爲《江湖奇俠傳》之 87 回，仍係向愷然手筆。6 月，世界書局印行之《江湖奇俠傳》或已出至第九集（79～86 回）。

　　6 月 6 日，《上海畫報》第 118 期發表〈郴州老婦〉，署「向愷然」。其「後記」爲「炯」所撰識語，云：「向愷然先生別署不肖生，技擊之術，爲小說才

名所撰。茲篇（係）愚丐張冥飛先生轉求得之者，所述又爲武俠佚聞，彌足珍焉。」

同年，上海《新聞報》連載《玉玦金環錄》結束（該書連載稿酬爲千字4.5元），後由中央書店印行，改名《江湖大俠傳》。

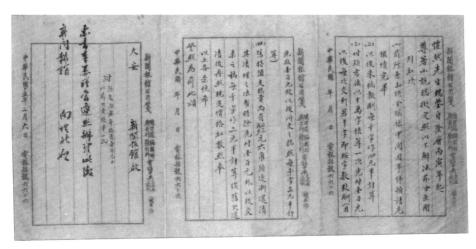

上海新聞報致向愷然函

《紅玫瑰》2月14日2卷17號、3月13日21號、7月7日37號、7月14日38號、7月21日39號、8月5日41號、8月12日42號分別刊載短篇小說〈癩福生〉、〈梁懶禪〉、〈至人與神蟒〉上、下、〈甲魚顧問〉、〈楊登雲〉上、下。

是年大東書局出版《留東外史補》。

是年撰成《近代俠義英雄傳》第51回至第65回。

按劉興部佔領孝感之後又曾出擊廣水、武勝關、汀泗橋，佔領漢口；10月奉命留兩湖整訓。

1927年1月之《新聞報》已無《玉玦金環錄》，是知連載結束於1926年。稿酬據向曉光所藏新聞報館民國十五年二月六日致向愷然函原件。

大東書局出版《留東外史補》之時間據董炳月〈「國民作家」的立場：中日現代文學關係研究〉，待查此版是否初版。

《紅玫瑰》所載《江湖奇俠傳》回序、回目與後來印行之各種單行本回序、回目不盡相同，參見顧臻〈《江湖奇俠傳》版本研究〉。《紅玫瑰》3卷1號所載第87回開頭有「因此重整精神，拿八十七回以下的《奇俠傳》與諸位

看官們相見」之語，正文文風亦與前相似，故論者多認爲此回與 88 回仍屬向氏手筆。世界書局所印《江湖奇俠傳》第十至十一集，版權頁所標印行時間與第九集同爲是年 6 月，由於此二集涉及「僞作糾紛」，所署時間是否眞實待考。參見顧臻〈《江湖奇俠傳》版本研究〉。

《近代俠義英雄傳》第 51 回末陸澹庵評語：「著者前撰此書，僅五十回，即已戛然而止，讀者每以未睹全豹爲憾，今乘暇續成之。」同書第 66 回開頭正文則謂：「這部俠義英雄傳，在民國十五年的時候，才寫到第六十五回。」均指 51 回至 65 回寫於《偵探世界》終刊之後。

1927 年（民國十六年丁卯）　　38 歲

2 月 3 日，唐生智第八軍擴編爲第四集團軍，原第四師擴編爲第三十六軍，軍長劉興：下轄第一師師長爲廖磊。4 月 12 日，上海發生反革命政變，國共、寧漢正式分裂。4 月 18 日，武漢國政府誓師繼續北伐，三十六軍挺進豫、皖。

8 月，唐生智通電討蔣：9 月，三十六軍沿長江南岸進至蕪湖，進駐東西梁山。10 月，南京政府決定討伐唐生智，唐退守湖南，三十六軍失利西撤。

11 月，唐生智下野，三十六軍退守湖南長沙、平江、瀏陽、金井一線。

向愷然當於 2、3 月間離滬，就任三十六軍軍部中校秘書，隨軍駐湖北孝感。曾建議第一師師長廖磊在天后宮設立軍民俱樂部，開展文體活動，敦進軍民情誼。

8 月以後當隨軍往返於鄂、皖、湘。

是年二月二日（陽曆 3 月 5 日），《紅玫瑰》第 3 卷第 7 號續載《江湖奇俠傳》第 88 回畢。編者在「編餘瑣話」中宣告：「不肖生到湖南做官去了，一時間沒有工夫撰稿。《江湖奇俠傳》只得暫停數期。」此後該刊續載者當皆係僞作。

九月，中央書店印行《玉玦金環錄》。

按向愷然在孝感事蹟據〈向愷然逸事〉[12]，然該文所述時間及部分細節與史實不符。本〈年表〉所記劉興部進駐孝感時間、番號變動情況等，均以其他歷史文獻爲依據。又《孝感市志·大事記》：是年 5 月 6 日，中共孝感縣特別支部發起舉行「倒蔣演講大會」，「國民革命軍第四師十七團宣傳隊」曾與會並發表演講（按「第四師」或指劉興部隊舊番號，時已擴編爲三十六軍，

該師或即指廖磊師）；6月30日，國民黨極右分子會同土劣進入縣城，勒繳農民自衛軍槍支，駐軍第三十六軍第一師及教導團佔領縣黨部、農協、婦協及總工會駐所，史稱「湖北『馬日事變』」〔13〕。可知廖磊部（或包括三十六軍其他部隊、機構）在此期間確仍駐紮於孝感，撤離時間或在8月。

軍中之向愷然

1928年（民國十七年戊辰）　39歲

是年初，劉興率三十六軍撤至漵浦。在李宗仁壓力之下，劉興辭去軍職，閒居上海，廖磊接任三十六軍軍長，部隊受桂系節制。4月5日，蔣介石誓師「二次北伐」，白崇禧率三十六軍再沿京漢路進軍豫、冀，9月10日攻佔唐山、開平。11月19日第四集團軍縮編，三十六軍縮編為第十師，廖磊為師長，仍駐開平。

向愷然隨軍進駐天津附近之開平。其間或曾掛職於天津特一區區署及市政府。

據《江湖奇俠傳》相關內容改編，由張石川執導、明星公司發行之電影《火燒紅蓮寺》在滬上映；其後連續拍攝至18集，掀起武俠影片攝製熱潮及

武俠文藝熱潮。

7月17日，《紅玫瑰畫報》第6期（非賣品）刊出《江湖小俠傳》、《俠義英雄傳》、《江湖奇俠傳》廣告。

9月4日，《紅玫瑰畫報》第8期刊出《留東外史》廣告。

按向氏掛職天津政府機關一事，當與時任天津特別市政府參事之黃一歐（黃興之子）有關。詳見1929年《北洋畫報》8月6日所載亦強〈不肖生生死問題〉及8月8日所載袁寒雲〈記不肖生〉二文。電影《火燒紅蓮寺》又有第19集，爲香港所攝製。

1929年（民國十八年己巳）　40歲

是年初，廖磊部或已進駐北平。3月，唐生智與蔣介石合作倒桂，劉興潛回舊部，逼走白崇禧，率部參與蔣桂戰爭。

顧明道《荒江女俠》開始連載。

向愷然當於是年初隨廖磊部進駐北平，隨即辭去軍職。8月間，隨黃一歐赴津。同年夏秋間，受聘爲瀋陽《遼寧新報》特約撰述員，爲該報撰長篇武俠小說《新劍俠傳》。在北平時，曾從許禹生、劉思綬研習太極推手；又曾會見太極拳發源地河南陳家溝陳氏太極第四代傳人陳積甫，考察陳、楊兩派拳術異同。

同年，《現代奇人傳》一冊由世界書局出版發行。

3月24日，《上海畫報》第450期所載〈小報告〉（署名「網」）稱：「小說名家向愷然先生，近年在湘中任軍法官，昨世界書局得訊，先生已歸道山矣。」

4月3日，上海《晶報》亦刊出不肖生「物故」消息。包天笑化名「曼奴」在該報發表〈追憶不肖生〉，其他報章亦有追挽文字跟進。7月21日，《晶報》載張冥飛文，稱不肖生在津沽。隨後《瓊報》、《灘報》發表譴責趙苕狂冒名續寫《江湖奇俠傳》之文字，而平、津報章亦因《遼寧新報》預告刊載《新劍俠傳》而發生不肖生存歿之爭。8月3日、6日、8日，《北洋畫報》發表亦強〈不肖生生死問題〉、〈關於不肖生之又數種消息〉及袁寒雲〈記不肖生〉三文，證實向愷然確實曾在天津。

8月15日，《北洋畫報》刊出向愷然致該社社長馮武越函及近照一張，謠言遂息。

8月18日，《上海畫報》第498期，刊出署名「耳食」的〈不肖生不死〉

一文，說「前年盛傳向君已作古人，茲據北平友人函稱，則向君目前確在北平頭髮胡同甲一號第十三師辦公處，已投筆從戎矣！」同期所載〈重理書業之不肖生〉（署名「悄然」）則云：「不肖生向愷然君，自遊幕湘南後，滬上曾一度傳其已死，實則向已隨李品仙部至北平，向寓在西城頭髮胡同甲一號，惟以隨軍關係，既不大與外間通問，且不願以眞相示人耳。近聞向已辭去軍隊生活，而重整理筆墨生涯，其第一步即爲瀋陽《遼寧新報》撰《新劍俠傳》。」

另據〈平襟亞函聘不肖生〉（刊於 1929 年 8 月 21 日《上海畫報》第 499 期，署名「俞俞」）云：「前此途中爲匪戕害云云，特東坡海外之謠耳（張其鍠〔子午〕楊毓瓚〔瑟君〕皆死於匪，向先生被戕之謠，殆即由此傳誤）。向先生嘗致《新聞報》嚴獨鶴先生一書，聲明死耗之不確，又詢《江湖奇俠傳》九集以後之續稿，並謂可以繼續爲《快活林》撰著，平襟亞先生聞訊，急函約向先生到滬，爲中央書店撰小說。每月交□萬字（原稿漏字），致酬五百金，訂約一年，款存銀行保證，暫時不得更爲它家作何種小說云。」其間還涉及向愷然與世界書局、時還書局的版權糾紛。

父國賓公卒於是年。

按向愷然在〈練太極拳的經驗〉中曾說：「戊辰七月，我跟著湖南的軍隊到了北京，當時北京已改名北平。」戊辰七月即 1928 年 8 月 16 日至 9 月 14 日，而三十六軍實於上年 9 月 10 日攻佔開平，故文中「戊辰」疑爲「己巳」之誤，月份是否有誤待考。練習、考察太極拳事，見〈我研究推手的經過〉等文。是年，《紅玫瑰》第 5 卷第 20 號刊出《江湖奇俠傳》十一集單行本及《現代奇人傳》出版廣告。按《江湖奇俠傳》第十集與第十一集均係僞作，涉嫌侵犯向愷然著作權。

關於「物故」謠言及上述著作權糾紛，向爲霖在〈我的父親平江不肖生〉中亦曾敘及。下述資料則更清晰地勾勒出了相關細節：

據〈世界書局迎向記〉（刊於 1929 年 9 月 12 日《上海畫報》第 506 期，署名「耳食」）短訊稱：「聽說向愷然先生從北平寫信到上海世界書局，提出一個小小交涉，就是《江湖奇俠傳》要從第十集重新做過，沈老闆大爲贊成，趕忙託李春榮君親自赴平，答應向君的要求，並且要請他結束全書。」又，短訊〈快活林將刊不肖生著作〉（刊於 1929 年 9 月 27 日《上海畫報》第 511 期，署名「重耳」）則謂：「向現仍擬在滬重理筆墨生涯，其開宗明義之第一聲，將在《新聞報》上之《快活林》露臉，以《快活林》編者嚴獨鶴君，與

向素有交誼，且甚欽佩向君之筆墨也。惟《快活林》之長篇小説，俟《荒江女俠》登完後，尚有徐卓呆和張恨水二君之小説，預計在本年度內，無再登他人小説之可能，故向君現特先撰〈學習太極拳之經過〉短文一篇，約五六千字，其中關於太極拳之派別及效用，均詳述靡遺，極富趣味，不日即將刊載。」11 月，《上海畫報》第 524 期（1929 年 11 月 6 日）所刊〈向愷然返湘省親記〉（「振振」自北平寄）稱：「其尊人忽抱沉屙，得電忽忽，即行就道。」另，《上海畫報》528 期（1929 年 11 月 18 日）所刊〈向愷然起訴時還書局〉（署名「平平」）稱：「世界書局以八千元了結《江湖奇俠傳》版權糾紛事宜；向愷然就《半夜飛頭記》署名問題起訴時還書局。」起訴時還書局之結果未詳。

1930 年（民國十九年庚午）　41 歲

是年 3、4 月間，電影《火燒紅蓮寺》第十一集「因取材偶不經心，致召上海市黨部電影檢查委員會取締」（明星公司《普告國內外之歡迎〈紅蓮寺〉者》）。5 月 14 日，「片經特別市檢查會檢許」，恢復公映。

向愷然約於 3、4 月間自北平返滬，繼續其寫作生涯。

3 月 18 日，上海《新聞報》副刊《快活林》始載向愷然〈練習太極拳的經驗〉，4 月 20 日載完。此文主要總結在北平習研太極拳之心得、見聞，後收入陳微明所編《太極正宗》，列爲第七章，題目改爲〈向愷然先生練習太極拳的經驗〉。

按據 4 月 24 日《上海畫報》第 579 期所刊《不肖生來滬》（記者）稱：「小説界鉅子平江向愷然先生，著作等身，文名藉甚，近已偕其眷屬來滬，暫寓愛多亞路普益公報關行，刻方卜居適宜之地。」又據是年 3 月 28 日《新聞報・快活林》刊載陳微明〈一封書證明事實・陳微明致向愷然〉云：「數年未見，每於友人中探兄蹤跡，近始知在北平研究太極拳」，「聞兄仍作文字生涯，其境況可知，何不仍南來一遊乎？」可知向氏返滬當在 3、4 月間。

關於《火燒紅蓮寺》第十一集遭取締的時間，據明星公司〈普告國內外之歡迎《紅蓮寺》者〉文（附載於中央大戲院爲該片第十二集上映而在是年 7 月 5 日《新聞報》上刊發的廣告）推定。文中又說：「（遭取締後）嗣經本公司略具呈文，陳明中國影業風雨飄搖之苦況及《紅蓮寺》關係國片存亡之實情……差幸檢會體恤商艱，業已准如所請。」經查，該片第十集上映於同年 2 月 20 日前後，第十一集既已於 5 月 14 日經「檢會」允許公映，可知遭禁當

在 3、4 月間。

1931 年（民國二十年辛未）　42 歲

7 月 15 日，國民政府「內、教二部電影檢查委員會」依據反對「提倡迷信邪說」之宗旨，在第十一次委員會議上又決議禁止播映《火燒紅蓮寺》，並吊銷已換發之該片第十三至十八各集執照。

向愷然當於是年撰成《近代俠義英雄傳》第 66 至 84 回。

按《近代俠義英雄傳》第 66 回原有下述文字：「這部俠義英雄傳，在民國十五年的時候，才寫到第六十五回，不肖生便因事離開了上海，不能繼續寫下去；直到現在整整五年，已打算就此中止了。」「不料近五年來，天假其便居然在內地謀了一椿四業不居的差使；可以不做小說也不致挨餓，就樂得將這支不健全的筆擱起來。……想不到竟有許多閱者，直接或間接寫信來詰問，並加以勸勉完成這部小說的話。不肖生因這幾年在河南直隸各省走動，耳聞目見的又得了些與前八集書中性質相類似的材料；恰好那四業不居的差使又掉了，正用得著重理舊業。」「四業不居的差使」當指所任軍職。亦不排除上年業已開始續撰之可能。

關於本年以及 1932、1937、1938 年《火燒紅蓮寺》禁映或開禁的情況，均據顧倩《國民政府電影管理體制（1927～1937）》一書第十四章第四節。「內、教二部電檢會」為中央級的電影管理機構，正式成立於是年 3 月，由內政部（含警務系統）和教育部聯合組成。

1932 年（民國二十一年壬申）　43 歲

2 月，湖南省政府主席何鍵於長沙創辦湖南國術訓練所，所址設於皇倉灣武聖宮內，首任所長萬籟聲；5 月，萬籟聲離任，何鍵親自兼任所長。10 月 1 日至 5 日，湖南省第二屆國術考試在長沙舉行。

7 月，天津《天風報》開始連載還珠樓主（李壽民）所撰《蜀山劍俠傳》。

8 月，明星公司呈文內、教二部「電檢會」，列述攝制《火燒紅蓮寺》本意不在提倡迷信邪說諸情，請求重撿、弛禁。獲准，遵命改名《紅蓮寺》，修改不妥內容，重領執照。然而，隨之又接警字 137 號令，吊銷《紅蓮寺》影片執照。雖經公司再次力辯該片僅前二集取材於小說，其他各集皆與小說無干云云，陳情仍被駁回。

是年向愷然離滬返湘，居長沙學宮街希聖園，於何鍵兼任國術訓練所所

長後出任該所秘書，主管所務。取得友人吳鑒泉、杜心五、王潤生、柳惕怡等支持，以顧如章爲總教官，劉清武爲教務主任，加聘范慶熙、王榮標、范志良、紀授卿、常多生、白振東等爲教官；以李肖聃爲國文教員，柳午亭爲生理衛生教員。所內南北之爭消弭，全所面貌一新。10 月派出學員參加省第二屆國術考試，取得優異成績。

是年 3 月，世界書局出版《近代俠義英雄傳》第九至十二集（66～84回）。

按顧倩《國民政府電影管理體制（1927～1937）》（中國廣播電視出版社 2010年版）第 274 頁談及《火燒紅蓮寺》1932 年又遭禁映經過時，曾引述「警字137 號令」，稱曾「根據出版法禁《江湖奇俠傳》一書」，但不知查禁之具體時間。特誌於此備考。

國術訓練所創辦時間據《湖南武術史》〔14〕。向愷然〈自傳〉：「民國二十一年回湖南辦國術訓練所及國術俱樂部，兩次參加全國運動會，湖南省皆奪得國術總錦標。」〔2〕（《長沙文史》第 14 輯所載蕭英傑〈湖南省國術館始末──解放前的湖南武術界〉一文謂國術訓練所創辦於 1931 年。互聯網所載〈湖南國術訓練所掌故〉一文跟帖或謂 1929 年冬萬籟聲即應聘入湘就任所長；關於萬氏離湘時間，又有 1932 年 7 月、1933 年 7 月諸說，似均不確。）湖南省第二次國術考試時間據《湖南武術史》（第一次爲 1931 年 9 月 27～29 日）。

嶽麓書社版《近代俠義英雄傳》之底本即世界書局 1932 年本，然被刪去第 15 至第 19 回及第 65 回、第 67、68 回共計 9 回文字，導致文獻殘缺，殊爲可惜。

1933 年（民國二十二年癸酉）　　44 歲

10 月 20 日至 30 日，中央國術館於南京公共體育場舉辦全國第二屆國術考試。

向愷然在國術訓練所任秘書。10 月，派出選手多人參加全國國術考試，獲得優異成績。

《湖南省第二屆國術考試匯刊》出版，內收向愷然〈提倡國術之貢獻〉、〈婦女界應積極提倡國術〉、〈寫在國術考試以後〉、〈我失敗的經驗〉四文。

是年秋，《金剛鑽月刊》第 2 期以〈論單鞭〉爲題，刊載 1924 年（甲子）春季陳志進與向愷然來往書信三通。

按第一屆全國國術考試舉辦於 1928 年 10 月。

《金剛鑽月刊》編者施濟群在〈論單鞭〉之前加有按語云:「甲子春,余方爲世界書局輯《紅雜誌》,陳君志進以書抵余,囑轉向君愷然,討論太極拳中之單鞭一手。蓋當是時有某書賈者,發行《國技大觀》一書,貿然列向君名,醜詆單鞭無實用,陳君乃作不平鳴。迨魚雁數往返,始悉《國技大觀》一書,非向君所輯,然則向君之受此夾氣,非向君始料所及也。豈不冤哉!癸酉仲秋編者識。」文末復按:「陳、向二君,素昧平生,因此一度之筆戰,乃成莫逆交。語云:『不打不成相識。』信然。今陳、向二君俱在湖南主持國術分館教授事,倘重讀當年討論單鞭數書,悻悻之色,溢於言表,必啞然自笑也。」

1934年〔民國二十三年甲戌〕　　45歲

1月,竺永華出任國術訓練所所長,建議何鍵於長沙又一村成立國術俱樂部。

何自任董事長,竺任總幹事長,下設總務、宣傳、遊藝、教務四股。

向愷然兼任國術俱樂部秘書,同時兼任高級班太極拳教員。端午節前,太極名家吳公儀、公藻兄弟應邀抵湘,就任國術俱樂部教員。向愷然主持歡迎儀式,有合影留存,題曰攝於「蒲節前一日」。

是年秋,王志群返湘,向愷然與之相聚三月,晨夕探討太極拳。

在向愷然主持、籌劃下,國術俱樂部之建設以及活動之開展頗見成效,擁有禮堂、演武廳、國術大操場、射箭場、摔跤場、彈子房、民眾劇院等設施,組織、推廣文體活動,貢獻頗多。

是年,向氏撰〈趙老同與尤四喇嘛〉,連載於《山西國術體育旬刊》第1卷第1、2期;〈三晉武俠傳〉,連載於同刊第1卷第3、4、5期(前兩期署「肖肖生」,第5期署「不肖生」);〈國術名家李富東傳〉,載於第1卷第7、8期合刊;〈霍元甲傳〉,連載於第6期及7、8期合刊。

母王氏太夫人卒於是年陽曆2月28日。

按與王志群重聚事,見〈太極徑中徑〉。〈趙老同與尤四喇嘛〉等篇多與《近代俠義英雄傳》互文。

國術俱樂部歡迎吳公儀、公藻昆季合影

1935 年（民國二十四年乙亥） 46 歲

10 月 10 日至 20 日，第六屆全國運動會在上海舉行。

向愷然在國術訓練所、國術俱樂部任秘書職。以國術訓練所學員爲主之湖南省國術隊女子組榮獲全國運動會總分第一名。

6 月，長沙裕倫紙業印刷局印行吳公藻《太極拳講義》，向愷然爲之作序，以答客問方式闡釋太極拳精義。

按《太極拳講義》序末署「民國二十四年六月平江向愷然序於湖南國術訓練所」。

1936 年（民國二十五年丙子） 47 歲

何鍵改湖南省國術訓練所爲湖南省國術館。10 月，第六屆華中運動會在長沙舉行。

向愷然受何鍵之命，與竺永華專任國術俱樂部事務。湖南省男、女武術隊分別榮獲第六屆華中運動會武術總分第一名。

原配楊氏夫人卒於是年 8 月 25 日。

按專任國術俱樂部事等據《湖南武術史》。

1937 年（民國二十六年丁丑）　48 歲

7 月 7 日盧溝橋事變，抗日戰爭爆發。7 月 18 日，長沙市政府、國術俱樂部等九團體於又一村國術俱樂部召開會議，決定成立「長沙人民抗敵後援會」，24 日改稱「湖南人民抗敵後援會」，後又改稱「湖南人民抗敵總會」。

廖磊率部駐皖，9、10 月間，以陸軍上將銜出任第十一集團軍總司令兼第七軍團軍團長。

11 月 12 日，上海淪陷。11 月 27 日，新任湖南省主席張治中宣誓就職，何鍵調任內政部長。

向愷然任國術俱樂部秘書，積極參與抗敵後援等愛國活動。

電影《火燒紅蓮寺》在「孤島時期」之上海經「中央電檢會」辦事處重檢，獲通過；但又在工部局電檢會受阻。

按向一學〈回憶父親一生〉稱：向愷然時曾接待、安排田漢、熊佛西率領之抗日宣傳隊演出及徐悲鴻繪畫展覽等活動。[9]

上海淪陷之後，城市中心為公共租界中區、西區和法租界，日軍未能進入，因而形成四周都是淪陷區的獨立區域，史稱「孤島」。國民政府在「孤島」仍擁有治權，當時內、教二部電檢會已被「中央電檢會」取代，該會在滬留有辦事處。

1938 年（民國二十七年戊寅）　49 歲

1 月 23 日，張治中改組省國術館，原副館長李麗久升任館長，任鄭嶽為副館長。2 月，日機開始轟炸長沙等地。5 月，湖南各縣成立抗日自衛團。6 月 7 日，第五戰區司令官兼安徽省主席李宗仁遷省會於大別山區立煌縣（今金寨縣）。廖磊奉令駐守大別山，以第二十一集團軍總司令身份兼任第五戰區豫鄂皖邊區游擊總指揮，9 月 27 日出任安徽省主席，10 月 8 日兼任省保安司令。11 月，日軍攻長沙，國軍撤退時放火燒城。

向愷然當於是年受廖磊之邀，往安徽立煌縣出任第二十一集團軍總辦公廳主任兼省府秘書；同往之武術界人士包括白振東、粟永禮、時漱石、黃楚生、劉杞榮等。不久，囑侄孫向次平於返湘時接成佩瓊到立煌。是年秋，與成佩瓊在立煌結婚，婚禮由第二十一集團軍政治部主任胡行健操辦。

是年中央書局印刷發行《玉玦金環錄》之改名本《江湖大俠傳》，署「襟霞閣主人精印」「大字足本」，列入「通俗小說文庫」，前有范煙橋序及陳子京

校勘後序。

上海工部局電檢會亦對《火燒紅蓮寺》開禁,第十八集終於在「孤島」正式上映。

按廖磊就任安徽省主席時間據《中華民國史事日誌》[15] 等,《金寨縣志‧大事記》作 10 月 24 日 [16]。向愷然所任職務據《湖南省文史館館員傳略》,此外又有「顧問」、「參議」諸說。成佩瓊,婚後改名「儀則」,原籍湖南寧鄉,生於民國八年(1919) 1 月 6 日。初中畢業後考入國術訓練所女子師範班,主學太極拳;畢業後任益陽信義中學體育教師。向斯來 2010 年 12 月 2 日致徐斯年函云:「1937 年盧溝橋事變,母親回到國術訓練所。不久,父親應二十一集團軍總司令廖磊的邀請,前往安徽任職總辦公廳主任。父親去安徽時,從國術訓練所帶了一些男學員隨同前往,在廖磊部任職。後來又派他侄孫向次平(曾在行政院任過職)來長沙,說向主任派他來接母親前往安徽安排工作。當時母親與父親只是師生關係,兵荒馬亂的年代,工作不好找,有這樣的機會,就跟向次平去了。到安徽後,父親託人向母親求婚(父親元配楊氏已於 1936 年去世),母親考慮父親比她大 20 多歲,開始沒有同意。父親先後派了唐生智內侄凌夢南、參謀長徐啓明、副官處長羅敏、政治部主任胡行健等人,輪番給母親說媒,做工作,母親終於同意了。1938 年秋,由政治部主任胡行健操辦婚筵,為我父母舉行了結婚儀式。」

關於抗戰初期向愷然在湘行蹤,向一學〈回憶父親一生〉稱:「因日機轟炸長沙,全家搬回老家東鄉苦竹坳樊家神。父親在福臨鋪抗日自衛團當副團長……後來隨桂系廖磊去安徽省。」[9] 黃曾甫〈平江不肖生為何許人〉稱:「1938 年長沙大火前,敵機時來侵擾,向愷然攜眷下鄉,住在長沙縣竹衫鋪樊家神(在麻分嘴附近)老家。在鄉人士組織福臨鄉自衛團,又推舉向愷然任副團長,他招來一批國術訓練所的學生,在鄉下訓練。」[4] 經查《湖南抗日戰爭日誌》[17],「湖南民眾抗日自衛總團」由張治中兼任團長,下設區團部,由各區保安司令兼任團長;縣設縣團部,由縣長兼任團長;鄉(鎮)設大隊部,由鄉(鎮)長任大隊長。福臨鋪為鎮,向愷然若任該職,當為福臨鋪抗日自衛團之副大隊長。向斯來 2010 年 12 月 2 日函則云:「母親回憶,抗戰爆發後,父親即隨廖磊去了安徽,並沒有在長沙出任過長沙縣抗日自衛團副團長,一直從事文字和武術工作。此事母親記得很清楚,因為盧溝橋事變後,她就從益陽回到了長沙(的)省國術訓練所。對父親行止比較清楚。」上述兩說,

似以向一學、黃曾甫説爲是。

1939 年（民國二十八年己卯）　　50 歲

10 月 23 日，廖磊因腦溢血逝世，追贈陸軍上將，葬立煌縣響山寺。

向愷然在立煌。殆於是年（或上年？）訪劉百川並初識覺亮和尚（「胖和尚」）於六安，又識畫僧懶悟（「懶和尚」）於立煌。

女斯來生於是年 12 月某日，生母爲三配夫人成儀則。

按向愷然〈我投入佛門的經過〉：「我學佛得力於一位活菩薩，那位活菩薩是誰？是六安大悲庵的胖老和尚。這和尚在大悲庵住了五六十年，七八十歲的六安人，都說在做小孩的時候便看見這胖老和尚，形貌舉動就和現在一樣。凡是安徽的佛教徒恐怕沒有不知道他的。他的法名叫覺亮，但是少有人知道，他在大悲庵幾十年的行持活動，寫出來又是一部好神話小說。不過他是一個頂怕麻煩的人，我不敢無故替他惹麻煩。」向氏與此僧交往之確切時間、過程待考。成儀則〈憶愷然先生〉：「住在六安縣的劉百川老師，是全國著名的武術家。此時困住家鄉，一籌莫展。愷然先生訪知後，和二十一集團軍總司令廖磊乘視察軍情之機，途經六安，會見了劉百川老師。老友相逢，倍加歡喜。劉百川對愷然先生的事業深表讚同，於是便同來立煌，住在我家。愷然先生向廖磊詳細介紹劉的武術及爲人，建議安排他的職務。廖磊當時是總司令兼安徽省主席，欣然接受了這一建議，將劉安排在安徽省政府任參議一職。」[18] 姑將訪劉百川及初會胖和尚均志於本年。

朱益華〈五檔坡的大玩家〉：「抗日戰爭時期懶悟應弘傘法師邀請到金寨（當時叫『立煌』）小靈山。這時候曾經以寫《江湖奇俠傳》而轟動一時的向愷然，應安徽省主席的邀請來到金寨。向愷然與懶悟一見如故，並寫了一副對聯送給懶悟。聯文是『書成焦葉文猶綠，睡起東窗日已紅。』懶悟很喜歡，抗戰勝利後攜回迎江寺，掛在他的畫室裏。」[19] 按懶悟即懶和尚，河南潢川人，俗姓李。生年未詳，卒於 1969 年。以書畫聞名於世，屬新安畫派，稱「汪採石、黃賓虹後第一人」。迎江寺在安慶（當時已淪陷）。向愷然初會懶悟之時間待考，亦姑誌於本年。

向斯來，譜名振來。

1940 年（民國二十九年庚辰）　　51 歲

1 月 11 日，李品仙繼任安徽省長。

向愷然在立煌。

1941 年（民國三十年辛巳）　52 歲

向愷然在立煌。

女斯立當生於是年。生母爲三配夫人成儀則。

按向斯立，譜名振立。其身份證生日爲 1942 年 2 月 14 日，向曉光謂實際出生時間早於是年。而向斯行身份證所填生年亦爲 1942 年，可知斯立當生於 1941 年。

1942 年（民國三十一年壬午）　53 歲

是年春，經教育部批准，安徽省臨時政治學院改建爲安徽省師範專科學校。12 月底，日軍突襲並佔領立煌，大肆燒殺，於次年初撤退。

向愷然在立煌。

12 月，廣益書局出版《龍門鯉大俠》一冊，署向愷然著。

子斯行生於是年 8 月 21 日。生母爲成儀則夫人。

按向斯行，譜名振行，卒於 2008 年。《龍門鯉大俠》未見原書，書目所錄出版時間爲「康德八年」即 1942 年，疑印行於東北淪陷區。

1943 年（民國三十二年癸未）　54 歲

安徽師範專科學校升格爲安徽學院。

向愷然以省府秘書兼任安徽學院文科教授當始於是年。

女斯和生於是年 12 月 27 日。生母爲成儀則夫人。

按安徽學院後與原安徽大學合併重組，重建安徽大學（時在 1949 年 10 月）。向斯來 2010 年 12 月 2 日函稱：「父親在立煌縣任二十一集團軍總辦公廳主任時，兼任安徽大學（按對照〈自傳〉及相關文獻當爲安徽學院）教授，教古典文學，每週去授課一天，上午兩節課，下午兩節課。持續時間大約一年多。」

向斯和，譜名振和。

1944 年（民國三十三年甲申）　55 歲

向愷然在立煌。奉派以省府秘書身份會同定慧禪師領修被日寇焚毀之響山古寺。〈太極徑中徑〉或撰於是年。

按金寨縣政府網 2009 年 4 月 28 日發佈〈響山寺〉簡介云：「1943 年元旦，

日寇犯境，寺被焚毀，蕩然無存。1944 年安徽省府爲恢復寺廟，派秘書向愷然會同禪師定慧領修，歷時 8 個月，於 1945 年建成。」

〈太極徑中徑〉寫作時間據該篇內文推測。此文見於劉杞榮《太空拳》一書（湖南省新華印刷廠 1997 年印行），此前曾否公開發表待查。又，同書另收向愷然〈湖南武術代有傳人〉一文，當作於 1949 之後，未知確切時間。

1945 年（民國三十四年乙酉）　　56 歲

抗戰勝利。安徽省政府由立煌遷至合肥。

向愷然督修之響山寺完工，計重建瓦屋 30 間，分爲一宅三院。其左後方爲廖公祠、墓（祀、葬廖磊），右爲忠烈祠（祀桂系陣亡將士）。

按響山寺完工資料據金寨縣政府網。1947 年 12 月 10 日《紀事報》所載〈名小說家平江不肖生匪窟脫險經過〉謂：向氏督修之三大工程爲「廖公祠、昭忠祠、勝利紀念塔」，而 1947 年 9 月尚「未竣」。《紀事報》所載文當據傳聞而寫，所敘督修時間及事實或有不確之處。成儀則〈憶愷然先生〉亦曾說及抗戰勝利後督修響山寺及勝利紀念塔，而勝利紀念塔不見載於金寨縣志及政府網。

1946 年（民國三十五年丙戌）　　57 歲

華中軍政長官白崇禧在合肥宣佈撤銷第十戰區，於蚌埠設立第八綏靖區，夏威任司令長官。

向愷然應夏威之邀，赴蚌埠佐其戎幕，出任少將參議，主辦《軍聲報》。2 月，安徽省政府教育廳編印之《新學風》創刊號刊載向愷然所撰〈宋教仁、楊度同以文字見之於袁世凱──《革命野史》材料之一〉；該刊第 2 期列向愷然爲特約編撰。是知其時已開始構思、撰寫《革命野史》。

6 月，上海廣益書局出版《太湖女俠傳》一冊，署向愷然、許慕義合作。

按任少將參議等事據《湖南省文史館館員傳略》[8]。《軍聲報》，民國三十五年（1946）由第八綏靖區政訓部創辦，社址設於蚌埠華豐街 10 號，日出對開一大張，次年停辦。葉洪生編《近代中國武俠小說名著大系》之《近代俠義英雄傳》、《江湖奇俠傳》卷首〈平江不肖生小傳及分卷說明〉謂：《革命野史》「原稱《無名英雄》」，曾以《鐵血英雄》之名「發表於上海《明星日報》」。待核實。《太湖女俠傳》未見原書。

1947 年（民國三十六年丁亥）　　58 歲

　　9 月 2 日，中國人民解放軍晉冀魯豫野戰軍（即二野）三縱八旅佔領立煌縣城。

　　向愷然時在立煌，因即被俘。審查期間二野民運部長史子雲曾建議向愷然赴佳木斯高校任教，向因「家庭觀念太重」而未允。解放軍遂禮遇而釋放之，並開具通行證，乃攜眷經六安轉赴蚌埠。

　　按是年 12 月間，國民黨軍與二野二縱在立煌展開拉鋸戰。次年 2 月下旬，二野主力轉移。直至 1949 年 9 月 6 日，中國人民解放軍二十四軍七十一師二一三團佔領金家寨後，立煌縣方正式宣告解放。1947 年 12 月 10 日《紀事報》所刊〈名小說家平江不肖生匪窟脫險經過〉謂：向氏於 9 月 3 日被俘，在「古碑沖的司令部中」接受審查，「八天」之後獲釋。所述其他情節與下文所引向氏自述、向斯來函所述基本一致，「史子雲」則誤作「史子榮」，「民運部長」誤作「行政部長」。湖南省文史館所藏向愷然 1953 年致「李部長」（當爲時任湖南省委宣傳部長之李銳）函云：「1947 年在安徽遇二野民運部長史子雲和八縱隊政治部許主任，他們都是讀過我所作小說的。他們對我說，我的小說思想與他們接近，一貫的同情無產階級，不歌頌政府，不歌頌資產階級，並說希望我到佳木斯去當大學教授。我自恨家庭觀念太重，那時已有五個小兒女，離開我便不能生活，不願接受他的希望，於今再想那樣認識我的人便不易得了。」向斯來 2010 年 12 月 2 日函謂：「經我與母親及妹妹們回憶」，父親被俘「是 1947 年秋天的事，劉鄧大軍進軍大別山後發生的。當時父親被帶走了一個星期，回來後告訴我母親，新四軍對他很好。說他很坦白，有什麼說什麼；思想先進，和共產黨能夠合拍；又是文化人，共產黨隊伍裏很需要他這樣的人，動員他加入共產黨，隨部隊到東北佳木斯去。父親一生沒參加過任何黨派，雖然在廖磊部做事，也並沒有加入國民黨。父親對新四軍說，他可以隨部隊去東北，但是，家有妻室兒女大小六人，而且子女年齡都很小，要去得帶家屬一起去。新四軍答覆說，戰爭年代，家屬不能隨軍，但是，蚌埠設有留守處，家屬可以留在蚌埠。父親回覆說，此前他之所以沒有隨二十一集團軍去蚌埠，留在立煌沒走，自己討點事做（負責建勝利紀念塔），就是因爲孩子都小，走不了。如果家屬不能隨軍，他一個人去東北會放心不下。因此只能答應新四軍說，他回湖南後，將來貴軍解放長沙，他一定出城三十里迎接。1949 年，父親與程潛等國民黨高級將領一起，在長沙簽名起義，迎接

解放軍。在審查父親的那七天時間裏，新四軍要父親幫他們做了一些文字工作，比如寫小冊子、宣傳品等。閒聊中，他們問父親對共產黨有什麼看法，父親說，擔心他們挺進大別山離後方太遠，怕給養供不上。冬天馬上來了，天冷了怎麼辦？通過審查，父親一無血債，二無劣跡，而且在當地民眾中口碑很好，七天後，新四軍把父親放回來了。臨回家前，還請父親吃了餐飯，一位叫『史團長』的（按當即向愷然致『李部長』函中所說之史子雲）陪同父親一起用餐。回家後，父親繼續爲部隊做了一些文字工作。後來新四軍給我們家開了豫、鄂、皖三省通行證（路條），我們就離開了立煌縣，到六安去了。我們在六安過完春節就從六安去了蚌埠。淮海戰役開始前，形勢十分緊張，我們又隨父親從蚌埠撤到南京。1948 年冬天，二哥向一學給全家搞來了免費機票，於是，我們全家和二哥一起，坐免費飛機從南京飛到漢口，再從漢口坐火車回長沙。」按當時「中國人民解放軍」雖已定名，但當地仍習慣使用「新四軍」這一稱呼；「蚌埠設有留守處」之說或屬誤記，因爲當時該市並未解放。又，向一學在〈回憶父親一生〉中稱其父被解放軍「釋放」後暫居於「合肥」的「一個廟裏」，《紀事報》所刊文亦稱向氏「脫險」後「依於合肥城內東大街皖中唯一古刹的明教寺」。是則赴蚌埠前後曾否逗留於合肥，尚待考證核實。《湖南省文史館館員傳略》僅云：「一年後辭（參議）職，任蚌埠實驗小學校長。」〔8〕按向斯來曾向徐斯年口述父親被俘經過甚詳，略謂：解放軍進入家中，父親先交出佩槍，他們接著入室搜查，但對錢物、字畫等分毫不動，這一點給我們留下的印象特別深刻。又按，香港《華僑日報》1947年 10 月 18 日刊有〈不肖生突告失蹤〉特訊，謂「上海息：小說家向愷然（即不肖生），在抗戰時，任廿一集團軍總部少將機要秘書，勝利後辭退，隱居立煌山中，研討印度哲學，遙領省府高參名義。詎在前次立煌被匪竄陷後失蹤，至今音信杳然，遍覓無著，合肥文化界，對之異常關懷，刻在設法訪查中。」

1948 年（民國三十七年戊子）　　59 歲

12 月，淮海戰役接近尾聲，蚌埠即將解放。

是年春，向愷然就任蚌埠市中正小學校長。冬，攜妻女等赴南京，由次子爲霖護送，乘空運署專機飛漢口，再轉火車返回長沙，出任程潛主持之湖南省政府參議。

8 月，於佛學刊物《覺有情》月刊第 208 期發表〈我投入佛門的經過〉。

女斯道生於是年 6 月 6 日。生母爲成儀則夫人。

　　按中正小學，解放後改名「實驗小學」。《上海灘》1996 年第 2 期所載夏侯敍五〈平江不肖生身世補綴〉云：「到了 1947 年的元月份，《軍聲報》忽然停刊了。不久，夏威受命接任安徽省主席，因為省會在合肥，第八綏靖區機關也隨之遷往合肥。可是向愷然卻不願意跟隨，似另有所謀。果然他通過新任蚌埠市長李品和（湖南人，李品仙的弟弟）的力薦，出任中正小學校長……向愷然上任後，很少過問校務，把校內大小一切事務全部推給了教導主任，他自己則每日讀書寫作（《革命野史》即在此時動筆）。」按此文所述時間較含混，經核《蚌埠市志·蚌埠大事記》，第八綏靖區遷合肥時間為民國三十七年（1948）10 月；李品和原任蚌埠市政籌備處主任，確於 1947 年正式設市後出任市長；向愷然任中正小學校長則在 1948 年春。向爲霖〈回憶父親一生〉：「大約是淮海戰役後，父親由安徽來到南京」，隨後又「回安徽將家小接來南京」，一同返湘〔9〕。

　　向斯道，譜名振道。

1949 年（民國三十九年己丑）　　60 歲

　　向愷然在長沙隨程潛、陳明仁將軍和平起義。時居長沙南門外青山祠。

1950 年（庚寅）61 歲

　　自是年 9 月起，向愷然每月受領軍政委員會津貼食米一市擔。

　　4 月，上海元昌印書館出版《俠義英雄》三冊，署向愷然著。

　　5 月，所著《革命野史》由嶽南鑄字印刷廠印行，署「平江不肖生」。因銷量過少而未續寫。

　　按津貼數額後來略有增加，但因子女眾多，生活仍頗窘迫。《俠義英雄》未見原書。

1951 年至 1953 年（辛卯至癸巳）　　62 至 64 歲

　　向愷然在長沙。

1954 年（甲午）　　65 歲

　　2 月，向愷然應湖南省人民政府之聘，任省文史館館員，月薪 50 元。

1955 年（乙未）　　66 歲

　　向愷然在長沙。

1956 年（丙申）　　67 歲

　　11 月，向愷然於北京參加全國第一次武術觀摩表演大會，任裁判委員，受到國家體委主任賀龍元帥接見。

1957 年（丁酉）　　68 歲

　　7 月 12 日，香港《大公報》刊出《陳公哲返港談北遊，樂道政府重視武術，參觀全國武術觀摩並遊各城市，在長沙與平江不肖生見面歡技》特訊，謂「武術界名宿陳公哲前日自北京返抵港……於長沙又和六十八歲的武俠小說作家不肖生（向愷然）會面，對發展武術方面，交換意見」云云。

　　是年向愷然撰〈丹鳳朝陽〉，刊於湖南省文聯刊物《新苗》第 7 期。又應賀龍元帥之請，準備撰寫百餘萬字之《中國武術史話》，因「反右運動」開始而未果，並於運動中被劃為「右派分子」。同年 12 月 27 日逝世。

附：確切寫作、出版（刊載）時間未詳之作品目錄及部分辨疑

　　《變色談》（此為林鷗《舊派小說家作品知見書目》手稿所錄書目，原書未見，版別未詳）；

　　《乾坤弩》（有大眾圖書社版，未見原書，出版時間未詳）；

　　《綠林血》（有大眾圖書社版，未見原書，出版時間未詳）；

　　《煙花女俠》（未見原書，版別未詳）；

　　《鐵血大俠》（未見原書，版別未詳）；

　　《荒山游俠傳》（有藝光書店版，未見原書，出版時間未詳）；

　　《情恨滿天》（有天津古籍出版社 1987 年重印本上、下二冊，署名「不肖生」，收入「近代通俗文學研究資料叢書」，按該書實為王度廬所撰《鶴驚崑崙》，係託名之偽作）；

　　《玉鐲金環鏢》（未見原書，版別未詳）；

　　《小俠萬人敵》，署名「不肖生」，上海書局出版，2 冊全，按疑為馮玉奇同名之作，待核實；

　　《雍正奇俠血滴子正傳》，署名「不肖生」，中中圖書出版社版，2 冊全，按該書實為陸士諤《七劍三奇》，當係託名偽作；

　　《賢孝劍俠傳》，署名「不肖生」，奉天中央書店康德六年四月一日再版，待考；

　　《江湖異俠傳》，署名「不肖生」，益新書社版，待考；

　　《神童小劍俠》，署名「平江不肖生」，全三冊，上海小說會民國廿二年十月出版，待考；

　　《風塵三劍客》，署名「平江不肖生」，全三冊，民國二十四年五月香港五桂堂書局出版，待考；

　　〈奇人杜心五〉（葉洪生稱原載滬上《香海畫報》，今上海圖書館殘存之該畫報中未見此篇）；

　　〈武術源流〉、〈太極推手的研究〉、〈我研究推手的經驗〉（後二文均見錄於葉洪生主編之《近代中國武俠名著大系》所收向氏作品卷首，〈經驗〉一文末有「民族形式體育運動」、「文化遺產」等語，殆作於解放後）；

　　〈湖南武術代有傳人〉、〈太極拳名稱的解釋〉（此二文均作於解放後）。

　　本年表蒙湖南省文史館、圖書館及向斯來女士，（日本）中村翠女士，張元卿、顧臻、林鷗先生，李文倩、石娟、禹玲博士，毛佳小姐等提供相關資料，特此致謝。

參考文獻

〔1〕《向氏族譜》，民國三十三年（1944）六修版。

〔2〕向愷然：〈自傳〉，平江不肖生《江湖奇俠傳》卷首，嶽麓書社，2009，長沙。

〔3〕向愷然：〈自傳〉，湖南省文史館藏原稿抄件。

〔4〕黃曾甫：〈平江不肖生為何許人〉，《長沙文史資料》（增刊），1990。

〔5〕淩輝：〈向愷然簡歷〉，湖南省文史館所藏原稿抄件。

〔6〕向愷然：《拳術》，中華書局，民國五年（1916），上海。

〔7〕向愷然：〈我研究拳腳之實地練習〉，《星期》週刊，民國十二年（1923）3 月 4 日第 50 號。

〔8〕《湖南省文史館館員傳略》，湖南師範大學印刷廠，2000，長沙。

〔9〕向一學：〈回憶父親一生〉，平江不肖生《江湖奇俠傳》附錄，嶽麓書社，2009，長沙。

〔10〕王新命（無生）：《新聞圈裏四十年》，龍文出版有限公司，1993，臺北。

〔11〕顧臻：〈《江湖奇俠傳》版本研究〉，《2010·中國平江·平江不肖生國際學術研討會論文集》，2010，平江。

〔12〕魏鋆：〈向愷然逸事〉，《平江文史資料》第 1 輯，平江政協文史資料研究委員會，1988，平江。

〔13〕《孝感市志》，紅旗出版社，1995，北京。

〔14〕湖南省體委武術挖整組：《湖南武術史》，湖南日報第二印刷廠，1999，長沙。

〔15〕郭廷以：《中華民國史事日誌》，中央研究院近代史研究所，1988，臺北。

〔16〕《金寨縣志》，上海人民出版社，1992，上海。

〔17〕鍾啓河、劉松茂：《湖南抗日戰爭日誌》，國防科技大學出版社，2005，長沙。

〔18〕成儀則：〈憶愷然先生〉，平江不肖生《江湖奇俠傳》附錄，嶽麓書社，2009，長沙。

〔19〕朱益華：〈五檔坡的大玩家〉，《安徽商報》，2008-07-04。

2016-11-3 增補改定於姑蘇香濱水岸

《蜀山劍俠傳》改編影視芻議

（一）

我看《阿凡達》時，當場有三點感想：1. 特技效果確乎精彩；2. 思想內涵乏善可陳──仍是「白人拯救野蠻人」的老話（恩格斯認為這種話語始於《魯濱遜漂流記》），無非「說法」有所變化而已；3. 其「大鳥意象」和《蜀山劍俠傳》相通（後者則源自《江湖奇俠傳》）。

由此進而想到，《蜀山劍俠傳》（以下簡稱《蜀山》）非常值得改編成影視作品；如果做得認真，肯定可以產生一種有別於「阿凡達式話語」的、具有「中國特色」的玄幻片。這是一個極具文化價值和市場潛力的項目，能否付諸實行並獲得成功，首先取決於改編工作是否「對路」。

我把「改編」看成文本轉換，而且把聲像作品也看成文本──以聲像為載體，由以導演為首的演員群組和非演員群組集體創作而成的一種有別於文字文本的特殊「文本」。因此，《蜀山》如要改編為影視作品，必然包括兩道文本轉換過程：把第三人稱的敘事體的小說，轉換為以代言體為主的文學劇本，這是第一道文本轉換，或可稱之為「二度創作」；把文字文本「轉換」為「聲像文本」，即攝製完成影視成品，這是第二道文本轉換，或可稱之為「三度創作」。

本文著重探討與「二度創作」相關的一些問題，但也不可避免地會涉及「三度創作」。

把「改編」視為「文本轉換」，意味著必須以原著為底本、為依據（即「第一範本」）。強調這個原則，不僅在學術性、文學性、藝術性的意義上是十分

必要的，而且從商業運作的角度考慮也是事關成敗的。

「《蜀山》影視」面對的是兩個觀眾群：第一觀眾群即通常的玄幻片觀眾群，那是一個十分龐大的「目標市場」，據調查統計，「顧客」年齡約在 30 歲以下，他們對《蜀山》原著幾乎一無所知，故其評判標準必然偏重於「通用標準」而不涉及「改編」。第二個觀眾群，則是一批「《蜀山》迷」。他們人數不多，卻熟悉原著，眼光挑剔，能量很大。他們的評判標準肯定首先著眼於是否忠實於原著，然後才衡量能否「出於藍而勝於藍」。改編作品如能獲得後一觀眾群的認可，應該也能得到前一觀眾群的歡迎——因為忠實於原著的改編作品，至少不致於粗製濫造，應當能夠達到「通用標準」的要求。反之，倘若得不到第二觀眾群的認可，第一觀眾群那個目標市場也會失去，因為「《蜀山》迷」的「興論能量」極大，其褒貶會對「目標市場」產生決定性的影響。

事實正是如此，1950 年以來，文化市場上業已推出的幾種取材於《蜀山》的影視作品〔註 1〕，幾乎都未獲得「《蜀山》迷」的好評，所產生的社會效益和經濟效益也相當有限。究其原因，主要即在未能「吃透」原著。

欲「吃透」原著，第一步必須做的工作便是體會、分析原著的文化內涵和思想傾向，把握其中的主體和精華。

（二）

徐國楨在所著《還珠樓主論》中曾說：《蜀山劍俠傳》「所透露的『思想面目』，十分蕪雜，差不多找不出中心點所在。」〔註 2〕事實上，「去蕪存菁」是可能而且必要的，「中心點」的「所在」也是找得出的，那就是以「成人童話」形式表達的「修仙話語」，即葉洪生所稱「修仙進化論」。

其他宗教，討論的都是「人死以後怎樣」；唯有道教，卻專探討「人怎樣可以不死」。《蜀山》中的「修仙」者和業已修成的「仙人」們，研討、探尋

〔註 1〕 取材於《蜀山》之影視作品，筆者所知者有電影三部，但只看過一部（《蜀山傳》）：《蜀山飛俠傳》（1950，內地）；《新蜀山奇俠》（1983，香港，導演徐克，主演林青霞、鄭少秋等）；《蜀山傳》（2001，香港，導演徐克，主演張柏芝、鄭伊健、古天樂、章子怡等）；電視劇亦三部：《蜀山奇俠之紫青雙劍》（1990，TVB，20 集，主演：楊寶玲、李婉華、關禮傑等）；《蜀山奇俠之仙侶奇緣》（1991，TVB，20 集，主演：鄭伊健、關禮傑、陳松齡、歐瑞偉、鍾淑慧、曾航生等）；《新蜀山劍俠傳》（2002，臺灣華視，主演：馬景濤、洪金寶、陳德容、劉雪華、姜大衛、錢小豪等）。

〔註 2〕 徐國楨：《還珠樓主論》，第 10 頁，正氣書局，1949，上海。

的便是「不死」之道。此道用哲學話語表述，或可概括爲：相信並且追求生命品質、生命功能以及生命價值的不斷演進和無限提升。

還珠樓主李壽民（1902～1961）

　　追求「不死」這個目的，《蜀山》裏的「正派劍仙」與「邪派」或「魔道」角色是沒有多少差別的；爲了達致「不死」，必須增長自身功能（包括祭煉各種奇兵法寶），以對抗各種「劫難」，他們之間也是沒有多少差別的。所以，書中的「邪派」、「魔道」角色，也都自認爲「修仙者」，乃至有的已被認爲進入「散仙」境界。

　　「正」與「邪」、「仙」與「魔」的區別在於「道」，即追求目的所循之途徑。

　　「正道」、「仙道」最顯著的特徵就是尊重生命；「魔道」、「邪派」最顯著的特徵則是褻瀆、殘害生命，被褻瀆、殘害的也包括他們自己的生命——因爲他們選取的「成道捷徑」，在根本上是對自身的戕害。

　　「正道」的修煉方法主要是提高內質（亦稱「內功」）和修積「外功」，後者包括行善、拯難、扶弱、懲惡，其間貫穿著對他人生命的關懷和愛護，同時也是自己生命價值的提升。爲了維護、尊奉眾生（包括植物）平等的「修仙原則」，以至當那些「異類散仙」遭遇「天劫」之際，他們也不惜挺身而出，

爲之護法，力抗「天命」。對於那些善心未泯的邪派「魔頭」，他們同樣體現出這樣的仁慈之心。

用武是爲了「止戈」，不得不殺生是爲了在更高的意義上實現「護生」——正是在此意義上，使「仙」和「俠」合而爲一。

上述「修仙思想」與佛理多所契合，是釋、道思想的融合和精緻化；但是主體屬於道家，因爲佛教在了斷生死方面，其見解有所不同。

也正是在「看重生命」這一點上，《蜀山》的「修仙話語」又與儒家思想實現了契合。儒家是入世的，注重於弘揚現世生命的價值和功能，以「知其不可而爲之」的精神行仁、履忠、達誠、取義。《蜀山》裏的「正派」主人公修積「外功」之際，儒家思想從中弘揚著「仙道」的實踐精神，豐富、充實著它的倫理內涵。但是，儒學顯然亦非《蜀山》「仙道」之主體——孔子曰：「未知生，焉知死？」儒家關注的是現世；「怎樣可以不死」這個問題，不在他們考慮的範疇之內。

綜上所述，貫穿整部《蜀山劍俠傳》的，便是以道家爲主體，融會儒、釋兩家思想而形成的生命哲學，體現著中國傳統文化厚重、豐贍、特殊的內涵。把握這一點非常重要，在消極意義上可以避免改編出來的作品重複「阿凡達話語」；在積極意義上，有助於增強改編作品「形而上」的內涵，有助於超越模仿好萊塢的層次，至少有助於增添開創「中國特色玄幻片」的自覺性。

（三）

對於還珠想像之豐富和《蜀山》世界的奇幻圖景，徐國禎作過很精闢的概述：

在還珠樓主的筆下：

關於自然現象者，海可煮之沸，地可掀之翻，山可役之走，人可化爲獸，天可隱減無迹，陸可沉落無形，以及其他等等；

關於故事的境界者，天外還有天，地底還有地，水下還有湖沼，石心還有精舍，以及其他等等；

對於生命的看法，靈魂可以離體，身外可以化身，借屍可以復活，自殺可以逃命，修煉可以長生，仙家卻有死劫，以及其他等等；

關於生活方面者，不食可以無饑，不衣可以無寒，行路可縮萬里成尺寸，談笑可由地室送天庭，以及其他等等；

> 關於戰鬥方面者，風霜水雪冰，日月星氣雲，金木水火土，雷
> 電聲光磁，都有精英可以收攝，練成功各種兇殺利器，相生相剋，
> 以攻以守，藏可納之於懷，發而威力大到不可思議。〔註3〕

除此之外還可補充一點——在《蜀山》中，不僅「天外還有天，地底還有地」，而且時間之外還有時間：「未來世」可以「剪輯」到「現在世」裏來，使之成為「準過去時」。那些「散仙」、「地仙」，由於享年最少的也已達到數百歲，多則至於上千歲，所以與凡人相比，他們的「現在世」又是極度「膨脹」的；當描述他們遊戲人間、積功人間的事蹟時，作品裏「故事時間」（也就是影視劇本裏的「劇情時間」）應該呈現為「雙重『現在時』」。時間與空間是密切相關的，所以「故事空間」、「劇情空間」也應具有「雙重性」或「多元性」。

另一方面同樣值得注意：《蜀山》劍仙們的「生存方式」，又與《西遊》、《封神》諸仙有別。他們不列身於「仙班」，既無需面對一個約束自己的「天庭」神權系統，也與人間的王權系統無甚關聯。他們的生活顯得更加散漫、更加自由，近乎隱士，所以其生存形態比較富於「人間性」。表現於環境也是如此：書中除了大肆描繪非現實的奇境之外，也寫及許多真山真水，它們同樣構成劍仙們的活動空間。

面對上述「戲劇情境」，「改編程序」進入「三度創作」階段時，導演、特別是美工／特效總師及相關工作人員，他們承擔著一個極其艱巨的、全局性的任務，就是如何運用聲畫語言，來表現上面所說那個雙重—多元而又統一的時間和空間。在這方面，他們必將首先面臨巨大的壓力和挑戰，同時也是激發獨創性的契機。要把那個幻裏有真、虛中含實，非現實、非寫實的奇幻世界具象化，不僅關乎場景設計，而且關乎服飾設計、角色造型（這裡有意不用「人物」一詞，因為出場者還包括動、植物之精靈）等等無數細微末節。如果在這些方面不能體現原著的精神、風格、韻味，不能滿足「《蜀山》迷」們的觀賞期待，文學劇本再好，「終端作品」也是決不可能成為精品的。關於這個問題，傳統戲曲表演體系走的是一條美麗而又單純的「捷徑」——美工系統不做「繪境」，「境」在演員身上，「人到哪裡」，「境」也就「呈現」於哪裡。影視作品具有更加豐富的「繪境」、「繪意」手段，當然應該充分利用這一優勢，但在處理時空矛盾時，是否可以吸取傳統戲曲、繪畫的「寫意

〔註3〕 徐國楨《環珠樓主論》，第 12、13 頁，正氣書局，1949，上海。

路線」，創造出一種獨特、新鮮，有別於好萊塢的影視語言呢？這恐怕也是非常值得嘗試、探索的。

關於戰鬥，正如論者已經指出的，《蜀山》所寫「飛劍」、「法寶」等等，想像所及，幾乎囊括了二戰期間出現的各種新式武器和科技成果，故被讚為「玄理與物理的結合」。但是必須看到，《蜀山》的想像並非以科學思維為基礎，而是以玄學思維為統率的。玄想性，正是「《蜀山》影視」所應具有的美學特徵。

電影《蜀山傳》海報及截屏

　　按照一般科學思維，「人」與「器」分屬截然不同的範疇，二者可以產生操控／被操控的關係，但決不可能合二爲一。而在玄想思維裏則不然，「身劍合一」便是《蜀山》中出現頻率最高的一個句子，「飛劍意象」則可視爲「《蜀山》仙話」裏有關法寶、奇器的典型案例。

　　「身劍合一」意味著「劍」就是「人」，它有了靈性，它的功效也就是「人」的意向和意志；「身劍合一」又意味著「人」也是「劍」，人經修煉而得的超自然的生命能量也就是劍的能量，在這一意義上，「劍光」、「劍氣」成了一種新的「生命形態」（其他生命形態還包括「嬰兒」、「元神」、「魂魄」等等）。這又正是《蜀山》與科幻小說在哲學意義上最爲契合之處（科學哲學的發展，也已到了探討「機械生命」、「矽基生命」、「電磁生命」的境界）。

　　「身劍合一」這一命題，也爲《蜀山》的寫「武」插上了、展開了想像的翅膀。即以書中所寫飛劍而言，比起《聶隱娘》、《綠野仙蹤》、《七劍十三俠》裏的，無論從形態還是從功能上，都要更加豐富、多姿：作爲「遙控」的「精確制導」武器，它們既可施行視距內的攻擊，又可施行超視距的攻擊；既可攻，又可守；作爲「運載工具」，它們既可瞬間傳信於萬里，也可片刻載人至天涯；它們可以反覆使用，不僅有光、有色、有聲，而且從其攻防姿態還可窺見主人的性格情緒……

　　《蜀山》所寫其他「鬥寶」、「用寶」、「鬥法」場面，其想像亦均植根於上面這樣的玄學思維。

　　營造上述「鬥劍」、「鬥寶」的畫面和意境，不但對於「《蜀山》影視」的特效人員，而且對於演員，也是一個艱巨而又饒有興趣的挑戰，因爲這裡的戰鬥既非短兵對打，更非近身搏擊，而是「特殊生命形態」以及「意念」在宏大時空中的交鋒。表現這樣的劇情，需要另有一套與之相應的、不同於一般武打片，也不同於西方魔幻片的肢體語言，更需要有「超現實」的內心體驗。

　　「身劍合一」即「天人合一」，它消除了「人」與「物」之間的隔閡，「有機體」與「無機體」之間的隔閡，「精神」與「物質」之間的隔閡，使得「人」與宇宙、與萬物得以相通、相融、相長、相升。人也由此而獲得不斷提升生命品質和生命功能的途徑。

　　所以，就生命哲學的意義推究，「身劍合一」固然是「煉劍」的必經之途，而其最高境界仍將體現在「人」、在「身」。從這一角度考察，《蜀山》原著裏

那位「怪叫化淩渾」可以視為一個極佳的「寓言」：無論什麼飛劍，到他那裏，只須雙手一撈、一搓，便都成為廢鐵——飛劍乃是「有為法」，而「一切有為法，如夢幻泡影」（《金剛經》），「道常無為而無不為」（《老子・第三十七章》）！道行修到淩渾那個境界，什麼飛劍、法寶都不在話下了。

《蜀山》中的另一位人物李寧，則從「理論」上闡釋過上述玄理。他說：「若是上乘，便不著相。本來無物，何有於法？萬魔止於空明。一切都用不著，哪有敵我之相呢！」〔註4〕——這就是佛門所謂「如來說即非法相，是名法相」（《金剛般若波羅蜜經・知見不生分第三十二》）；「諸法悉空，是名無相」（《同淨影疏》）！

《蜀山》中對法寶、法術的描寫，還包含著傳統《易》學及五行生剋學說的豐富內涵。《易》學最深刻的觀點乃是「動靜互根」，五行生剋學說最深刻的觀點則為「『剋』即是『生』」。

於是，道家眞諦、釋家因明、儒家哲理，還有陰陽家學說，在這裡又得到了契合和融合。

我們期待中的「《蜀山》影視」一旦播映，應該是非常熱鬧、非常好看的。如果能讓受眾在觀賞時感受到：「熱鬧」、「好看」的背後，還蘊藏著上面那種意義上的「非熱鬧」、「非好看」的玄學文化意涵，那將是改編的巨大成功。

（四）

《蜀山》原著達 329 回，450 餘萬字；據統計，出場人物至少在七八百名以上，重大關目有四五十處。這樣一部著作，要壓縮、「改編」成兩小時的「聲畫文本」，幾乎是不可能的。徐克執導的電影《蜀山傳》，反響雖然不大也不佳，但是筆者以為在表現玄學意境（包括特效設計）方面，它倒是頗有自覺和新意的。人們所以不滿，殆即在於「缺故事」，而它也恰恰不是眞正意義上的「原著改編」（個中不知有無「難言之隱」）。

作為長篇巨著的改編，對《蜀山劍俠傳》固然可以截取局部內容拍攝為電影或電視劇，但是「經典性意義」的工作，應該指的是「移植全書」。這只能通過攝製系列電影或多「季」電視連續劇來實現。系列電影，每部均可截取原著的部分關目進行改編，前、後部的內容應該有所銜接，但又可以各自

〔註4〕 《蜀山劍俠傳》第 16 集，第 9 回，第 92 頁，鴻文書局版，香港長興書局出版發行（年代未詳）。

保有相對的獨立性；多「季」連續劇，在結構和敘述方式上固然可以創新，但傳播／接受方式決定其連續性必須強於系列電影，因而與原著的「同構性」應該更強。

改編全書是一項大工程，屬於大製作，要求大回報。能否成功，取決於投資是否充分、可靠，編導和美工／特效總師是否熟悉、熱愛《蜀山》原著，投資方、製作方和製作團隊對作品的總體構思和總體風格把握是否達成共識，並在機制、體制（包括法律）和組織上為實現該共識而建立了切實保障。

如果上述條件均已具備，就應賦予編劇、導演以充分的創作自由，不宜多加干擾。但是，由於改編不是原創，不可能不從積極意義和消極意義兩方面接受原著的制約，所以從分析原著的角度，對這些制約做些討論，探索化解消極制約的途徑和方法，還是有必要的。

有人曾把《蜀山劍俠傳》的內容歸納為 20 個大關目（每個大關目中又含若干小關目）：1. 慈雲寺；2. 戴家場；3. 青螺峪；4. 烈火困凝碧；5. 天狐抗天劫；6. 紫雲宮；7. 白陽山；8. 沅江取寶；9. 淚破情關；10. 峨嵋開府；11. 銅椰島彌劫；12. 南疆鬥蠻祖；13. 幻波池除妖屍；14. 北極地心探險；15. 殲滅萬載寒蚿；16. 天殘地缺鬥神駝；17. 屍毗歸正果；18. 兀南公大鬧幻波池；19. 鳩盤婆九鬼噬生魂；20. 葉繽掃蕩四十六島。它們以「峨嵋開府」為「界」，分成前、後兩大部分。如果拍攝電視連續劇，每一大部分殆可分為兩「季」，則全劇可能長達四「季」200 集左右。

無論與原著「同構」到什麼程度，改編時都要對原著進行必要的「解構」和「重構」。筆者認為，其間有三個問題較難解決〔註5〕：

1. 如何確立貫穿事件、貫穿人物？有一種主張，認為可將「峨嵋眾小」修積「外功」的「成長過程」確立為貫穿事件，以「三英二雲」等「眾小」為貫穿人物，其中又當以李英瓊為「一號女主角」。也有一種主張，認為確立貫穿事件和人物是必要的，但在事實上可能出現「主角轉移」的情況，即在某些關目中「貫穿人物」不一定是主角，而這些關目裏的主角卻並不「貫穿」於其他關目；正面人物如此，反面人物亦然。後一主張比較「認同」原著結構的「散漫性」，認為如對大結構作過份改動，可能導致過份脫離原著，筆者比較認同這一主張。

〔註5〕 這三個問題具有「《蜀山》特色」，所以提出來討論。至於一般意義上的「改編策略」和技巧，本文概不涉及，這是因為必須尊重編導人員的創作自由。

2. 與確立貫穿人物相聯繫，又有一種設想，依據當前影視市場的「觀賞趨向」，提出是否應該構思一條貫穿性的「情感戲」線索？這首先關係到原著中是否具有與「貫穿人物」或「一號主角」相關的基礎情節。徐國楨認為：《蜀山》「寫恐怖第一，寫風景第二，寫情愛只能算第三。」〔註6〕筆者倒覺得原著寫情並不弱，問題在於相關的精彩情節幾乎全都見諸「小敘事」即旁支故事。這些「小敘事」或多或少都對「大敘事」有所叛離，相關角色多屬「異派」乃至「邪派」，故事則多關乎「情孽」，情節皆頗緊湊、生動、淒美、濃豔，在寫情、表現人性的複雜性等方面尤與「大敘事」形成互補。因而，如何處理好「大敘事」與「小敘事」的關係，也就是使「旁支結構」與「主線結構」形成緊密的織體，是改編工作的又一難點。千萬不要用捨棄「小敘事」的辦法來「保證」大結構的「嚴謹性」！這一關係如果處理得妥當，精彩的「情感戲」（包括男女之情和其他情義）決不會少，有沒有「貫穿」整個系列的「情感戲」，似乎也就無所謂了。

3. 如何「打好第一炮」？《蜀山》原著是有缺點的，主要表現在開頭不夠精彩。「戴家場」之前，雖亦時見「亮點」，但未擺脫《江湖奇俠傳》的思維和敘述模式，沒有確立「修仙話語」，頭緒比較繁亂，主次不夠清晰。如上所述，作為「大製作」，「頭一炮」必須「打響」，否則必將面臨喪失市場、全盤皆輸的局面。所以，電視連續劇的那個開篇大關目（容量當在10集以上？──相當於原著前40餘回？）必須參考原著進行重新創作，務使在品質（可看性）上超越原著。有一種設想，主張基本刪削「慈雲寺」、「戴家場」乃至「青螺峪」，吸取這些關目中的可用因素，捏入以「英瓊拜師」為中心的開局關目，集中寫開奇境、獲奇兵、馭珍禽、遭奇遇的故事。又有一種設想，主張以「天狐抗劫」作為開局；與原著相比，這就是「橫截面」的開局結構了。兩種設想都有道理，但是執行起來又可能都會遇到新的困難。

克服困難的過程便是走向成功的過程。

但願上述改編設想能得到識者和有實力者的青睞，早日進入立項、實施階段。期待早日見到「如意」的「《蜀山》」影視作品！

2012-3
2015-12-6 增訂

〔註6〕 徐國楨：《還珠樓主論》，第21頁，正氣書局，1949，上海。

北嶽版《王度廬作品大系》序

　　王度廬是位曾被遺忘的作家。許多人重新想起他或剛知道他的名字，都可歸因於影片《臥虎藏龍》榮獲奧斯卡獎之影響。但是，觀賞影片替代不了閱讀原著，不讀小說《臥虎藏龍》（而且必須先看《寶劍金釵》），你就不會知道王度廬與李安的差別。而你若想瞭解王度廬的「全人」，那又必須盡可能多地閱讀他的其他著作。北嶽出版社繼《宮白羽武俠小說全集》、《還珠樓主小說全集》之後推出這套《王度廬作品大系》，對於通俗文學史的研究，可謂功德無量！

王度廬夫婦與其女（50 年代初攝於大連）

　　王度廬，原名葆祥，字霄羽，1909 年生於北京一個下層旗人家庭。幼年喪父，舊制高小畢業即步入社會，一邊謀生、一邊自學。十七歲始向《小小日報》投寄偵探小說，隨即擴及社會小說、武俠小說。1930 年在該報開闢個人專欄「談天」，日發散文一篇；次年就任該報編輯。此八年間，已知發表小說近三十部（篇）。1934 年往西安與李丹荃結婚，曾任陝西省教育廳編審室辦事員和西安《民意報》編輯。1936 年返回北平，繼續賣稿爲生。次年赴青島，淪陷後始用筆名「度廬」，在《青島新民報》及南京《京報》發表武俠悲情小說（同時繼續撰寫社會小說，署名則用「霄羽」）。此十餘年間，發表的武俠小說、社會小說又達三十餘部。1949 年赴大連，任大連師範專科學校教員。1953 年調瀋陽，任東北實驗中學（現遼寧省實驗中學）語文教員。文革後期以退休人員身份隨夫人「下放」昌圖縣農村。1977 年卒於鐵嶺。

　　早在青年時代，王度廬就接受並闡釋過「平民文學」的主張。他的文學思想雖與周作人不盡相同，但在「爲人生」這一要點上，二者的觀念是基本一致的。

　　從撰寫《紅綾枕》（1926 年）開始，王度廬的社會小說（當時或被標爲「慘情小說」、「社會言情小說」）就把筆力集中於揭示社會的不公，人生的慘澹以及受侮辱、受損害者命運的悲苦。

　　戀愛和婚姻是「五四」新文學的一大主題。那時新小說裏追求婚戀自由的男女主人公，面對的阻力主要來自封建家庭和封建禮教，作品多反映「父與子」的衝突——包括對男權的反抗，所以，易卜生筆下的娜拉尤被覺醒的女青年們視爲楷模。到了王度廬的筆下，上述衝突轉化成了「金錢與愛情」的矛盾。

　　正如魯迅所說：娜拉衝出家庭之後，倘若不能自立，擺在面前的出路只有兩條——或者墮落，或者「回家」。王度廬則在《虞美人》中寫道：「人生」、「青春」和「金錢」，「三者之間是相互聯繫著的」，而在當時的中國社會裏，金錢又對一切起著主導性的作用。他所撰寫的社會言情小說，深刻淋漓地描繪了「金錢」如何成爲社會流行的最高價值觀念和唯一價值標準，如何與傳統的父權、男權結合而使它們更加無恥，如何導致社會的險惡和人性的異化。

　　王度廬特別關注女性的命運。他筆下的女主人公多曾追求自立，但是這條道路充滿兇險。范菊英（《落絮飄香》）和田二玉（《晚香玉》）付出了生命的代價；虞婉蘭（《虞美人》）終於發瘋，生不如死。惟有白月梅（《古城新月》）

初步實現了自立，但她的前途仍難預料；至於最具「娜拉性格」，而且也更加具備自立條件的祁麗雪，最終選擇的出路卻是「回家」。

這些故事，可用王度廬自己的兩句話加以概括：「財色相欺，優柔自誤」（《《寶劍金釵》序》）。金錢腐蝕、摧毀了愛情，也使人性發生扭曲。人是「社會關係的總和」，王度廬的社會小說正是通過寫人，而使社會的弊端暴露無遺。

在社會小說裏，王度廬經常寫及具有俠義精神的人物，他們扶弱抗強，甚至不惜舍生以取義。這些人物有的寫得很好，如《風塵四傑》裏的天橋四傑和《粉墨嬋娟》裏的方夢漁；有些粗豪角色則寫得並不成功，流於概念化，如《紅綾枕》裏的熊屠戶和《虞美人》裏的禿頭小三。

上述俠義角色與愛情故事裏的男女主人公一樣，也是現代社會中的弱者。作者不止一次地提示讀者：這些俠義人物「應該」生活於古代。這種提示背後隱含著一個問題：現代愛情悲劇裏的那些曠男怨女，如果變成身負絕頂武功的俠士和俠女，生活在快意恩仇的古代江湖，他們的故事和命運將會怎樣？這個問題化為創作動機，便催生出了王度廬的俠情小說，這裡也昭示著它們與作者所撰社會小說的內在聯繫。

《寶劍金釵》標誌著王度廬開始自覺地把撰寫社會言情小說的經驗融入俠情小說的寫作之中，也標誌著他自覺創造「現代武俠悲情小說」這一全新樣式的開端。此書屬於厚積薄發的精品，所以一鳴驚人，奠定了作者成為中國現代武俠悲情小說開山宗師的地位。繼而推出的《劍氣珠光》、《鶴驚崑崙》、《臥虎藏龍》、《鐵騎銀瓶》〔註1〕（與《寶劍金釵》合稱「鶴－鐵五部」）以及《風雨雙龍劍》、《彩鳳銀蛇傳》、《洛陽豪客》、《燕市俠伶》等，都可視為王氏現代武俠悲情小說的代表作或佳作。

作為這些愛情故事主人公的俠士、俠女，他們雖然武藝超群，卻都是「人」而不是「超人」。作者沒有賦予他們保國救民那樣的大任，只讓他們為捍衛「愛的權利」而戰；但是，「愛的責任」又令他們惶恐、糾結。他們馳騁江湖，所向無敵，必要時也敢以武犯禁，但是面對「廟堂」法制，他們又不得不有所顧忌；他們最終發現，最難戰勝的「敵人」竟是「自己」。如果說王度廬的社會小說屬於弱者的社會悲劇，那麼他的武俠悲情小說則是強者的心靈悲劇。

王度廬是位悲劇意識極為強烈的作家。他說：「美與缺陷原是一個東西。」

〔註1〕 這裡敘述的是發表次序。按故事時序，則《鶴驚崑崙》為第一部，以下依次為《寶劍金釵》、《劍氣珠光》、《臥虎藏龍》、《鐵騎銀瓶》。

「向來『大團圓』的玩藝兒總沒有『缺陷美』令人留戀，而且人生本來是一杯苦酒，哪裡來的那麼些『完美』的事情？」（〈關於魯海娥之死〉）《鶴驚崑崙》和《彩鳳銀蛇傳》裡的「缺陷」是女主人公的死亡和男主人公的悲涼；《寶劍金釵》、《臥虎藏龍》、《鐵騎銀瓶》裡的「缺陷」都不是男女主角的死亡，而是他們內心深處永難平復的創傷；《風雨雙龍劍》和《洛陽豪客》則用一抹喜劇性的亮色，來反襯這種悲愴和內心傷痕。

王度廬把俠情小說提升到心理悲劇的境界，為中國武俠小說史作出了一大貢獻。正如弗洛伊德所說：「這裡，造成痛苦的鬥爭是在主角的心靈中進行著，這是一個不同衝動之間的鬥爭，這個鬥爭的結束決不是主角的消逝，而是他的一個衝動的消逝」。〔註2〕這個「衝動」雖因主角的「自我剋制」而「消逝」了，但他（她）內心深處的波濤卻在繼續湧動，以至成為終身遺恨。

李慕白，是王度廬寫得最為成功的一個男人。

有人說，李慕白是位集儒、釋、道三家人格於一身的大俠；這是該評論者觀賞電影《臥虎藏龍》的個人感受。至於小說《寶劍金釵》裡的李慕白，他的頭上決無如此「高大上」的絢麗光環——古龍說得好：王度廬筆下的李慕白，無非是個「失意的男人」。

在《寶劍金釵》裡，李慕白始終糾結於「情」和「義」的矛盾衝突之中，他最終選擇了捨情取義，但所選的「義」中卻又滲透著難以言說的「情」。手刃巨奸如囊中取物，李慕白做得非常輕易；但是他卻主動伏法，付出的代價極其沉重。他做這些都是自願的，又都是並不自願的。出發除奸之前，作者讓他在安定門城牆下的草地上作了一番內心自剖，這段自剖深刻地展示著他的「失意」，他的心態可以概括為三個字——「不甘心」。

等到這部《大系》出全時，讀者當可見到王度廬用筆名「柳今」所寫的一篇雜文〈憔悴〉，其中有段文字，所寫心態與上述李慕白的自剖如出一轍。讀者還可見到，《紅綾枕》裡男主角戚雪橋為愛人營墓、祭掃時的一段內心獨白，其心態又與柳今極其相似。於是，我們看到了王度廬、柳今、戚雪橋（還有一些其他角色，因相關作品殘缺而未收入《大系》）與李慕白之間的聯繫——李慕白的故事，是戚雪橋們的白日夢；戚雪橋、李慕白們的故事，則是柳今、王度廬的白日夢。

〔註2〕 佛洛伊德：〈戲劇中的精神變態人物〉（張喚民譯），《二十世紀西方美學名著選》（上），第410頁，復旦大學出版社，1987，上海。

不把李慕白這位大俠寫成一位「高大上」的「完人」，而把他寫成一個「失意的男人」，這是王度廬顛覆傳統「俠義敘事」，爲中國武俠小說史作出的又一貢獻。

玉嬌龍，是王度廬寫得最爲成功的一個女人。

玉嬌龍的性格與《古城新月》裏的祁麗雪有相似之處，但是她的叛逆精神更加決絕、更加徹底。爲了自由的愛情，她捨棄了骨肉的親情；同時她也捨棄了貴冑生活，選擇了荊棘江湖，捨棄了「城市文明」，選擇了草莽蠻荒。

對玉嬌龍來說，最難割捨的是親情；最難獲得的，是理想的婚姻。她發現自己選擇羅小虎未免有點莽撞，所以又離開了他。她獲得了自由的愛情，卻在事實上拒絕了自由的婚姻。這與其說反映著「禮教觀念殘餘」、「貴族階級局限」，不如說是對文化差異的正視。儘管如此，這位「古代娜拉」並未「回家」，而是毅然決然地踏上一條不歸路。這條路是悲涼的，同時又是壯美的。

玉嬌龍和李慕白都是「跨卷人物」。《劍氣珠光》裏的李慕白寫得不好，因爲背離了《寶劍金釵》中業已形成的性格邏輯。《鐵騎銀瓶》裏的玉嬌龍則寫得很好，她青年時代的浪漫愛情，此時已經昇華爲偉大的、無私的母愛。她青年時代的夢想，終於在愛子和養女的身上得以成真，但是他們攜手歸隱時的心態，也與母親一樣充滿遺憾。

王度廬的上述成就，都是對於傳統武俠敘事的揚棄，這使他的武俠悲情小說擁有了現代精神。

王度廬又是一位京旗作家。

清朝定都北京之後，即將內城所居漢人一律遷出，由八旗分駐內城八區。王度廬家住地安門內的「後門裏」，屬於鑲黃旗駐區，其父供職於內務府的上駟院。內務府是一個由滿洲上三旗（鑲黃、正黃、正白旗）內「從龍包衣」﹝註3﹞組成的機構，專門管理皇家事務。由此可知，王氏當屬編入滿洲鑲黃旗的「漢姓人」，這一族群不同於「漢人」、「漢軍」，滿人把他們視爲同族。﹝註4﹞

滿人崛起於白山黑水之間，民族性格剛毅尚武，自立自強，粗獷豪放。

﹝註3﹞ 「包衣」，滿語，意爲「家裏人」，在一定語境下也指「世僕」、「僕役」；「從龍」，指從其祖先開始就歸皇帝親領。王度廬在一份手寫的簡歷裏說：父親在清宮一個「管理車馬的機構」任小職員，這個機構當即內務府所屬之上駟院。

﹝註4﹞ 按「滿人」專指滿族；「旗人」這一概念則涵括滿洲、蒙古、漢軍三個八旗的所有成員，其內涵大於「滿人」。

入關定鼎之後，宴安日久，八旗制度的內在弊端開始呈現，「八旗生計」問題日益突出，以至最終導致嚴重的存亡危機。王度盧出生時，恰逢取消「鐵杆莊稼」（即旗人原本享受的「俸祿」），父親又早逝，全家陷於接近赤貧的境地。他的早期雜文經常寫到「經濟的壓迫」，「身世的飄泊，學業的荒蕪」，疾病的「纏身」，始終無法擺脫「整天奔窩頭」的境況。他的許多社會小說及其主人公的經歷、心境，也都寄託著同樣的身世之感和頹喪情緒。這種刻骨銘心的痛楚，蘊含著當時旗人不可避免的噩運，漢族讀者是難以體會這種特殊苦痛的。

同時，王度盧又十分景仰旗族優秀的民族精神。他的作品，明確書寫旗人生活的有十多部；他所塑造的許多旗籍人物身上，都寄託著對民族精神的追憶和期許。

從這個角度考察玉嬌龍，首先令人想到滿族的「尊女」傳統。滿族文史專家關紀新認為，這一傳統的形成，至少有四點原因：一、對母系氏族社會的清晰記憶；二、以採集、漁獵為主的傳統經濟，決定了男女社會分工趨於平等；三、入關之前未經歷很多封建過程；四、旗族少女在「理論」上都有「選秀入宮」機會，所以家族內部皆以「小姑為大」。〔註 5〕玉嬌龍那昂揚的生命力，正是滿族少女普遍性格的文學昇華。《寶刀飛》可能是第一部把入宮前的慈禧，作為一位純真、浪漫而又不無野心的旗族姑娘加以描繪的作品。作者以「正筆」書寫入宮前的她，用「側筆」續寫成為「西宮娘娘」之後的她，沉重的歷史感裏蘊涵幾分惋惜，情感上極具「旗族特色」。

在《寶劍金釵》和《臥虎藏龍》裏，德嘯峰雖非主人公，卻可視為旗籍「貴冑之俠」的典型。他沉穩、老練，善於謀劃，善於掌控全局，比李慕白更加「拿得起、放得下」。他的身上比較完整地體現著金啓孮所說京城旗人游俠的三個特徵：一、凌強而不欺下，一般人對他們沒有什麼惡感。二、多在八旗人居住的內城活動，沒什麼民族矛盾的辮子可抓。三、偶或觸犯權勢，但不具備「大逆不道」的證據，故多默默無聞。〔註 6〕鐵貝勒、邱廣超和《彩鳳銀蛇傳》裏的謝慰臣都屬此類人物。

進入民國之後，由於政治、經濟原因，京中旗人的精神狀態呈現更趨萎靡甚至墮落之勢（《晚香玉》裏的田迂子即為典型），但是王度盧從閭巷之中找

〔註 5〕 參閱關紀新：《多元背景下的一種閱讀——滿族文學與文化論稿》，第 219 頁，遼寧民族出版社，2013，瀋陽。
〔註 6〕 參閱關紀新：《老舍與滿族文化》第 80 頁所引，遼寧民族出版社，2008，瀋陽。

到了民族精神的正面傳承。《風塵四傑》實際寫了五個「閭巷之俠」——那個「有學有品而窮光蛋」〔註7〕的「我」，也是一位「不武之俠」。作者清楚地認識到：雖然如今早非「俠的時代」，但是天橋「四傑」〔註8〕身上那種捍衛正義，向善疾惡，剛健、豁達、堅韌、仗義、樂觀的民族精神，卻是值得弘揚光大的。這已不僅僅是對旗族的期許，更是對重振中華民族傳統美德的期許。

凡是旗人，都無法迴避對於清王朝的評價。王度廬在雜文裏認為，「大清國歇業，溥掌櫃回老家」〔註9〕乃是歷史的必然，人民期盼的是真正實現「五族共和」。他更在兩部算不上傑作的小說中，以傳奇筆法描繪了兩位清朝「盛世聖君」的形象。《雍正與年羹堯》裏的胤禎既胸懷雄才大略，又善施陰謀詭計。他利用「江南八俠」的「復明」活動實現自己奪嫡、登基的計劃，又在目的達到之後斷然剪除「八俠」勢力。但是，他對漢族的「復明」意志及其能量，卻日夜心懷惕懼，以至「留下密旨，勸他的兒子登基以後，要相機行事，而使全國恢復漢家的衣冠」。書中還有一位不起眼的小角色——跟著胤禎闖蕩江湖的「小常隨」，他與八俠相交甚密，又很忠於胤禎。「兩邊都要報恩」的尖銳矛盾，導致他最終撞牆而殉。作者展示的絕不限於「義氣」，這裡更加突出表現的是對漢族的負疚感和對民族殺伐史的深沉痛楚。他對歷史的反思已經出離於本民族的「興亡得失」，上升為一種「超民族」的普世人文關懷。《金剛玉寶劍》中的乾隆，則被寫成一個孤獨落寞的衰朽老人，這一形象同樣透露著作者的上述歷史觀。

滿族入關後吸收漢族文化，「尚武」精神轉向「重文」。有清一代，湧現出了納蘭性德、文康、曹雪芹等傑出滿族作家，其中對王度廬影響最大的是納蘭性德。「搖落後，清吹那堪聽。淅瀝暗飄金井葉，乍聞風定又鐘聲。」〔註10〕納蘭式的淒美色調，融入北京城的撲面柳絮和戈壁灘的漫天風沙，形成了王度廬小說特有的悲愴風格。

旗人的生活文化是「雅」「俗」相融的，王度廬繼承著旗族的兩大愛好：

〔註7〕 語見王度廬早期雜文〈中等人〉，原載於北平《小小日報》1930年4月5日「談天」欄，署名「柳今」。

〔註8〕 民國初年，「天壇附近的天橋大多數的女藝人、說書人、算命打卦者都是滿人。」轉引自關紀新：《老舍與滿族文化》第122頁。

〔註9〕 語見王度廬早期雜文〈小算盤〉，原載於《小小日報》1930年5月20日「談天」欄，署名「柳今」。

〔註10〕 納蘭性德詞〈憶江南〉——當年王度廬與李丹荃相愛，曾贈以《納蘭詞》一冊，李丹荃女士七十餘歲時猶能背誦這首詞。

鼓詞（又稱「子弟書」、「落子」）和京劇。他十七歲時寫的小說《紅綾枕》，敘述的就是鼓姬命運，其中還插有自創的幾首淒美鼓詞。至於京劇，據不完全統計，僅在《落絮飄香》、《古城新月》、《晚香玉》、《虞美人》、《粉墨嬋娟》、《風塵四傑》、《寒梅曲》七部小說中，寫及的劇目已達 96 折〔註 11〕之多！作為小說敘事的有機內涵，王度廬寫及崑曲、秦腔、梆子與京劇的關係，「京朝派」（即京派）與「外江派」（即海派）的異同，「京、海之爭」和「京、海互補」，「票社」活動及其排場，非科班出身的伶人、票友如何學戲，戲班師傅和劇評家如何為新演員策劃「打炮戲」，各色人等觀劇時的移情心理和審美思維……。他筆下的伶人、票友對京劇的熱愛是超功利的，而她（他）們的社會角色和物質生活則是極功利的——唯美的精神追求與慘澹的現實生活構成鮮明反差，映像著人性的本眞、複雜和異化。他又善於利用劇情渲染故事情節和人物情感，例如《粉墨嬋娟》中，憑藉《薛禮歎月》和《太眞外傳》中的兩段唱詞，抒發女主人公不同情境下的不同心緒，展示著戲如人生、人生如戲的微妙契合，極大地增強了小說的詩意。

　　入關以後，旗人皆認「京師」為故鄉，京旗文學自以「京味兒」為特色。王度廬的小說描繪北京地理風貌極其準確，所述地名——包括城門、街衢、胡同、集市、苑囿、交通路線等等，幾乎均可在相應時期的地圖上得到應證。《寶劍金釵》、《臥虎藏龍》主人公的活動空間廣闊，書中展示清代中期北京的地理風貌相當宏觀，又非常精細。玉嬌龍之父為九門提督，府邸位置有據可查，作者由此設計出鐵貝勒、德嘯峰、邱廣超府第位置，決定了以內城正黃旗、鑲黃旗（兼及正紅旗、正白旗）駐區為「貴冑之俠」的主要活動區域。李慕白等為江湖人，則決定了以「外城」即南城為其主要活動區域。兩類俠者的行動則把上述區域連接起來，並且擴及全城和郊縣。《落絮飄香》、《古城新月》、《晚香玉》、《虞美人》等社會小說中，主人公的活動空間相對狹小，所以每部作品側重展示的是民國時期北平城的某一局部區域：或以海淀－東單－宣內為主，或以西城豐盛地區－東單王府井地區為主，等等。拼合起來，也是一幅接近完整的「北平地圖」。上述小說之間所寫地域又常出現重合，而以鼓樓大街、地安門一帶的重合率為最高。作者故居所在地「後門裏」恰在這一區域，在不同的

〔註11〕　由於現存《虞美人》和《寒梅曲》文本均不完整，所以這一數字是不完整的。而未列入統計對象的《寶劍金釵》、《燕市俠伶》等作品中，也常含有京劇演出、觀賞等情節，涉及劇目亦復不少。

作品裏，它被分別設置爲丐頭、暗娼等的住地。這裡反映著作者內心深處存在一個「後門裏情結」，他把此地寫成天子腳下、富貴鄉邊的一個小小「貧困點」，既體現著平民主義的觀念，又是一種帶有幽默意味的自嘲。

王度廬小說裏的「北京文化地圖」，是「地景」與「時景」的融合，所以是立體的、動態的。這裡的「時景」，指一定地域中人們的生活形態，包括節俗、風習。無論是妙峰山的香市、白雲觀的廟會、旗族的婚禮儀仗、富貴人家的大出喪、「殘燈末廟」時的祭祖和年夜飯、北海中元節的「燒法船」，以至京旗人家的衣食住行，王度廬都描寫得有聲有色，細緻生動。這些「時景」與故事情節融爲一體，成爲展示人物性格、心理的重要手段；它們同時也頗具獨立的民俗學價值。王度廬在小說裏常將富貴繁華區的燈紅酒綠與平民集市裏的雜亂喧鬧加以對比，他對後者的描繪和評論尤具特色。例如，《風塵四傑》裏是這樣介紹天橋的：「天橋，的確景物很多，讓你百看不厭。人亂而事雜，技藝叢集，藏龍臥虎，新舊並列。是時代的渣滓與生計的艱辛交織成了這個地方，在無情的大風裏，穢土的彌漫中，令你啼笑皆非。」他筆下的天橋圖景，噴發著故都世俗社會沸沸揚揚的活力和生機，嘈雜喧囂而又暗藏同一的內在律動；它與內城裏的「皇氣」、「官氣」保持著疏離，卻又沾染著前者的幾分閒散和慵懶。這又是一種十分濃厚，相當典型的「京味兒」！

「京味兒」當然離不開「京腔」。王度廬的語言大致是由兩部分組成的：敘事以及文化程度較高角色的口語，用的是「標準變體」，即經過「標準化處理」的北京話，近似如今的「普通話」；底層人物的語言，則多用地道的北京土語，辭彙、語法都有濃厚的地域特色，比一般的「京片兒」還要「土」。故在「拙」「樸」方面，他比另一些京派作家顯得更加突出。

由於眾所周知的原因，王度廬的作品散佚嚴重，這部《大系》編入了至今保存完整或相對完整的小說二十餘種，另有一卷專收早期小說和散文。

筆者認爲，1949 年前促使王度廬奮力創作的動力當有三種：一曰「舒憤懣」；二曰「爲人生」；三曰「奔窩頭」。三者結合得好，或前二者占主要地位時，寫出來的作品品質都高或較高；而當「第三動力」占主要地位時，寫出來的作品往往難免粗糙、隨意。當然，寫熟悉的題材時，品質一般也高或較高，否則，雖欲「舒憤懣」、「爲人生」，也難以得到理想的效果。是否如此，還請讀者評判、指正。

2014 年 11 月於姑蘇香濱水岸。

王度廬（霄羽）的早期小說

　　絕大多數大連人都不知道，這座海濱城市與民國時期著名俠情小說大師王度廬有過一段因緣——1949 年至 1953 年，王先生從青島來到大連，先任旅大行政公署教育廳編審委員，不久調往旅大師專任教。夫人李丹荃女士則在市教育局初教科任科員。而當時中共大連市委的副書記譚立（本名王葆瑞，字探驪），則是王先生的胞弟〔註1〕。

　　如今筆者有幸在大連向通俗文學研究界同仁介紹王度廬的早期小說創作，也是一種緣份。

　　張贛生曾說：王度廬「創造了武俠言情小說的完善形態，」因而「是開山立派的一代宗師。」〔註2〕他所創造的現代武俠言情小說的代表作，即為 1938 年至 1944 年在青島發表的「鶴－鐵五部曲」（《鶴驚崑崙》、《寶劍金釵》、《劍氣珠光》、《臥虎藏龍》、《鐵騎銀瓶》；首先連載的則是《寶劍金釵記》）。因此，我們把 1926 年至 1937 年這一時段視為其創作生涯的「早期」。

　　已知的王氏早期小說，絕大部分發表於《小小日報》。筆者為撰寫《王度廬評傳》搜集資料時，恰逢全國館藏舊報集中攝製縮微膠卷，所以未能查閱該報。現在見到殘存的該報及北平《平報》縮微膠卷，還有陝西相關報刊，除查到發表於《小小日報》的早期雜文 150 篇（署名「柳今」），發表於西安《民意報》「電影與戲劇」專欄的評論數篇（分別署名「柳今」、「瀟雨」），發

〔註1〕　據人民日報社 1991 年 1 月 9 日印發的〈譚立同志生平事蹟〉，此前譚立還曾擔任旅大地委宣傳部副部長和旅大區黨委組織部副部長，約於 1951 年調瀋陽，先後任高崗和李富春的秘書。
〔註2〕　張贛生：《王度廬武俠言情小說集》序，見該書群眾出版社 2001 年 4 月版卷首。

表於《陝西教育旬刊》的論文〈民間歌謠之研究〉1 篇及發表於《陝西教育月刊》的報導 2 篇（均署「王霄羽」）外，共搜集到王氏早期小說 28 種。

由於各圖書館現存舊刊、特別是舊報殘缺嚴重，當可肯定王氏早期小說、雜文總數遠遠超過以上統計（若干時段還屬「空白期」）。出於同樣原因，以上 28 種殘存小說基本保持完整者甚少。我們只能在這樣嚴酷的制約之下展開論析。

「以著偵探小說知名」

根據目前掌握的資料，王度廬最早公開發表小說當在十七歲時（鑒於《半瓶香水》、《黃色粉筆》和《繡簾垂》之確切發表時間難以考定，也不排除十六歲時的可能性），而且一開始便「全面出擊」，嘗試撰寫各種類型的通俗小說。不過，他的初試之作，卻是作為「舶來品」的偵探小說。

我們掌握的王氏 10 種偵探小說中，相對完整可讀的只有《紅綾枕》、《驚人秘柬》、《神獒捉鬼》和《空房怪事》四種。鑒於一般讀者不可能讀到王氏早期作品，本文在評述重點作品時，都將首先介紹其情節梗概。

《紅綾枕》共 10 章，約 3 萬餘字，發表時的標類是「慘情／實事小說」，但它也被視為偵探小說，而且是至今可以見到的「魯克系列」第一部。其情節梗概如下：

> 在滬賣文為生的湖南籍青年作家戚雪橋與歌女桑淚月相識相愛，並已定下婚約。曾受雪橋接濟的屠戶熊阿大擔心雪橋受騙，為考驗淚月忠貞而懷刀偽裝逼姦，結果嚇死桑母。阿大畏罪，潛逃杭州。
>
> 戚、桑婚期因母喪而推遲。為獲穩定收入維持家計，雪橋應聘入臧師長幕，任秘書。另一秘書殷顯仁挑撥師長納淚月為妾，為此關押、拷打雪橋，逼寫休書。淚月接休書後，向臧師長提出放人、預付妝奩費等條件，資助獲釋的雪橋逃亡杭州，自己置備紅綾枕，內藏匕首，擬拼一死以明志。
>
> 臧師長迎娶淚月之夜，新房內忽生血案，淚月中刀氣絕，臧師長不知去向。英捕房包探魯克與助手馬進到達現場驗勘，循血跡在隔壁公館井中撈得棉襖、夾褲，內有杭─滬車票一張，屠戶包肉之藍色「豆紙兒」數紙。回到巡捕房，魯克傳喚知情者瞭解事件背景，

鎖定熊阿大為第一嫌疑人，遂率馬進赴杭偵查。

抵杭後，魯克化裝為茶葉販子，入住熊阿大所住旅館，與之初步接觸，並在外出查訪時見到在放鶴亭題詩的戚雪橋和來杭躲避的殷顯仁。又趁熊阿大外出時開啟所存皮箱，發現臧師長頭顱和阿大手寫追悔文字。魯克正與馬進聯絡時，阿大回到旅館，不僅承認為替雪橋、淚月報仇而殺臧師長，割頭、拋屍，而且承認也已將殷顯仁在杭殺死；桑淚月則係挺身刺殺師長不敵而為臧所殺害。魯克、馬進帶回熊阿大，法庭判以無期徒刑，隨即鬱死獄中。

戚雪橋埋葬淚月、阿大，賦詩哭吊後自縊，被魯克救下，勸解道：你還有老母在堂，怎麼可以死！雪橋乃返鄉，安頓好老母，投沅江以殉。

作為偵探小說，《紅綾枕》是在第五章洞房案發時才進入「文類程式」的。前四章均以第三人稱全知視角敘述，所以，當魯克到達現場時，讀者對事件的背景和前因，要比這位「賽福爾摩斯」知情得多。也正因為如此，作者必需安排一段魯克傳詢知情人的情節，以使偵查工作符合邏輯。這也決定了在排查犯案嫌疑人時，魯克和讀者面臨的懸念都不很大，真正存疑的問題只有兩個：一、臧師長為何失蹤？二、桑淚月為誰所殺？對這兩個問題，魯克已憑物證、痕跡，經邏輯推理而「明白大半」，只要熊阿大到案，推理便可得到驗證。他和馬進的杭州之行，其實只是搜證、求證之行。所以，當熊阿大到案之後，魯克對馬進說：「這案子有什麼難？反正比咱們早先破的那半瓶香水容易得多多罷！」看來，《半瓶香水》和《黃色粉筆》都屬於「魯克探案」系列裏的「正格」偵探小說，《紅綾枕》則是「變格」的偵探小說。用嚴格的眼光考察，這部作品在情節構思和描寫上是存在瑕疵的，例如熊阿大為何要把臧師長的頭顱割下來，而且在箱子裏保存那麼久？作者沒有給出合理的解釋。對於滬、杭的生活習俗及語言，敘述中也多有不合之處。但是，考慮到它出自一位十七歲的、僅有小學學歷的文學青年之手，仍當視為佳作。關於這部作品的意義，將在本文第四節內再作專題討論。

1930 年發表的《驚人秘柬》亦屬「魯克探案」，共 10 章，約 2 萬字。情節梗概如下：

魯克攜馬進剛回到故鄉安徽廣德，即收到熟人曾健生留條，謂有要事，請來舍下一談；隨即前往赴約。

　　某日，魯克求見大律師韓坪山，託韓代為保存一封密柬，並立字據曰：「此函內容，韓君一概不知，除保管外，一概不負責任。」蓋有私章為憑，並囑咐道：所蓋私章上的「克」字，用放大鏡可以看出末筆一鉤為雙岔，是為暗記。以後除非本人親自來取或有加蓋此章的函件為憑，任何人來索取，都不可出示、交付。

　　一週多後，韓坪山收到署名魯克的一封掛號信，謂：秘柬之事發矣，速將該件焚毀，否則十五分鐘後將有惡徒登門，你我性命均難保。韓用放大鏡查驗所蓋私章，「克」字一鉤確為雙岔，即遵囑燒毀秘柬。事後不放心，登門訪魯克，魯外出未歸；回到家中，並無意外發生。

　　次日魯克來訪，韓告以秘柬已遵囑焚毀。魯大驚，謂不曾來信，檢驗該信和所鈐圖章後，問韓是否向別人談起過受託藏柬之事。韓說赴親戚家賀壽，酒後似乎提過。魯克問：酒席上有無姓范的？韓答：似乎沒有。魯克道：「燒了這封秘柬倒不要緊，只是恐怕要弄出幾條人命來啊！」隨即收起假信說：你不會因這件事情而為難，一週以後我當可以向你揭示內情。此時馬進來到，報告曾健生家出了命案！

　　魯克、馬進到得曾宅，見僕人李德綏已被鐵器擊死。曾健生對魯克說：幸虧我們夫妻遵照你的囑咐搬到東屋去了，昨晚李德綏就是在北屋被殺的。魯克查驗現場，發現房門白瓷門釘上似有異迹，遂用白紙加封。命在場員警處理現場，囑健生事後「到舍下去一趟」。

　　曾健生來到魯家，見魯克化裝外出剛回，囑咐健生搬家。健生遂到十字街，租下魯克代為定好的一處房舍，次日即搬遷過來，魯克、馬進始終參與這一過程。

　　三天之後，有凶徒於黃昏時跳牆而入，被埋伏在新宅裏的馬進、魯克擒獲，搜出身藏印刷機器鐵質零件一個，轉輪手槍一把，由員警押往縣署。曾宅命案於是告破。

　　當天下午，魯克訪韓坪山，告以案情和破案經過：凶徒范遠謀，曾因訛詐、槍擊曾健生而判刑。獲釋後追到廣德，上門威脅健生，健生握有范遠謀當年所寫恐嚇信及范之照片一張，對范說：兩件證物已交魯克，如敢作歹，必受懲罰。范悻悻而退。魯克託韓律師代

藏之秘束，即此兩件證物。韓酒後失言，吐露魯克私章暗記，恰被同席的刻印高手常綽才和石印廠老闆褚仲咸聽到，而范遠謀正是褚手下的工人，並曾和褚密謀詭詐曾健生。於是四人合作，通過與魯克交往較多的裁縫鋪獲得魯之筆迹，由常某仿刻私章，假造信件。騙得韓律師燒毀秘束之後，范即往曾宅作案，不料被打死的是個僕人。魯克勘驗現場，發現兇器似爲鐵質鈍物，又在門釘上發現印刷油墨微痕，與假信紙上所留微痕相似；通過化裝偵察，查明范在褚氏印廠做工。於是建議健生搬到印廠附近居住，引蛇出洞，擒獲范某。

《驚人秘束》符合「正格」偵探小說程式，全以「限知視角」敘述，時空「折疊」也運用得較好。這篇作品和《紅綾枕》有一點相似之處，即在鎖定嫌疑人方面沒費多少周折。起初，魯克的任務只是找到范遠謀，預防犯罪。不料韓大律師一時失言，加以犯罪團夥狡猾多謀，導致僕人慘死，雙方都有失策。魯克從中吸取教訓，奪取主動，終於獲勝。全篇貫穿兩條情節線，與魯克等相關的屬於明線，與范遠謀等相關的屬於暗線。罪犯與偵探鬥法，全從明線交代，因此懸念頗強，相當好看。

然而，這篇作品也有經不起推敲之處。第一，仿刻私章，僅憑得知暗記是辦不到的，因爲還須掌握形制、規格，所鐫字體、佈局以及風格。這些信息，從那位雖然微醺卻未完全喪失警惕性的大律師口中，是不可能完全得到的。裁縫鋪裏留有魯克所寫便條雖然符合情理，但是便條若鈐印記，就不合理了（作品裏也沒有這樣交代，排除了經此途徑獲取印章其他信息的可能性）。因此，仿刻私章這一情節因缺乏必要交代而顯得牽強。第二，范遠謀是個反偵察能力極強的兇犯，一直跟蹤、監視著魯克和馬進的行蹤；而曾氏搬家，魯、馬都是直接參與，未加掩飾的。在這樣的情況下，范某竟會上當，與其顯示過的反偵察能力不符。這樣一來，「賽福爾摩斯」的謀略，反而也被「降低」了。

《神獒捉鬼》和《空房怪事》都寫警犬學專家章渲破案的故事（作者在引言中說：這些故事是馬進來信提供的，共有四則；因而「章渲系列」也可視爲「魯克系列」的「外篇」）。《神獒捉鬼》述章渲在警犬「靈獅」的幫助下，憑一頂染有血跡的皮帽破獲一起命案。《空房怪事》則述章渲指揮靈獅嗅蹤，破解一起「李代桃僵」的命案；空屋綠光，牆頭「鬼影」，密室機關，恐怖、怪異氛圍頗濃。兇犯又是一個退休之後僑居浙東的東南亞某小國官員，平添

數分異國情調。

作者以馬進的口氣介紹章渲,說他是浙江嘉興人,與魯克、馬進同畢業於上海法律專科,精通警犬學。這個人物很可能不是嚮壁虛構的:中國第一位警犬學家董翰良(1987～1979),民國初年先後就學於北京高等警官學校警犬科及日本警犬專科學校,又被日方派往德國專攻警犬學,人稱「東方警犬學鼻祖」。其夫人為北京籍,滿族。另有錢錫林,湖南嘉禾人,亦曾就學於德國警犬研究所,任內務部高等警官學校警犬科科長,輩分應該高於董翰章。〔註3〕讀王度廬的「談天」雜文,可知他涉獵報章書刊甚廣而雜,由此推測,他極有可能看到過關於這兩位警犬學家的報導,從而塑造了章渲這個人物。但從上述兩篇作品又可看出,他在寫作時又是缺乏專業知識準備的,例如敘述章渲指揮「靈獅」追蹤,每次都沒寫到「嗅認嗅源」這個必不可少的技術環節。此類瑕疵,也頗令人遺憾。

十餘年後,當「王霄羽」的名字出現在青島報紙時,有人撰文介紹說:「王君曩在北京主編《小小日報》時,以著偵探小說知名」。〔註4〕可見儘管稍嫌稚嫩,王氏偵探小說當年仍頗受到讀者歡迎,留下的印象竟比他同期所寫的社會言情小說和武俠小說更深。當時的小報讀者不僅從這些偵探小說曲折離奇的故事裏享受到閱讀的樂趣,而且在潛移默化中初步懂得了什麼是「法治」,因為這些作品描述的雖是破案－緝凶過程,深層卻蘊涵著對於「有罪推定」的否定。而作者在構思中,對中國當時法制的現狀及其缺失,也確實是有所認識並有所批評的。

對於青年王度廬而言,撰寫偵探小說還是學習精心構思故事、學習運用新式敘述語言的有益實踐。

社會小說頗不俗

現已掌握的王氏早期小說28種裏,社會－言情類佔了一半,數量最多。

〔註3〕 參見《百度文庫》:「何應欽等政要曾為《警犬偵探密法》題詞」;萬家姓網10000xing.cn「民國錢氏將軍錄(35)」。

〔註4〕 見傅珊琳《落絮飄香》讀後,載1940年2月20日《青島新民報》。按《落絮飄香》是王度廬用「王霄羽」的署名在《青島新民報》發表的第一部社會言情長篇小說。傅珊琳則為該報副刊編輯關松海之夫人;關亦係旗人,即為《新民報》向王度廬約稿者。按當年《小小日報》只有一名編輯,所以傅文稱之為「主編」。王度廬任編輯是在1931～1933年間,目前尚未見到這個時段所寫的偵探小說。

連載時，除《紅綾枕》和《玉藕愁絲》標爲「慘情小說」、《纏命絲》標爲「哀情小說」外，多被標爲「社會小說」，而實際上幾乎每部都含愛情故事。可惜的是，除《紅綾枕》外，其他13種均係斷章殘篇（有的僅知篇名）。其中，《煙靄紛紛》存18回，《玉藕愁絲》存8章，雖然仍不連貫，但是基本可讀。

《玉藕愁絲》行文稍顯歐化，略嫌矯作。全作不立回目，每章均以兩字爲題，殘存者爲：「第一章　憂懷」、「第二章　雇傭」、「第三章　舊夢」、「第四章　鴻沉」、「第五章　情疑」、「第六章　蠶縛」、「第八章　孽懺」。章題類似戲曲折名，可見作者熟悉的依然是傳統章法及其敘事方式。書敘一對情人，因受小人撥弄而斷絕關係。六年之後，男主人公周玉軒從日本學成回國，在上海某法院任驗屍官，業已娶妻生子，生活頗爲優裕。某日，其妻雇得一位新僕婦，十分滿意；玉軒歸來發現，這位僕婦竟是自己的初戀情人甄藕娟。由此引出過去的故事和當前的糾葛。已見結局是：甄藕娟投黃浦江自盡，奉命驗屍的就是周玉軒！〔註5〕

就現存文本考察，《玉藕愁絲》最值得注意的是：開頭構思與曹禺《雷雨》有不謀而合之處。〔註6〕這反映著王度盧創作《玉藕愁絲》時，已經面臨如何藉「現在的故事」引出「過去的故事」，又藉「過去的故事」推動「現在的故事」這樣一種相當「現代」的敘事課題，而且有所實踐了。可惜的是，他依然習慣於第三人稱的全知敘事和「線性時間」〔註7〕，未能在時空處理方面獲得敘事方式上的新突破。

《煙靄紛紛》的男主人公是安徽青年柳慕新。他孤身來京，插入希文中學讀高中；京中雖有一位二叔，然而也是單身，所以慕新每逢週末和節假日，都只能留在學校宿舍忍受孤獨。某個週六晚上，正當他望著月光吟哦李白〈靜夜思〉時，秋風裏突然送來悠悠的風琴聲，令他忘情許久。此後每逢週六，

〔註5〕 按現存殘篇第八章後注「未完」。不知未完的是這一章，還是後面還有第九、第十章。

〔註6〕 按曹禺《雷雨》構思於1929年，直至1933年方出版。

〔註7〕 中國傳統白話小說源自「說話」，故其敘事罕見「時間空格」等戲劇性的時間變形處理；即使故事時空發生跳躍，也要保持「說話人」與「聽眾」共處時空的連續性。《玉藕愁絲》第二章敘「現在的故事」，第三章轉敘「過去的故事」，開頭說：「天下有許多離離奇奇的事情，常常出乎人的意料之外。例如周玉軒，平日是個多孤悶的人，而如今無端的雇來這麼一個甄媽，他便這樣慌神忘形，豈不是大可異大可笑的事情！閱者還不知其中適合之巧：原來這甄藕娟，便是周玉軒六年以前的情人啊！」這段文字就完全是爲了保持「時間線性」而設置的。

都有琴聲相伴。一個偶然機會，令他結識了隔壁繆宅的大少爺繆容雍，相談得知乃是同鄉。後又認識繆宅二小姐——慧嫻女校的初二學生繆淑綃，也就是那位每星期六回家必要彈琴自遣的人。

處境孤寒的柳慕新成績優秀，很求上進。繆家是個開通、親厚的大家庭，使他備感溫暖。玉潔冰清的繆淑綃性格開朗，和他共同話語很多，於是二人漸萌愛意。然而，迫於經濟壓力，慕新不得不於第二學年輟學，投入贛次長府中擔任家庭庶務。這個職務令他不得不與各房姨太太、丫鬟頻繁周旋，看透了上層社會的奢靡、腐敗，更覺繆淑綃之純潔、可愛。他不想「為五斗米而折腰」，可是老家的母親卻因他能自立、減輕家庭負擔而不勝慶幸，囑他務必珍惜；他希望與繆淑綃常相廝守，可是又擺脫不掉這份令人膩煩的差使。作者用了幾段筆墨，渲寫這位喜歡內省的青年的內心獨白。柳慕新的這些身世之感，可用兩個關鍵詞加以概括：「無奈」和「不甘心」。

除了繆、贛兩個家庭，作者又引出第三個家庭。這一家的男主人祁榮冕原是贛次長的同學，如今敗落，僅在冷衙門裏充個科員。家中經常無米下鍋，祁妻不耐貧寒，受「暗門子」誘惑，走向墮落。祁榮冕則靠下班之後拉黃包車貼補家用。某晚，他在慧嫻女校拉得一筆生意，不料半路遭遇車禍，摔傷了車上的女學生，她就是繆淑綃！

作為「社會小說」，作者以柳、繆愛情故事貫穿起三個不同的家庭，擴大了敘事縱深，這種構思和結構都是可取的。值得討論的是祁家的引出：作者先用柳慕新的「限知視角」——他在贛府遇到一個求見次長的陌生人；然後立即換用全知視角，回敘此人即祁榮冕，並展開對其經歷及家庭境遇的鋪敘；花費大量篇幅之後，方才繞到「車禍」。單獨考察，作者在此變換視角、打斷連續的「時間鏈」，都是敘事求新的探索，無可非議。但從全作整體性考察，難免令人感覺對結構的嚴謹性有所破壞。倘若改以「車禍」引出祁榮冕，然後再與柳、繆故事交織，敘述祁家境況，在結構上應會更加嚴謹，敘事也會更加統一。

《煙靄紛紛》顯示出作者善於描寫日常生活場景和各類人物語言的技巧（這是他同期武俠小說所缺乏的）。有時一句話便能生動顯現人物的身份、性格。由於現存文本尚未出現尖銳衝突，所以大量敘寫都是平淡生活場景和人物日常對話。凡此，作者都能寫得生動、耐看。例如繆淑綃因出車禍而住院，柳慕新前去探望，作者是這樣寫的——

……慕新說：「我聽見你摔傷，無論有什麼要緊的事情，我也得來的。」淑緗笑著說：「那麼現在外國來打我們中國，正在危急，你是先去救國呢還是先來看我呢？」慕新說：「我想那時你必要一躍而起，忍著傷痛，去加入女子救國軍。那時不用我來看你，我們也就見著面了。」淑緗聽了微笑，又說：「我們學校昨天就開發了——這次上西山，大半得星期二才能回來呢！總是我沒福上西山。」慕新說：「不要緊，將來你好了，我們一同上一趟西山。」淑緗點頭說：「好罷。」慕新接過她手裏那本書一看，名叫《雙鬟記》，卻是一本哀情小說。慕新說：「這本書是誰的？」淑緗說：「是我媽昨兒瞧我，給我送來的，教我解悶。」慕新點了點頭，翻了翻那本小說，只見其中筆意很是頹喪，當下心裏不禁慘然，遂就說：「妹妹，我有幾本科學小說，明天我帶來給你看。我希望你以後不要看這類小說。」……

上述對話中提到的《雙鬟記》，是鴛鴦蝴蝶派作家徐枕亞的作品，出版於民國五年（1916）。由此可以看出王度廬早期社會言情小說的又一特點：十分重視細節的描寫和安排（這也是同期武俠小說所缺乏的）。例如敘繆淑緗彈琴、柳慕新學琴時，作者寫到這樣幾個曲目——「中華書局出版」的「歌舞劇《麻雀與小孩》」，「蘇武留胡節不辱」（即《蘇武牧羊》），《梅花三弄》，《朝天子》。其中的《麻雀與小孩》為黎錦暉的代表作，另三首都是當時流行的古曲或民間曲調〔註 8〕。黎錦暉是當時影響最為廣泛、成就非常顯著的流行歌曲作曲家，他的作品因善於融合傳統音樂素材而備受當年各界、特別是市民階層的歡迎，《麻雀與小孩》中，就成功地融入了《蘇武牧羊》的旋律素材。這些曲目作為細節，既貼切故事情境和人物性格，又是時代特色非常鮮明的文化符號，它們與書中寫及的那些京劇劇目一樣，都蘊涵著特殊的城市記憶和文化記憶。

繆淑緗傷癒之後，曾對柳慕新談及家境大不如前，母親雖親厚，但思想仍守舊，等到自己初中畢業，她老人家可能就要考慮擇婿了；而小說開頭的引詩中又有「天涯咫尺離別處，雙槳風橫恨悠悠」句，可知繆、柳愛情的結

〔註 8〕 《蘇武牧羊》為當時流行的「學堂歌」，是否屬於古曲，目前尚無定論。有人指出，其曲調來自皮影戲的「悲調」，歌詞則是 20 年代的人填寫的。又有人指出，此曲的流行與吳佩孚的推崇分不開。

局將是悲劇性的。從現存 18 回多一點的文本中還可窺見：贛次長家庭和祁榮冕家庭都還有後續情節有待發展（祁榮冕雖然窮落，心術似頗不正，這條情節線尤具後續張力）。因此，《煙靄紛紛》很可能是王度廬早期社會小說裏篇幅最長的一部，後面應該還有不少故事。〔註9〕

　　細察其他社會小說的殘章斷篇，可知《煙靄紛紛》的觀念、情調和藝術特徵具有代表性。同時還可看出，其他同類作品的取材又是各具特色的，所寫人物類型相當豐富，包括嚮往新思想、新生活的男女學生和男女青年，社會底層的平民百姓，梨園行的坤班戲子（如《蝶魂花骨》），「登徒子流亞」的紈絝子弟（如《殘陽舊夢》），公開賣身的娼妓與半公開的「暗門子」（如《飄泊花》），歸國留學生（《玉藕愁絲》）等等。因而，王度廬早期社會小說反映的城市生活面相當廣闊，批判現實的傾向非常鮮明。這些作品構成一種「平民敘事」，即從「平民作家」的視角所看到的城市生活紛雜圖景，所感受到的貧富差別，所體察到的小人物的善良、掙扎、堅持和滅亡，以及上層社會的腐敗和無恥。這種平民敘事一直貫徹在他早期的同類作品之中，體現著作者的「平民文學」觀〔註10〕。在這方面，它們與後期那些社會言情小說並不存在質的差別。

武俠小說有蘊藉

　　《小小日報》所載王氏武俠小說僅存四種，完整可讀的只有《鼇汊海盜》。書敘清朝末年，浙江處州農民黃如驥與隱居當地的童玉村結為知己，日日切磋武藝，習練水性。忽有捕役圍堵玉村居處而拘之，如驥聞訊趕到，奮身將其救出。脫逃之後，方知童玉村原名董華彥，乃澎湖鼇汊島海盜首領，現已金盆洗手，正擬另謀正當營生，不料仍被官衙探知底細。既已走投無路，黃

〔註9〕　1985 年李丹荃老師接受我們採訪時，曾不加思索地、一字不差地列舉出許多王度廬偵探小說的篇名；至於社會－言情小說，除《紅綾枕》外，她主動列舉的只有《煙靄紛紛》──包括「香波館主」這個筆名。由此也可看出這部作品的分量和影響。

〔註10〕王度廬在以「柳今」為筆名所寫的〈一位平民文學家〉（載 1930 年 4 月 12 日《小小日報》「談天」欄）中曾闡述自己的「平民文學」主張，它和周作人的主張既有一致之處，又有不同之處：周所說的「平民」偏向所謂公民，王所說的「平民」則偏向「貧民」；周認為「平民文學」不只是通俗文學，王則認為通俗文學就是平民文學。筆者認為王度廬的偵探、武俠作品當然也屬「平民敘事」，但其社會小說在這方面更具代表性。

如驥即隨董華彥奔澎湖水寨入夥，以勇敢善戰而深受同夥敬重。後因劫奪巨額珍珠，銷贓不慎，被福州府捕頭打入內部，與水師裏應外合，悉數剿滅。只有黃如驥孤身逃脫，潛回故鄉，奉老母遷往江西，隱名埋姓，改邪歸正。

《鼉漢海盜》整體上未脫「《水滸》氣」，而藝術水準則大遜於《水滸》。作者在引言中述莊生之語，稱欲表現「盜亦有道」，展示海盜裏的「幾個魁奇磊落之士」，而在故事中，除黃如驥、董華彥身上確有孝、義、勇等部分德行外，他們領導下的鼉漢盜眾卻只「劫富」而不見「濟貧」，僅嘯聚而未曾「行道」。黃如驥逃回老家之後，還作了最後一案——盜竊富戶紋銀四百兩，為的是解決搬遷費用。也許，作者就是要用冷靜、客觀的筆法，寫出一個原生意義上的「俠」，即下層社會裏的亡命之徒？但是第一回前又有兩首引詩：「誰把心鐵一橫磨？秋風休悲易水歌。正是大江東去後，隻身攬起萬層波。」「莫說宗愨乘長風，英雄那堪淪落中。要向滄波一聲嘯，森森寶劍貫白虹。」如果說這是作者對這部作品的期許，那麼實際文本可就與之相差甚遠了。

《青衫劍客》僅存不連貫的四則，可以窺知主要背景是清末的濟南，主人公韓天壯是位練氣的劍客。飛劍練氣和武功技擊一樣，都是王度盧的短板弱項，所以我們感興趣的不在這部作品，而在《俠義夫妻》和《護花鈴》，因為它們都蘊藉著「俠情」構思。

《俠義夫妻》，亦僅存四則，不連貫。可知情節是：馬嘯竹女扮男裝，孤身潛入雲台山，解救被擄的未婚夫葛春虹。這是第十一章至十五章間的故事，其時嘯竹雖已許配春虹，但是尚未「成此一生大禮」。也就是說，此前他們是一對俠義情侶，成大禮後才是一對俠義夫妻。因此，作品雖被標為「武俠小說」，其間必定或多或少地包含「俠情」內容。從類型學的角度考察，男、女主人公均係能「武」之「俠」，是對《兒女英雄傳》型「俠情模式」的一種突破。《俠義夫妻》始載於 1927 年初，此前，類似模式之短篇已有羅韋士〈三童傳〉；其後，模式類似之長篇則有顧明道《荒江女俠》，[註11] 遺憾的是由於《俠義夫妻》文本殘缺嚴重，無法進行比較。

〔註11〕韋士〈三童傳〉，載於 1914 年月 10 日《禮拜六》週刊第 19 期。顧明道《荒江女俠》，1929 年初載於上海《新聞報》附刊「快活林」。關於「俠情模式」之淵源、流變，筆者在《中國近現代通俗文學史》（上卷）相關部分做過比較系統的論析，參見該書第 525～527 頁，江蘇教育出版社，2010，南京。按王氏《護花鈴》之前，已有葉小鳳的《古戍寒笳記》，也是以男、女「武俠」為主人公的長篇小說。

《護花鈴》，僅存（十四）（十七）二則。男主人公應該是陳應爵，一位北京大學的青年職員，兼做著中學教師；女主人公應該是閔蘊青，大約十八九歲，是德勝門大街培淑女中的學生。這兩則寫的是應爵於相別六七年後初見蘊青，答應幫她尋找可能在「十九師十三混成旅」任職的父親閔玉甫。我們感興趣的是：這部作品連載時被明確地標為「俠情小說」，表現的則是「當代題材」。儘管依據薄弱，還是可以就它作出如下推測：

標題應該取自五代王仁裕《開元天寶遺事》卷上「護花金鈴」條：「（寧王）至春時，於後園中紉紅絲為繩，密綴金鈴，繫於花梢之上。每有鳥鵲翔集，則令園吏掣鈴索驚之。」納蘭容若所作〈臨江仙〉詞有句曰：「幾迴腸斷處，風動護花鈴。」〔註12〕對照王氏《護花鈴》殘篇，我們有理由猜想，它敘述的是陳應爵為呵護閔蘊青而生發出的一系列故事，從而表現他和她的「俠氣」。

其題材之「當代性」，又使我們想起過去有人指出王度廬曾受李定夷影響。〔註13〕筆者當年注意到了這一說法，但一直苦於未在王氏作品裏找到書證，而《護花鈴》恰好便是這樣一個直接的書證。李定夷有《絲繡平原記》，出版時被標為「俠義豔情小說」，敘述名士黎某為鼓姬王翠蘭脫籍、覓婿故事，〔註14〕屬於不「武」之「俠」「仗義解厄」模式，王氏《護花鈴》極可能也屬這一模式。李定夷又有《茜窗淚影》、《鏡花水月》等，均由「俠情」發展到「革命＋戀愛」，可以稱之為「取義捨情」模式。我們不知王氏《護花鈴》是否也發展到了這一層次；但是，僅見篇名、未見文本的《戰地情仇》，很可能即屬此種模式的俠情小說。

既然過去的讀者對「王度廬學李定夷」有如此深刻的印象，那麼還可推測：王氏所寫「當代俠情」小說，很可能不止已知這幾種，有待挖掘其他作品，進行深入考察。

以上都是「大膽的假設」，但願有機會進行「細心的求證」（包括證偽）。

從《鼉汊海盜》到《黃河游俠傳》有5年「空白期」，應該也是一個有待

〔註12〕按王度廬最喜歡這位同一民族的偉大詞人，當年他贈李丹荃的定情之物便是一冊《納蘭詞》。

〔註13〕見臺灣葉洪生主編：《中國近代武俠小說名著大系》王度廬作品分卷說明，按這一說法當是葉先生轉引他人的。

〔註14〕筆者在評介李定夷時，曾以《絲繡平原記》為例與王度廬做過極其簡略的比較，當時所據王氏作品，實際上是《寶劍金釵》。參見拙著《俠的蹤跡──中國武俠小說史論》，第214頁，人民文學出版社，1995，北京。

挖掘的「大窖藏」（挖掘對象當然不止於武俠小說）。

5 年之後，即 1936、1937 年，已發現的兩部半王氏武俠小說是《黃河游俠傳》、《燕趙悲歌傳》和《八俠奪珠記》。後者因報紙失藏而僅見 6 章，「鶴－鐵系列」中的《劍氣珠光》也寫爭奪失竊的大內寶珠故事，其素材或與此作有關。作者 1938 年所作散文〈海濱憶寫〉中提及，「去年」春季曾從青島回北京，「結果我身邊的一些文字債務」〔註15〕，應該包括向《平報》交付《八俠奪珠記》後半部的書稿。《燕趙悲歌傳》基本完整，共 6 章，約 45000 字，敘退隱老鏢師康振翼，因錯救壞人而重入江湖，爲江湖人化解爭鬥的故事。前半部描述比較從容、細緻，然而後半部草草收束，失之虎頭蛇尾。與《鼇汉海盜》相比，這三部作品敘事都有進步，寫的都是瑕疵成仇、殺人亡命的故事，人物多屬粗莽之輩。其中特別吸引筆者注意的，是《黃河游俠傳》。

《黃河游俠傳》，共 12 章，近 10 萬字，基本完整。全作可以分爲兩大部分：前一部分敘河南靈寶縣富戶徐天舉率門客遊關中、闖江湖，與「關中三條龍」結怨被殺；後半部分敘其子鷹鵬下嵩山爲父報仇，最終與對方化解仇怨，歸山修行。

徐天舉率一眾門客闖蕩江湖，其實如他自己所說，爲的是要「打江湖」；結果卻是鎩羽而歸，東躲西匿，最終丟了性命。就此而言，他的故事略含反諷。徐鷹鵬的故事，則包括一個稍具雛形的「俠情」構思。

鷹鵬七歲時，便被父親送到嵩山妙生寺落髮修行，學習武藝。其間結識年長數歲的道姑朱玉玄，日久漸生「姐弟戀情」。徐鷹鵬下山爲父報仇，朱玉玄化裝爲俗家女子處處暗助之，並曾透露出希望鷹鵬也一同還俗，共闖江湖之意。鷹鵬卻不肯還俗，堅持要在父仇得報之後回山修行。其中有這樣一段心理描寫：

> ……徐鷹鵬晚間念過了夜課，心裏的往事便又觸動起來，靜坐了一會，只見窗外的月光比屋中的燈光還要亮。他便站起身來，走出了配殿，只見中夜清靜，四處無聲，一輪明月，嵌在碧藍的天上，射出水一般清澈的光輝，使鷹鵬不禁思想起往時住在嵩山上時，夜起看月，每覺得分外高寒。現在月色如昔，可是這京城裏的大刹到底是與那深山古寺不同，現在不知道諸位師兄在山中做什麼了。又想朱玉玄曾說過，她一定時時跟隨著我，大概現在她也到京城來了，

〔註15〕〈海濱憶寫〉，載 1938 年 6 月 2 日《青島新民報》副刊「新生」。

只不知道她是住在哪裡，我也不能夠找她去。按說十載以來她對於
自己實在恩深義重，自從小的時候，她把我的性命救了，我待她就
如同自己的姐姐一樣，現在雖然全都長成大人，可是彼此之間並沒
有說過一句失檢的話。她跟著我下山來，也是恐怕我受了關中三條
龍的暗算，她才在暗中幫助我，原是出於一片好意，可是她不該改
了俗裝，換上髮髻，並且還穿了富家婦人衣服，這卻十分不好。大
概她已有還俗之意，以後她常跟自己見面總不大好。僧道隔門，男
女有別，年幼的時候彼此不知道迴避還自可說，現在年紀長了，豈
可彼此牽連不斷？如此一想，便覺得思緒萬端，擾擾不休。抬頭望
月，一股清涼意味，直沁心脾，他便決然說：「只要是自己把父仇報
過之後，便絕不再與朱玉玄見面！」心志決定，萬念俱灰……

這裡不僅寫到俠士、俠女之間的愛情，而且寫到阻礙愛情發展的因素不在外
部，而在男主角的內心。「理智與情感」交織的旋律開始呈現，不過尚未成為
全作的主題，這一矛盾也未得到充分展開。朱玉玄「漢裝大腳」的形象以及
她在土城獨戰群豪的情景，令人依稀可見俞秀蓮乃至玉蛟龍的影子；徐鷹鵬
的內省心態，也會令人聯想到李慕白。是皆此作最為引人注目之處。此外，
這三部作品中也開始出現後來《寶劍金釵》、《臥虎藏龍》裏經常寫及的一些
地點，例如：鼓樓大街，後門橋（作者故家即在此近），德勝門外的馬甸、土
城，珠市口，打磨廠，等等。這些信息都提醒我們：此時，「鶴—鐵五部」已
經進入不自覺的孕育期了。但是，對比「鶴—鐵五部」的開山也是巔峰之作
《寶劍金釵》〔註16〕，總覺得《黃河游俠傳》等三部（還包括 1938 年在青島
發表的《河嶽游俠傳》）的水準，與之相差過於懸殊。這又提醒我們：考察《寶
劍金釵》的創作基礎，不能只看早期武俠小說，而應擴及王氏全部早期作品
（包括雜文），特別是社會—言情小說。於是，我們的注意力又回到了《紅綾
枕》。

十年練筆備飛躍

《紅綾枕》寫的固然屬於「當代題材」，卻包含著一個古老的「俠情」程

〔註16〕「鶴—鐵五部」中寫得最好的是《寶劍金釵》和《臥虎藏龍》，二者之中，筆
者又更偏愛《寶劍金釵》。看來古龍、李安也是如此。後者執導的電影《臥虎
藏龍》裏就捏入了大量《寶劍金釵》的內容，以致有的國外評論家誤認李慕
白、俞秀蓮為該片的男一號和女一號主角。

式，它被稱爲「古押衙模式」〔註17〕。按照這一模式書寫的故事，俠者均非情場主角，僅是幫助情侶脫困的救主。《紅綾枕》裏熊阿大這個人物流於概念化，寫得不算成功，但在結構意義上就是這樣一個必不可少的角色。作爲俠者，熊阿大的作用又與古押衙有所不同：他先是以「好心辦壞事」的方式給戚雪橋和桑淚月添了大麻煩，後來雖爲他們報了仇，但是已在慘劇發生之後，所以他的代友報仇也是一種自贖。魯克的「結構地位」與熊阿大其實類似，他固然是熊的緝捕者，法制的維護者，卻在執法時流露出對熊的同情；他在排除嫌疑人時曾說：「臧師長縱是殺一萬個桑淚月，也不算回事，哪至於棄凶脫逃啊！」這裡透露出的，則是僅能捕「小凶」而不能懲巨惡的無奈！至於懲巨惡的任務，卻由他所緝捕的「小凶」完成了，這又是作爲法制維護者的悲哀！所以，《紅綾枕》的「俠情結構」雖然古老，卻滲透著相當強的「現代性」。我們未能見到那些李定夷式的王著「俠情小說」全貌，幸而在這裡見到了。

作者在《紅綾枕》裏經常「代替」書中人物撰寫鼓詞、詩歌、信箋，從而使白描式的敘述具有濃鬱的抒情色彩。這一語言特徵固然有著《花月痕》的影子，但對塑造戚雪橋和桑淚月的形象確實十分貼切。

戚雪橋在文友莫香園的臘八小宴上初識淚月及其母親：她們受召唱曲助興，遞上的曲目裏有一種《綠雲瓶》，原來是桑淚月根據戚雪橋所撰同名小說改編的。大家對此當然很感興趣——

……香園用眼看著雪橋，轉向女子說：「你就唱罷。」那婦女坐下撥動絲絃，那女子輕敲檀板，曼聲唱道：

這暮春的天氣好時光，梨花枝上放冷香。蝴蝶姍姍留畫意，簾櫳暗暗寫文章。那堪再　來了一場黃梅雨，殘落了　粉瓣繽紛向殘陽。

香園說：「好句！如畫如春，沒有溫飛卿、李玉溪的魄力，哪能夠寫出這樣的香豔文章！」又聽那女子唱道：

那蓉秋　本是個命寒才高的風流士，又遇到　薄命花容的綺姑娘，他二人惺惺相惜同此淚……

唱到這裡，雪橋不由拭了拭眼淚。那女子又唱道：

怎奈得　天公殘酷似虎狼。本來是　佳人才子遭天忌，那怪他

〔註17〕古押衙，唐傳奇《無雙傳》中之俠義人物。

暴夫傖客逞強梁。冷冷西窗誰共語，瀟瀟暮雨只自傷。看遙處　離群水鷗悠悠過，帶來那　一種歌聲剪斷腸。

　　香園說：「別唱了，你越唱越慘，簡直是要哭，惹的我們戚先生都直流淚。改個五更調罷。」那女子勉強唱了一個五更調，用眼只是望雪橋……

於是，戚、桑以互憐其才而相知、相愛了。這種文筆，加上其他社會─言情小說善於描繪生活場景和細節的特徵，到了「鶴─鐵五部」裏，就發展成為「武戲文唱」的獨特風格。

　　對桑淚月，除了文才之外，作者著力描寫她在面對臧師長的威逼和下定必死決心之後的應對從容，還有她為戚雪橋所做的妥貼安排。這是一位古典型的貞烈女性形象。

　　戚雪橋的性格更為複雜。慘劇發生之後，莫香園對他做過這樣的評論和勸慰：

　　　「……淚月雖是個弱女，阿大雖是個屠戶，但是他〔們〕那種肝膽，我敢說今天在座的人沒有一個不五體投地佩服的。你一個腐儒文丐，有這麼兩個超然出塵的人關切你，委實的令人可羨啊！士為知己者死，桑淚月、熊阿大為什麼這樣傾慕你？不是因為你有幾分英雄氣度嗎！……」

戚雪橋的「英雄氣度」，主要表現為仗義疏財：儘管收入不豐，為了接濟淚月、阿大，他從未透露出半點窘意和猶豫。他的「恃才」或許也算一點「英雄氣度」，可惜不能徹底「傲物」，經濟壓力令他誤入臧師長幕中，種下了悲劇的因子。面對威逼，他妄想委曲求全，結果是陷自己於負情負義，暴露出的不止是懦弱。桑淚月、熊阿大的死使他看到情義的價值高於生命，他的以死相報或者也還遺下了一絲「英雄氣度」。與桑淚月相比，這位才子固然有其猥瑣一面，但是他的性格裏卻也多著幾分「現代性」。

　　《紅綾枕》裏的「俠者」因「以武犯禁」而成為罪犯，就此而言，這部作品既運用了古典型的「俠情」模式，又解構了這一模式。魯克曾對熊阿大下過一句評語：「本來這種人應該生在一千年前」。這句評語當然反映著王度廬的觀念（後來，他在四十年代的作品《風塵四傑》中又表達過同樣的見解）。這話的背後，還潛隱著一個合乎邏輯的推想：假如戚雪橋和桑淚月也生活在古代，而且都是武藝高強的俠者，那麼他們的故事會是怎樣的呢？這個推想，

在王度廬腦中也許一開始僅僅隱藏在潛意識裏，但是，至少在寫《黃河游俠傳》及《河嶽游俠傳》時就已有過不自覺的浮現〔註18〕，到了撰寫《寶劍金釵》之時，它便完全被啓動，而成爲魅力四射的靈感和全新的寫作動機了。

特別值得關注的是《紅綾枕》所寫戚雪橋哭祭桑、熊之後的一段內心獨白——

> ……這時那北風更緊，磷火飛飛，燈光晃晃，雪橋一面哭著，一面暗想道：「這個世界我活著還有什麼興趣？縱是我此時爭光耀祖，難道就算把淚月忘了嗎？何況如今這個時代，想我這窮措大，不會殺，不會搶，哪裡能夠得意啊！咳，不如我就死在他二人的墳墓前吧！」

熟悉《寶劍金釵》的讀者，讀到這段內心獨白時，都會聯想到李慕白的一段內心獨白——其時他已下定犯禁誅奸的決心，出發之前，他坐在安定門城牆根的草地上，仰望著滿天繁星，做著這樣的自省——

> 「……實在，即使自己現在忽然揚名顯身，得意起來，但無法忘了那因我而死的義友孟思昭與俠妓謝翠纖，而且始終難將那秀蓮姑娘救出淒涼的環境。自己的內心已損傷了，表面上榮華又有什麼興趣？何況以我這個性情，還未必就能夠得意呢！所以倒還不如殺死黃驥北，了結仇恨，自己也隨之一死的好！」

在那個俠者可以自由地馳騁江湖、快意恩仇的時代，就實現個人意志的能力而言，李慕白和俞秀蓮無疑都屬強者，他們幾乎能夠憑藉自己的高超武功，掃清前行路上的任何障礙。但是，掙扎在「情」、「義」矛盾中的他們發現，最難征服的敵人恰恰便在自己心中。他們和桑淚月、戚雪橋一樣，都把愛情的價值看得比生命還高；而且，在《寶劍金釵》裏，阻礙李、俞結合的外部障礙已經不再存在。此時他們發現還有一個「義」字，其價值同樣高於生命，以致倘不「捨情取義」，自己的心靈必將永遠得不到平靜！但是，他們做出抉擇之後，心靈又能得到平靜嗎？！李慕白這段內心獨白的要義在乎此，他所認爲的秀蓮姑娘之「淒涼」，也正在乎此。我們在此既看到了這對俠侶與戚、桑的差別，也看到了兩組人物的相通之處。

《寶劍金釵》的發表，標誌著一個全新的通俗文學類型的成熟，這個文

〔註18〕按《河嶽游俠傳》中也含有一點並不「自覺」的俠情構思。至於更早的《俠義夫妻》，則因文本嚴重殘缺而無從考察。

學類型便是「現代俠情小說」。由此開始，王度廬在編織俠士、俠女的愛情故事時，不僅把「人」作為社會關係的總和來寫，而且更把「人」作為一個複雜的心理結構來寫。在他的許多優秀作品中，「被社會文化、人類習俗或『愛與責任』之間的鬥爭」所壓抑的愛，「就是繁衍不斷的衝突場面的出發點，這些場面就像人們的繁衍不斷的色情白日夢一樣」〔註19〕，構成了糾纏於理智與情感之間的各種動人故事。

當我們咀嚼著戚雪橋和李慕白的內心獨白時，絕對不可忽略柳今的一篇雜文〈憔悴〉。其中有這樣一段文字——

> 在前幾年，那時京華正是冠蓋逐塵的時代；北京那時正是十分的繁榮。彼時我適交蹇運，身世的飄泊，學業的荒蕪，情場的頓挫，大病的纏身，經濟的壓迫，希望的失敗，那時我屢次將趨於自殺途中。如今我總算戰勝了環境，在我生活的前途，似乎有些光明了。然而省察我現在的人格，清高？是較前墮落了！咳！生活驅人，能日日於墮落途中去撫今思昔，真不禁令人痛哭啊！〔註20〕

前面已經說過，「柳今」就是王度廬；文中所說的「前幾年」，大致便是撰寫《紅綾枕》的時候。作者自述的那種心態，文中瀰漫的那種情調，那種不甘心和那種無奈，與戚雪橋、李慕白何其相似乃爾！我們當然還應把《煙靄紛紛》裏的柳慕新、《黃河游俠傳》裏的徐鷹鵬也歸入這個人物譜系。他們都是「失敗－失意的男人」，懦弱中含有堅韌，頹唐裏不無獨善，他們用自己的失敗去毀傷敵人的勝利，他們又在失意中追尋著意義。在王度廬的內心裏，這個「失敗－失意的男人」業已形成自身的性格邏輯，以至把他放到《寶劍金釵》的環境裏，就自然而然地「成了」李慕白。李慕白的故事，也就是戚雪橋們的白日夢；戚雪橋、李慕白們的故事，又都是柳今、王度廬的白日夢。這些白日夢的醞釀始於《紅綾枕》，至《寶劍金釵》實現質的飛躍，其間整整跨越一十二年。

2013-8-7

〔註19〕弗洛伊德：《戲劇中的精神變態人物》（張喚民譯），《二十世紀西方美學名著》（上），第410頁，復旦大學出版社，1987，上海。
〔註20〕柳今：〈憔悴〉，1930年6月16日《小小日報》「談天」欄。

王度廬的早期雜文

那時，「王度廬」這個筆名尚未出現，他用的是本名「王霄羽」。爲了統一，本文仍稱他爲「王度廬」。

民國十五年（1926），十七歲的王度廬開始向《小小日報》投稿，發表連載小說；隨後於繼續發表連載小說的同時，又用筆名「柳今」開設個人專欄「談天」，每日爲本報撰寫一篇雜文；民國二十年（1931），他開始擔任該報編輯。

《小小日報》報頭兩種

《小小日報》，創刊、終刊時間未詳；國家圖書館藏有縮微膠卷兩卷，始於民國十五年（1926）12 月 11 日，止於民國二十五年（1936）8 月 30 日，其間殘缺嚴重。民國十九年（1930）4 月 1 日至 10 月 29 日的報紙相對比較完整

（其間仍有佚失），從「談天」欄共查到「柳今」雜文一百四十餘篇（另有載於該欄之外而署名相同者兩篇，即〈看了《故都春夢》之後〉和〈團圞月照破碎國家〉）。民國二十五年（1936）該報缺失最多，但在另一專欄「小言」內，仍可查到他的雜文，署名則爲「霄羽」。這兩個副刊欄目，頗可借來概括霄羽雜文的總體特徵──用「小言」和老哥兒們「談天」。

「解餓」和「救國」

這些雜文裏，「錢」和「窩頭」是兩個出現頻率很高的詞兒。「民國開基十九年，革命成功也有三四年了，但是民氣反倒日趨苟安、頹廢」（〈快樂人多〉）〔註1〕，咱們的社會到底怎麼了？咱們的民生爲什麼越來越糟？作者認爲，只要抓住「錢」與「窩頭」這兩個關鍵詞，聯繫社會現象、生活狀態加以分析，就可發現問題之所在。

他在〈中等人〉一文中，剖析了「人分三等」背後潛藏著的一種無形而沒道理的標準：「有學問的，自然是上等人，有權勢的，自然是上等人；然而無學無勢而有金銀財產的，也可以算上等人。沒學問的，自然是下等人，沒品格的，自然是下等人；然而有學有品而窮光蛋者，也得算是下等人。」介乎「有金銀財產」者和「窮光蛋」之間的，則是「中等人」。金錢既然成爲判斷人的價值、地位的唯一最終標準，必然導致人性的扭曲和墮落。所以，他在〈發財學〉中又說：天下最重要的既然是「錢」，那麼「發財學」當然便成爲最重要的學問了。這門學問的宗旨就是「不管什麼廉恥、良心、公共的利益、國家的經濟，只求的是我一己囊橐肥滿，金銀充溢。」「只要把頭弄尖些，臉皮繃厚些，牛皮吹響些，馬屁拍熟些，會獻小殷勤，會說低下話，能投機，善拍虎，」起碼也可「落一個小財主」。

作者還揭示：金錢也已成爲各種事業單位、社會機構追逐的唯一目標，它的魔力並且滲透到各行各業之中，於是導致全社會的畸形化。〈貴族學校〉中說：學校成爲「認錢不認人的教育機關」，教育成爲「闊人專享的權利」，將大批「未必有錢」的「有志的青年」拒之門外。〈荒蕪的青年〉寫「我」坐人力車回家的感受，說自己與拉車的青年車夫屬於「同類」，乃是或有相當的

〔註1〕　本文所引柳今雜文之發表時間，均請參見本書〈王度廬年表〉。原文的標點符號均按現行標準作了必要的替換和調整。明顯訛誤或衍植的文字徑行改正；疑爲訛誤、脫漏之處，改添之字均加方括號標示之。

學問或有相當能力的青年，然而都處於「不得用」或「屈其用」的境地。作者責問道：「我們是自願荒蕪呢？還是這社會國家，叫我們荒蕪的呢！」〈落子館〉述在東安市場聽落子（即大鼓）的感受：「我」一邊聽著鼓詞，一邊給這個演出團體算賬——「一晚唱上十幾個曲，至多三元錢，日夜算上，至多六七元，我不曉得他們這二十上下的人，電燈費……一切費用，怎樣支配？」進而感歎道：「北平有一句習慣語，管維持生活叫『找落子』，窮人叫『沒落子』；落子館這個名詞，可稱是名副其實，然而自鼓姬以至聽落子者，未必全都有落子罷！」

「金錢第一」造成了這樣的後果：「上等人」越是有錢，「中等人」分化到「下等人」行列裏去的就越多，他們「奔窩頭」也就越艱難。作者在許多雜文裏都描述了這樣的「都市圖景」：一方面是「上等人」在貴族商店裏、在燈紅酒綠中揮霍無度，追求醉生夢死的享樂；一方面是「下等人」在平民市場裏、在百無聊賴中「溜窩頭」、「逛窩頭」，苦度艱難的「窮愁人生」（〈萬壽寺〉、〈什剎海〉、〈快樂人多？〉、〈自行車〉等）。所以，作者在〈財神…閻王…〉中沉痛地說：「天下最公道的事，就是『死』」，「最不公平的，就是『財』」。他又用顛覆成語的手段來強化這種不公平的悖謬性——因為成語往往反映著「公理」。〈人死不值錢〉中說：如今的窮人，不僅死了不值錢，「活著也不值錢——刨除一般有特殊價值的女性，可以買去做丫頭、姨太太、娼妓，因此可以有很高的身價；其餘我輩男子，誰也不肯買去費飯。就以柳今我說，不信委託某拍賣行，挑起豆腐塊的旗子，來拍賣我，就是公開參觀八年，也恐怕沒有一個人問問價錢啊。」〈癩蛤蟆…天鵝肉〉中則說：「癩蛤蟆想吃天鵝肉」這句成語，本來說的是「癩蛤蟆絕對吃不了天鵝肉，因為天鵝就絕對不肯把自己的肉給它吃」；如今可不同了：「癩蛤蟆雖然癩，架不住有錢，蛤蟆有錢，諸事不難，不要說天鵝肉，鳳凰肉我也能吃到嘴啊。」

鑒於以上認識，作者在〈吃飯問題〉中歸結道：「飯是能使人爭奪的東西」。又在〈謀事〉中發出警告：無事可謀則無飯可吃，「自然難免趨於『弱者待斃，強者走險』一途；最可怕就是一般知識階級，他們受過相當造就，他們胸中懷著無限的學識、智力，他們絕不甘淪落，他們絕對有抵抗這種惡勢力的能力；如此，難免他們要造成種種大禍亂大罪惡了！」在〈由線訂書說起〉一文中，作者提出了總結性的論斷：「解餓」第一，「救國」第一，「一切不能解餓、不能救國的東西，都是胡鬧。」

　　這些短文，談「解餓」問題的最多，都將讀者目標鎖定爲中下層的都市平民。作者準確地把握他們的生存狀態和感受，文章具有濃厚的生活性和世俗的溝通性，痛切陳辭之中不乏幽默和諧趣。作者爲自己設定的任務不在作宏觀的考察，不在作理論的辨析，而在抓住都市下層生活狀態，抓住具體論題和平民切身體驗的關聯，試圖於溝通中無形地提升讀者的精神境界。它們是「載道」的，但又常於「載道」時「言志」；政治上則既有所規避，又透露出稍微偏「左」的「持中」立場。這些固然都與小報的辦報宗旨、專欄的性質定位分不開，同時卻也體現著作者個性的某些方面。

　　如果說，在談論「解餓」問題的雜文裏，作者的情緒總體上還是比較冷靜的，那麼議論「救國」問題的雜文就不同了。這類文章固然不多，情緒性卻都很強，且多直抒胸臆，沉痛、慷慨無不溢於言表。他的愛國主義情感，主要都是針對中日關係而爆發的。

　　1928 年皇姑屯事件之後，日本帝國主義加緊了武裝佔領滿蒙的各種準備，而國內軍閥勢力卻在忙於「粵桂大戰」和「中原大戰」。作者在〈惡五月〉中回顧了「二十一條的簽字，上海英捕的大慘殺，濟南日軍的空前殺戮」之後，沉痛地傾訴道：「賣身的文契依舊高標在那裏，死難同胞們的血跡還兀自如新」，國恥何時得雪，同胞何時才能齊心奮起呢？！〈跳樓者〉就一位青年跳鼓樓殉情的報導發表見解說：鼓樓已被命名爲「明恥樓」，「那上面陳設的『甲午之戰』、『庚子之役』、『英法聯軍破北京之役』、『五卅英日慘殺』種種的泥塑模型，『割香港』、『租旅大』、『訂二十一條』、『濟南慘案』種種圖說、書籍，哪一件不是足以激發青年志氣，振起偉大精神」的呢？爲情而死固然可慘、可憐，但不足取，盼望情場青年，「要把愛一人的愛，推廣成一個愛四萬萬人的愛」，「將欲犧牲一女子的勇氣，而犧牲於四萬萬同胞」，那將會是何等的偉大啊！〈團團月照破碎國家〉由李白的〈靜夜思〉詩引出感慨，作者說：如水明月，照到別的國家都能使人歡悅，「惟獨照到我們中國，往南，長江滾滾，數千萬災民，哀鴻噪月！照到東北，則見長白山虎狼群踞，瀋陽城無數同胞，屈服在異族鐵蹄之下！」「我不知他們，將要愁腸幾轉！！」這篇文章不僅情感深沉，憤慨痛切，而且筆鋒直指國內政治和國際強權，在這批雜文中是比較罕見的。

　　同樣罕見的，還有〈燭邊思緒〉，全文如下：

燭邊思緒

人生在世是要自尋安慰的，江上清風，山間明月，黃卷青燈，自有眞樂。這種靜中所自尋出來的眞樂，比什麼歌臺、舞榭、鼓場、娼寮，還要安慰得多。

我因爲生活的單調，心志的孤子，所以在環境上不得不於靜中自求安慰。我純粹是個〔過〕思想生活的人，極微細的事體、物質，我都要研究它，但是所得的結果，就是悲哀，然而於悲哀之中，我也曾尋出些樂趣來。

昨天夜裏，無所事事，看了幾篇「朝鮮義士安重根傳」，令我胸襟起了無限的感慨，恨不得此時連澆三盞，一飲而盡。又看了兩篇，燈光漸漸昏黑了，原來燈內的煤油盡了，我登時拿出一支蠟燭來點上，把煤油燈就吹了。又看了兩篇，看那朝鮮亡國的慘痛，安重根刺死伊藤博文之慷慨激昂，不禁我又懷想我們老大中國現在景況，不禁愴慨。掩卷靜思，猛然看見那燭光螢螢，一滴一滴地流下，啊呀，眞眞像眼淚！

「臘燭有心還惜別，替人垂淚到天明」，眞不愧是唐人佳句，晚近期內新詩家連影兒也追不上。我又想，我看的這本書是一本鐵血的書，點上一支紅蠟燭，似乎可以增加熱烈悲壯，那紅蠟的蠟油，不單可以代表國家興衰之淚，而且還可代表書中義士的熱血。我桌上正有一支紅臘燭，於是，點上。

紅光豔豔，白光灼灼，我眞要唱《雙燈記》，於是我低吟道：「敲斷玉釵紅燭冷……」我本是要借這紅燭礪一礪我的志氣，不想倒敎這一句詩，給我磨得壯志全銷了！

回憶什麼？往事都成煙了！現在我的痛苦還正是我的快樂呢。我把以往的事情，全都屛除不想，噗，噗，吹了兩支臘燭，說聲：睡啊！

安重根（1879～1910）是著名的朝鮮愛國志士。日本帝國主義在日俄戰爭中獲勝之後，加緊了滅亡、吞併朝鮮的行動，禍首便是時任首相的伊藤博文。安重根早就參加朝鮮愛國者抵抗日本侵略者的革命活動，1909 年 3 月，他斷指血書「大韓獨立」四字，與十一位志士結盟，誓殺伊藤惡賊。10 月，獲悉

伊藤博文將經哈爾濱前往俄國；安重根於 26 日上午，在哈爾濱火車站以手槍擊斃伊藤。被捕後，他在「關東都督府高等法院」的法庭上慷慨陳詞，歷數伊藤博文十五條該殺的罪行，獨自承擔謀刺的責任，於 1910 年 3 月 26 日從容就義。他在獄中寫有自傳，1911 年，夏威夷的《新韓國報》社出版了《大東偉人安重根傳》，有關他的出版物在當時的中國相當流行。

王度盧夜讀「鐵血的書」，不禁熱血沸騰。「疾風知勁草，版蕩識誠臣」，面對國難臨頭的危局，他慨歎中國之安重根何在！出離悲憤，反觀室內，一燈如豆，長夜漫漫，他又體味到深切的孤獨和無奈，於是以故作曠達的話語結束全篇。短短六百字，寫得起伏有致，真摯感人。儘管文字稍有粗糙之處，但是此文完全可與「新文學」、「革命文學」那些宣揚愛國主義的「主流散文」媲美。

這篇短文還有一個重要價值：它與八年之後作者首次用「度盧」之名所作的〈海濱憶寫〉〔註2〕有著異曲同工之處，對於理解、探析作者在青島淪陷時期的內心苦悶極有幫助。

「道德」與「倫理」

對於「解餓」、「救國」這兩大要務，王度盧不想、也不能提出可行的政治、經濟方案和途徑，他的「本業」畢竟還是文化。關於文化問題，他也確有自己的思考和見解。在他的這些雜文裏，〈道德〉和〈倫理與中國〉兩篇是相當獨特的：其他雜文罕談理論，這兩篇卻專講理論問題；其他雜文大都篇幅短小，這兩篇卻都較長——尤其是後者，整整連載七天，共計五千餘字。它們是研究王度盧思想的重要資料。

「打倒孔家店」這句口號，概括地體現了五四新文化運動對中國傳統文化的決絕態度，傳統道德、倫理當然亦在徹底否定之列。作者在〈道德〉和〈倫理與中國〉中卻提出了與之不同的見解。他說：「倫理二字是起始於人類所特有的『愛護心』」和「惻隱之心」，並非中國所專有；但是，中國使倫理「成了國的靈魂」，確實又與其他國家有別。至於倫理之「假」，不在本身而在「被利用」。

他對傳統倫理中的「五倫」逐一進行分析，認為「『兄弟』『朋友』兩倫」是「十全十美」的；「『夫婦』一倫」表現了「男性的中心」，這是「環境」使

〔註2〕 見引於拙著《王度盧評傳》第 17、18 頁，蘇州大學出版社，2005，蘇州。

然，需代之以「男女平等」觀念。至於體現「君臣」一倫和「父子」一倫的「忠」與「孝」，則最明顯地受人利用，因而被賦予了專制內涵：「『孝』字已被一般頑固爹娘利用了，把兒子看成是他們的產業了，私有品了；『忠』字已被一些強盜變相的帝王用作騙術了，使一般人作他一家的奴隸了。」這種「被帝王利用的偽忠偽孝」確實必須打倒；但是，應該恢復「盡己之爲忠」的本義，恢復「父慈子才能孝」的本義，因爲這才體現著孔子所主張的「眞平等，眞義務」和「共存互助的眞精神」。

作者承認，「自從漢高祖利用儒生以後」，便造成了「倫理化的」、亦即「有權者利用倫理而治民的中國」；他也承認，在有權者的利用之下，倫理是「有時無人道，有時使人痛苦」的，「但是人們的喜它心，畢竟能夠戰勝恨它心」，因爲帝王的利用畢竟泯滅不了它所本有的「中華民族的特殊精神，勇敢精神」。這種精神根乎「家族觀念」：中國人愛家勝於愛國，而倫理則起著「聯絡其中」的作用，「這實在是中國能延長這四千多年壽命的重大原因」。孫中山將範圍較小的家族主義「推廣到民族主義」，是對傳統倫理的繼承、改造和擴展。

作者說：「我也是曾作過盲目的狂人的青年」，現在則知道，「對於我們中國的倫理」，應「先不要宣告它的死刑」，而應去「詳細的審問審問它」，看「它情屈不情屈？」可見此文包含著王度廬對「五四精神」的某種反思。

於是，我們看到了以梁漱溟爲代表的「新儒家」的影子。事實上，作者寫〈倫理與中國〉，正是對王鴻一某次演說的申論。王鴻一（1874～1930），名朝俊，字鴻一，山東鄆城人，同盟會員，教育家。曾任山東提學使、議長等職，致力於提倡、推行「村治運動」。他對梁漱溟的文化學說十分欽佩，而梁的「鄉村建設」思想也吸取了他的實踐經驗。梁漱溟在1921年出版的《東西文化及其哲學》中主張通過改造西方文化精神、恢復中國文化本義，來實現中國文化的復興。他後來又提倡以「鄉村建設」改造中國，認爲中國社會一向以倫理爲本位而非以階級爲本位，所以中國的出路在於以固有精神爲基礎，實現中西文化的溝通，從而建設一種新的禮俗和社會組織。〔註3〕因此，梁、王都反對中國共產黨的階級鬥爭學說和武裝革命主張。就此而言，王度

〔註3〕梁漱溟（1893～1988）闡述「鄉村建設」理論的幾種著作固然正式出版於1930年以後，但是早在1921年結識王鴻一時開始，他就進行了一系列的相關思索和實驗，並通過講演、撰文宣傳相應的理念。

盧的上述觀念與梁漱溟、王鴻一的思想學說有所契合,體現著一種折中主義;因此也是與五四新文化的主流思潮以及「左翼」文化思潮──特別是「無產階級文化派」〔註4〕──有所對立的。

但是,在王度盧的大量雜文中,又更多地表現出對五四新文化思潮的認同。例如,他曾多次批評傳統的風習節俗和傳統的世俗心理。〈端午節〉中認為,風習在形成之初原是「很可以調節人生,安慰人的勞頓生活」的,但是「因習成俗,日久加入迷信思想,反失卻它本來面目」了,結果養「成一種苟安性」,走向了反面。〈俗禮〉中這樣分析俗禮形成的原因:「人生在世,固然是痛苦很多,然而有許多是可以解決的;因為大家有一種苟安、將就的懶性,所以自甘負著痛苦的創痕,不去醫治它;縱使有一二頭腦稍清者,也沒有勇力去反抗習俗」,於是俗禮就只剩下「熱鬧」,至多「惹起一般生活有缺憾者的傷感」,阻礙人們去「奮勇無畏」地「改造自己的生活」。〈辦白事〉針對辦喪事需請僧道放焰口,為死者「免罪」的風習發表評論:「我們以道德、宗教的眼光來看,可以說是沒有一個人不染有『罪』的色澤;但是以進化文明的公理來說,一個人生在世上,給人群作了事情,就無罪可言;若拿苛求的眼光來看,世界古今的大英雄、大科學家、大教主,哪個不是罪之魁、惡之首呢?」因此,以為人生必有罪,乃至借「免罪」之名「辦白事」炫富,那是「神經病的表現」。「即便我們說世界上的人有罪惡,那麼人死氣絕,罪惡也就停止;所以只應該自免罪於生前,不必〔叫〕人給你免罪於身後。」這樣,作者就將風習的批判上升到人生哲學的研討和國民性批判的層次了。

還有一些文章,則善於從世態人心的細微之處入手,剖析、揭示其背後隱藏的國民性弊病。例如,北方人稱醋為「忌諱」,飯館裏的食客則因忌對女招待說「吃醋」而往往有意無意地更加強調這一「代稱」。王度盧在〈醋…忌諱…〉一文中就此剖析道:「你心裏本來就有『忌諱』兩個字,你又『忌諱──忌諱』的亂喊」,這不正是「矛盾的生活」和潛意識裏的不潔之表現嗎?〈小算盤〉則以「遷都」之後北平的落寞為背景,比較北京人和「各大商埠」人的心理差異。作者認為,北京人一方面「具有相當歷史,受有相當文化,經過相當政治的潮流」,故有外地人不可企及之處;另一方面,由於「官派化」,「心地樸厚,拙於經濟」,北京人往往又「獨愛打小算盤」,結果

〔註4〕 1930年前後,一部分左翼文化工作者鼓吹「左」傾文化思想,粗暴地徹底否定傳統文化,其思想淵源可以追溯到蘇俄的「無產階級文化派」。

是「小算盤打了半輩子，全都叫大算盤給轟出去了：大清國歇業……政府又一再遷移……只好窮愁坐困，口口聲聲遷都害人」。其實，「您早先在打小算盤時候，打一下大算盤，也不致如此呀！」這是從傳統心理的剖析深入到現實政治的批判，從對平民百姓的勸告上升到對「大人先生」的鞭笞了。更加值得注意的是〈造化兒子〉一文，它批評世俗人情都希望生個兒子有「造化」的心理，認為「中國人的」這種將「享福希望」寄託在兒子身上，不願他「作苦工」、不願他為國犧牲的心態，正說明「家族主義之足以剷除」，否則國家衰弱的前途將永難改變。此文寫於〈倫理與中國〉發表之後不到兩個月，而對「家族主義」的態度與之迥然有別，其立意還頗受魯迅《野草・立論》的影響。可見「德賽二先生」的效應，在王度廬的心中仍是相當根深蒂固的。

　　男女平等，往往是民主主義思潮最先切入的一個主題；五四新文化運動的先驅者也經常把「男權」作為自己攻擊禮教的首要靶標。王度廬對這個問題談得也多。有的文章蘊含「引而不發」的用意，即只針對事象進行表層分析，深層結論則在文本之外，留待有心的讀者自行思索。例如〈香豔文章〉，以陳栩的一首題畫詩作為話頭，引出議論道：

> 　　我想天下之文章，大半都是香豔的文章。以中國的文章說，自
> 詩三百篇，以及於韓偓之《香奩集》、王彥泓之《疑雨集》，更不用
> 說什麼最顯著的〈高唐〉、〈神女〉、〈湘君〉、〈洛神〉等賦，反正都
> 是有字皆香，無詞不豔。孔二老爺說什麼「國風好色而不淫」，其實
> 我們展起《詩經》來看，由〈關雎〉章往下讀，真管包幽怨纏綿，
> 比《性史》不在以下。

推及外國文學和戲劇、電影加以概括考察之後，作者的結論是：「天下要沒有香豔的文章，就沒有文章了」；「世界的藝術家，一百有九十九個是拜倒石榴裙下者。」表面談的是豔情文字和文學史現象，啟示讀者進一步思索的是：女性在文學史上的地位和作用既然如此重要，那麼她們在人類歷史、社會生活中的地位和作用難道不是同樣重要嗎？為什麼這種地位和作用數千年來一直受到扭曲和抹殺呢？為什麼她們在歷史的和現實的文本（包括「香豔文章」）中卻一直「缺場」呢？

　　另一些雜文則專選平日習以為常的事象或話語，揭示其背後掩藏著的男權主義。例如〈女朋友〉一文，針對人們一見男女交往就「好奇」的現象指出，這好奇心暴露的是一種潛意識：只把女性視為戀愛、結婚對象，它反映

的是男性的「野心過大」。〈「嫁」的問題〉和〈「娶」的問題〉中說：「嫁」和「娶」是「天下最不平等」的兩個字，因爲「只有男娶女，沒有女娶男」，「嫁」字的含義雖相反而實相同，反映的是「男權重」，是男方「性欲與金錢」的決定作用；對於女子來說，這「不但不平等，而且殘忍。」劉海粟在中國首創人體寫生，被認爲是對傳統觀念的一大挑戰和衝擊。作者在〈人體美〉中卻說：劉海粟「原是以男性爲標本的」，結果卻造成「我國之人體美，只限於女性」的風氣；如今那些宣揚畫模特兒之進步性的輿論背後，還是「男性肉欲」、「男權中心」在起作用。〈姦殺案〉中出語驚人，認爲「『奸』、『淫』這兩個字，與所謂的『戀愛』是沒有什麼分別」的，它們的貶義內涵反映的是「情場之不平等」──如果眞「歐化」，眞「新派」，眞講「公理、人道」，眞承認「戀愛神聖」，「那麼『通姦』、『幽私』……『姦夫』、『淫婦』……這些名詞」就「根本不能存在」，「何況只見男子捉姦，不見婦人捉淫」呢！作者在〈性的文章〉中所表達的一些見解，同樣應作如是解讀；例如文中說：「《紅樓夢》的『意淫』，比他書尤甚，所謂大盜不操干戈者也。」引述的雖是衛道派的成說，卻含有「翻案」意味──「意淫」者，性愛之情也；所表達的是推崇之意。

正因爲民國建立之後女性地位仍無根本性的改變，所以作者特別贊賞女性的自強、自立行爲，而且建議：處於「客位的男性，最應當看著女性這種自拔狀況，應該喜歡，不可加什麼非議」（〈妓女問題〉）。作者也最欣賞那些具有叛逆性格的女性，他在〈顚倒雌雄〉中表示：「女性效法男性，或可以說是同化於男性，這是很可賀的一件事情，我非常敬愛這種女同志」。〈敲釵小語〉中有幾段以花朵比喻各種女性的文字，其中獨崇玫瑰：「色香與眾花不同，而玩之則芒芒有刺之女子，可喻爲玫瑰。此眾品中，惟玫瑰最爲奇絕，其他碌碌耳，然今世惟玫瑰式之女子最寡見。」

王度廬的「女權觀」是相當激進的，這一點非常值得注意，因爲「女人與小兒的發見」，是關於「『人』的眞理」的深層發見，是人道主義的重要內涵。〔註5〕這對於解讀王度廬當時和後來的那些小說創作，是極有意義的。

「平民文學」

關於「平民文學」，五四新文化運動前驅者從理論上闡釋得最爲詳盡的，當屬周作人1918年12月20日所作〈平民的文學〉一文。王度廬在其雜文中

〔註5〕參見周作人：〈人的文學〉，《藝術與生活》，第9頁，嶽麓書社，1989，長沙。

既認同於這一文學觀念，又對它作出了自己的詮釋。

何謂「平民」？周作人說得比較籠統，或謂與貴族相反，或謂與「公民」同義，就是「大多數」。〔註6〕王度廬在〈平民化〉一文中先作比較廣義的解釋：「平民就是民眾」，「是『平等之民』，使奴喚婢的老爺，位尊權重的大人，他們絕不配當平民這兩個字。」再作狹義的解釋：「平民的『平』字，與『貧』字的字音相近，所以我們中國就把『平民』二字，無形中看成『貧民』了」；如此，也就「只認定貧民、勞動者、無產階級是平民」了。看來他是不贊成「把平民二字的範圍弄窄」的，對比〈中等人〉一文裏的觀點，大致認為「平民」應該包括「中等人」和「下等人」（特別是「有學有品而窮光蛋者」），亦即周作人所說的「大多數」。他在〈燈下人〉、〈消夏〉等文章裏，又曾不止一次地頌揚勞工神聖，這說明他的「平民觀」又是視勞工為平民之砥柱的。

何謂「平民文學」？周作人強調，不在於做給誰看或是誰做的，也不在於寫哪一階級階層的生活，而在於「文學的精神」是否「普遍」、「真摯」，是否合乎「人生的藝術派的主張」。〔註7〕王度廬在〈一位平民文學家〉中，於推崇「平民文學家」的同時，也表達了他對「平民文學」的見解：「世界本來是平民的世界，尤其是文學家，更要有一種平民化的精神，他才能夠用文學的力量，來轉移風化，陶冶民情」。「作《水滸》的施耐庵，作《紅樓夢》的曹雪芹，以及唐詩人中的元、白，元曲中的關、白、馬、鄭，宋詞中的柳、張，以及近代吳趼人、李伯元等的小說家，他們都是平民文學家；因為他們能夠把士大夫的文學、學者的文學，介紹到民間去，然而也不要失於俚鄙。」此文著重揄揚滿族鼓詞（即「子弟書」）作者韓小窗（約1820～1890）〔註8〕，贊賞小窗所編鼓詞一掃「盛世昇平的氣派」，「不但詞句典雅而淺近傳神，並且有一種哀婉慷慨之音」，「頗有一種諷世、喚世、獎忠、崇孝之意」。又說「這人確實是位有天才、有詞藻、有思想的文學家；他能夠把他這種才學，不去作八股，不去批試帖，而能夠來編大鼓；他的平民思想可見了，他的環境可見了，而他的清高也可見了。」

〔註6〕 參見周作人《藝術與生活》，第3、4頁，嶽麓書社，1989，長沙。
〔註7〕 參見周作人《藝術與生活》，第3、5頁，嶽麓書社，1989，長沙。
〔註8〕 韓小窗，遼寧開原人，或以為屬於八旗中的錫伯族子弟。關於他的生年也有不同見解，有人以為至遲應該生於1800年。參見胡文彬：《紅樓夢子弟書》，春風文藝出版社，1985，瀋陽；王肯等著《東北民俗文化史》，春風文藝出版社，1972，瀋陽。

　　從上述引文可以看出，王度廬的「平民文學觀」既與周作人有聯繫，而又存在相當的差異。周作人雖然也說平民文學作家是「普通男女」中的一人，但他其實要求這些作家成為「先知或引路的人」；因此，他強調「平民文學決不單是通俗文學」，「不必個個『田夫野老』都可領會。」〔註 9〕他所提倡的「平民文學」，實際便是「人生派」的「五四新文學」，具有「先鋒性」和「精英性」。王度廬的「平民文學觀」，其實就是「通俗文學觀」。在他看來，平民文學是具有平民思想的作家所創作的一種文學，是他們運用俗眾可以領會的語言，從精神上教化、愉悅、提升俗眾（即「轉移風化，陶冶民情」）的文學，所以，要讓「平民」領會，這一點是非常重要的。但是，「通俗」又絕不是「隨俗」，也絕不是「俚鄙」。

　　周作人說：「平民文學」不單是通俗文學；王度廬則說：通俗文學可以、也應該是「平民文學」。他們的差別在這裡，他們的聯繫也在這裡。

　　王度廬的通俗文學觀與劉復 1918 年發表的〈通俗小說之積極教訓與消極教訓〉〔註 10〕有相通之處，但因它是在雜文中表述出來的，理論體系當然不如周作人的〈人的文學〉和〈平民的文學〉來得周嚴、深入。不過，由於它是由通俗文學作家自己提出、自己闡釋的通俗文學理論，既與「五四精神」相關、相容，又守持著自己的「非先鋒層位」，從中國通俗文學史研究和中國現代文學史研究的角度考察，無疑十分值得珍惜和重視。

　　鑒於上述文學觀，王度廬相當關注文藝商業化的現狀，也很關注那時的流行文化以及相關的文化人。

　　作為旗人，王度廬自幼熟悉、熱愛傳統戲曲──特別是京劇；作為吸取了「五四」營養的「平民文學家」，他又常用批判精神去審視傳統戲曲。〈中國劇〉一文表達了這樣的意見：「中國劇雖名為劇，其實其中的成分最複雜，因為中國劇裏面，包括著歌、舞、音樂、武技……甚至於大鼓、評書都可以上場──如《溪黃莊》、《八大鎚》──而中國的戲裝、臉譜、作功、臺步，全都大可研究。但是，傳統戲曲「還沒有完全達到藝術的程度」。他從戲曲的觀演過程看出中國人的兩種特性：「不求甚解」和「悟會性」（即領悟性），前者表現為聽不懂唱詞還一個勁兒地叫好，後者體現在對表演程式的領悟。

〔註 9〕參見周作人《藝術與生活》，第 4、5 頁，嶽麓書社，1989，長沙。

〔註 10〕按劉復此文初載於 1918 年 7 月《太平洋》雜誌 1 卷 10 號，參見《王度廬評傳》第 315～317 頁。

此文的言外之意是：如果中國人改掉「凡事都馬馬糊糊」的毛病，對傳統戲曲肯「下苦心研究」，是可以使傳統戲曲「達到藝術的程度」的。

這樣，在對待傳統文化的態度上，又一次顯示了王度廬與「五四」先驅者的區隔。眾所周知，後者對傳統戲曲是全盤否定的，周作人在〈人的文學〉中，就把「舊戲」稱爲九種非人思想的「和合結晶」；同時他又稱《西遊記》爲「迷信的鬼神書」、把《水滸》視爲「強盜書」，一併加以貶斥。如前所述，王度廬則認爲《水滸》屬於「平民文學」；至於《西遊記》，他說此書「是社會小說，不是神怪小說，是預言小說，不是寓言小說」（〈西遊記〉），又說「中國自古無心理學專書，有之則《西遊記》」也（〈心〉）。這裡固然存在解讀角度的區別，但最根本的還是對待文化遺產的態度的區別。

前面曾經提到王度廬對韓小窗的贊賞，其中蘊涵著革新鼓詞藝術的期望；而在〈何不當初〉一文中，這種期望則「落實」爲對鼓詞新作的細緻關心：作者回想「前兩年」聽雪艷琴演唱鼓詞〈黛玉歸天〉，認爲這首新編作品讓黛玉小姐在頻死時連說兩句「早知今日，何不當初」，是很不符合人物身份的，因爲那原是晴雯姑娘的話語。文中進而對「何不當初」、「何必當初」、「悔不當初」的不同含義作了詳細辨釋。這裡既表現著作者對改造傳統曲藝的關注，又顯示著作者對於「人生的藝術」思潮以及「寫實」的創作理念之認同，這種認同甚至可以表現爲「咬文嚼字」式的「挑剔」。可見，在對待文化遺產的態度方面，王度廬與周作人等的區別之中，又是隱含著相似或相同之處的。

關於流行文化，王度廬曾對歌舞劇和電影有所評論。

黎錦暉創作的流行歌曲和歌舞劇，是西洋流行音樂文化和中國傳統音樂文化的奇妙融合，也是當時中國都會文化的一個典型，影響之大，跨越整個民國時期。王度廬在〈歌舞劇〉一文中充分肯定黎錦暉的《月明之夜》、《葡萄仙子》等歌舞劇，說它們以「喬皇富麗」和「淡雅幽秀」的風格而深得兒童喜愛，但也批評〈毛毛雨〉、〈妹妹我愛你〉之類流行歌曲，認爲其「肉戀的滋味」於兒童不宜；又認爲黎氏歌舞的演出形態還有一種負面作用：在兒童中引起講究穿著，追求「出風頭，好虛榮」的傾向，這是不適合「窮困的中國，危險的中國」之國情的。

從上海興起的早期國產電影，屬於新興電影人、鴛鴦蝴蝶派文人和新進戲劇家之「統一戰線」的產物，其「類工業化」的創作—製作方式和商業化

的運作模式，尤其顯示著那個時期都市文化的「現代」特徵。〔註11〕民國十九年（1930）9月，由聯華公司攝製、孫瑜執導、阮玲玉等主演的《故都春夢》在北平公映。王度廬於 9 日發表影評〈看了《故都春夢》〉，認為該片在「描寫官場黑暗」和「家庭倫理間的摯愛」，「其他如人情勢力〔利〕，虛榮誤人」方面，都是「很深刻的」。文中並對劇作整體、劇情設置、表演技巧、場景設計乃至道具、字幕、放映品質和運作（或是「炒作」？）方式，提出十九條或肯定、或批評、或建議的意見。作者的注意力集中於如何體現真實性上——他特別關注細節的真實。這些評論同樣貫穿著「人生的」和「寫實的」藝術觀。

楊耐梅是一位出道比阮玲玉稍早的影界女星，原籍廣東佛山，清光緒三十年（1904）出生於上海一個富有的粵商家庭。民國十三年（1924）她首次在鄭正秋據徐枕亞原著改編的影片《玉梨魂》中出演配角，一炮打紅；隨後在明星公司多部影片中擔任主角，以善演豔麗、放蕩的女性形象而著名，與胡蝶、王漢倫、宣景琳並稱明星公司「四大金剛」。民國十九年（1930）7月間，北平忽然傳說楊耐梅「香消玉殞」了。7月12日（？）的《小小日報》刊出相關消息，認為她的表演藝術雖然尚未至於上乘，然「以一弱女子，在中國女權極衰之際，國產影片不盛之時，隻身奮鬥，闖蕩南北，其勇敢也如是。創辦耐梅公司，熱心電影事業，其提倡也又如是。嗚呼！耐梅其我國之影界先進，我國影界之偉人也夫！」隨後，王度廬就發表了他的雜文〈楊耐梅…朱素雲〉，此文可說有一多半是為楊耐梅而寫的——所謂「一多半」，其根據除本文篇幅外，還有後來發表的〈蟋蟀〉和前已述及的〈看了《故都春夢之後》〉兩篇雜文，其中都曾一唱三歎地為這位女星的「早逝」而大發感慨。

〈楊耐梅…朱素雲〉中提及「四年前耐梅挾《上海三女子》之片來燕，始演於新明大戲院，彼時都中娛樂界中，驚為新舉，輿論沸騰，毀譽參半」。這是發生在民國十五年（1926）的事：當時尚無國產有聲片，楊耐梅在《良心復活》〔註12〕一片上映時，首次於放映中親身登臺，其時銀幕升起，她在與銀幕畫面相同的舞臺場景中哼唱主題歌〈乳娘曲〉，從而使無聲片「局部

〔註11〕參閱范伯群：《插圖本中國現代通俗文學史》，第396～405頁，北京大學出版社，2007，北京。

〔註12〕該片劇本根據俄國作家的名作《復活》改編，改編者是鴛鴦蝴蝶派的著名作家包天笑。

有聲」，造成極大轟動。據說她在北京也採用了同樣的「映唱」形式，觀眾受好奇心驅使，趨之若鶩，票價居然高於梅蘭芳。作者接著說到她「爲經濟所迫」而「二次挾片來燕」，則應該是民國十七年（1928）的事：楊耐梅在這一年決定脫離明星公司，自組「耐梅公司」，拍攝影片《奇女子》。爲了籌款，她應軍閥張宗昌之邀，親赴濟南與之周旋。此前，她曾因下海從影而與家庭決裂；她的性格和生活又頗像所飾角色，風流、放蕩，揮霍無度；她的下場當時已經有所顯現——《奇女子》是在資金匱乏的危機中完成攝製的，其後公司倒閉，楊耐梅也退出了影壇，但是直到 1960 年她才去世。王度廬在文中歎道：「近日忽耐梅以逝世聞，星殞香消，殘片斷夢，春申月冷，更聽何人唱〈奇女子懺悔詞〉耶！（〈奇女子懺悔詞〉爲耐梅近年所製，隨其《奇女子》影片，親自演唱，詞意頹唐，不意竟成讖語。）」逝世的傳聞是不實的，王度廬的愴懷和感慨卻真的成了「讖語」，而且爲我們留下一段關於當年北京—北平的電影文化記憶。

〈楊耐梅…朱素雲〉中述及的朱素雲是著名戲曲演員，生於清同治十一年（1872），卒於民國十九年（1930）7 月 10 日。他原籍蘇州。初習崑旦，後改京劇小生，曾爲「內庭供奉」，擅演「靠把戲」，常與梅蘭芳、程硯秋、尚小雲合作。王度廬在文中引錄王韜《淞濱瑣話》中有關此人的記載後評論道：「朱在清季時，翹楚舞榭，衫履翩翩，實王孫等輩之不逮耳。」「如今伶官老死，感身後之蕭條；故國早凋，恨當年之塵夢，素雲亦滄桑劫數中之過來人乎！」最後，他針對楊、朱兩位的藝術歷程和生命歸宿發出感歎：「楊耐梅芳年頓萎，朱素雲垂老壽終，都是歌壇影場中之至堪淒涼惆悵者……觀及此二人一世飄泊，衣冠色相，只博了些豔名浮譽；如今如此的歸宿，美人白骨，春夢秋風，徒使人愁懷頻擾而已！」這裡固然含有莊周式的感慨（作者在另兩篇雜文——〈妙影〉和〈蟋蟀〉中，更明顯地抒發過這種感慨），但更多的是現實的悲愴——文藝的商業化造就出多少明星，又扭曲了多少明星的生命軌跡！其中還糾纏著多少功過是非啊！

評析王度廬的「平民文學觀」，不能不涉及他與「鴛鴦蝴蝶派」的關係。筆者過去認爲他與鴛蝴派沒有關係，如今隨著他的早期作品的發現，這一看法應該訂正。

早期的《小小日報》應該寫作「《小小》日報」——報頭只有「小小」二字，是由樊樊山題寫的；後來才改爲排印的「小小日報」四字。樊樊山（1846～1931），名增祥，字嘉父，號樊山，湖北恩施（今屬鄂西自治州）人，清光

緒間進士，官至陝西布政使。辛亥革命後寓居上海，常在《民權素》等早期鴛鴦蝴蝶派刊物上發表詩文，被認為屬於該派中的遺老型人物。《小小》日報的創辦人宋心燈（信生），則與樊樊山有通家之誼。這些背景，有助於理解為什麼這份北京小報染有較濃「鴛蝴色彩」的原因；王度廬在該報發表作品、編輯副刊，當然不能不服從或顧及它的風格。他在〈麻醉劑〉一文中還自承：「早先我曾在《申報‧自由談》裏，作過一篇短稿，標題是〈茫不可解〉」。這應不是杜撰。眾所周知，當時的《申報‧自由談》正是鴛蝴派的陣地；王度廬是否還用其他筆名在《自由談》上發表過文稿，有待進一步調查。當然，在鴛蝴派或「類鴛蝴派」報刊發表文章者，並不一定就是「派」中人物，然而考察王度廬的早期作品（包括現已查明連載於《小小日報》的二十餘種偵探、言情、武俠小說），他的文學觀念和創作傾向，確是受有「鴛蝴影響」的。

　　他在《小小日報》發表的雜文，有一些也是涉及或評論鴛蝴派作家的。除〈香豔文章〉引陳栩詩作為話頭外，〈殉情〉中含有對徐枕亞〈玉梨魂〉的肯定。作者說，《玉梨魂》「很給情場失意者」指出了「一條道路」：男主人公於情人、妻子雙雙亡故之後「投身革命軍，死於辛亥之役，殉國而復殉情，真是死的值。」〈聰明絕頂〉一文則以反語對畢倚虹（1892～1926）作出高度評價。作者先引錄上海《時事新報》上的兩句話：「畢倚虹死了，上海灘上又少了一個聰明絕頂的人。」接著說：畢倚虹之了不起，在於身居「繁華區」而不肯「隨俗」：不「隨俗」則「必要落伍。你處處落伍，時時感傷，悲觀，遠慮，那時你不死何待！」「所以我很馨香禱祝，苦口良言，勸大家莫作聰明絕頂的人。」〈倡門〉和〈貴族學校〉中對何海鳴（求幸福齋主）評價亦頗高，認為何氏所作小說〈家聲〉，其譴責社會和貴族化教育的命意「雖未免過刻，但是可以說是極沉痛激昂了！」而何氏另幾篇小說，如〈倡門之病〉、〈倡門之狗〉、〈倡門送嫁錄〉，其中對妓界的描寫「真深刻，真悲觀，真感慨」！作倡門小說而欲超越「什麼『墜鞭一笑』、『紙醉金迷』」的陳詞濫調，就應該像社會學者那樣去進行實地的體驗和研究。「化過些暈頭錢，當過瘟大少」，而又保持冷靜的頭腦和揭弊的決心，這才可能像何海鳴那樣，通過作品「宣佈其中的罪惡，妓女之可憐、之待救」。

　　上述獲得王度廬肯定性評價的鴛蝴派作家及其作品具有一個共同傾向，即「通俗」而不「隨俗」，不同程度地表現出關注人生、譴責黑暗、批判社會現實的傾向。這裡也既顯示著王度廬和鴛蝴派的聯繫，又顯示著他與這一文

學流派之間的差別：他認同於這些作家的上述傾向，但不認同於該派以文學為遊戲、為消閒的傾向（但他不排斥「趣味」）。「鴛鴦蝴蝶派」是一個並不科學的概念，本文對此不作申論；北派通俗文學與鴛鴦蝴蝶派的關係如何？是否存在一個「鴛蝴北派」？這需要作宏觀的考察，筆者已經不能承擔這樣的課題；因此，目前仍傾向於稱王度盧為「京派的通俗文學作家」，以他的雜文為「京派的『正格』通俗散文」——儘管他的文學環境以及他在文學觀念、作品樣式的追求等方面，確實與鴛蝴派有著並不疏遠的關係。

氣質和文章

作者有〈署名〉一文，其中說道：

> 我自從署了這花柳病的「柳」，今天沒飯吃的「今」，刨出我一般老朋友，其餘誰也不知這柳今便是孤王我：人不知，鬼不覺，一人兩名，就是去作騙子，也是方便的啊。

> 有人問我說：柳今這人是誰？我說：這位朋友我沒會過。有知道的，就說：你這名字沒講兒。我說：我署名自署名罷了，何必要你會講呢？名字是為稱呼的，何必要能講？譬如說我叫鴻雁，你就拿鴻雁一般的看待我？我要是叫駱駝呢？你也叫我駝煤去嗎？

> 差不多署名最多的，都是文人，尤其是投稿家⋯⋯總而言之：是自命不凡，是賣弄才學，是閒著沒事。要是像我這整天奔窩頭的人，哪有閒工夫及此，隨便署上一個「柳今」，不過比「無名男子一名」強一點罷了！

「無名男子一名」，是當時報章上報導發現橫死者時的常用語。此文雖多調侃、自嘲之語，但作者對自己筆名的寓意，還是有其所「講兒」的；這就不免令人聯想起另一位著名的北派通俗文學作家耿郁溪，他為《小小日報》撰稿時，筆名用的是舊小說和舊戲裏小角色的自稱——「小的」。他們二人的用意，都在強調自己的「平民」身份，強調自己屬於那些「有學有品而窮光蛋者」。

王度盧的雜文多用第一人稱進行敘述和議論，這個「我」既有虛構的一面——他所「自述」的許多履歷、行狀都不是王度盧本人的；又有真實的一面——他的自述確實又往往與王度盧本人分不開，特別是心態、氣質、性格等方面。我們關注的是後者。

他說：自己是個「有相當學力，而『不得用』或是『屈其用』的青年（〈荒蕪的青年〉）。「在前幾年，那時京華正是冠蓋逐塵的時代；北京那時正是十分的繁榮。彼時我適交蹇運，身世的飄泊，學業的荒蕪，情場的頓失，大病的纏身，經濟的壓迫，希望的失敗，」使「我屢次將趨於自殺途中。如今我總算戰勝了環境，在我生活的前途似乎有些光明了。」然而，「生計的鞭兒，在後面督策著我」的結果，無非初步造出一個「稿匠」而已，因此自感又「較前墮落了」（〈憔悴〉、〈古城返照〉、〈文士與蚊士〉，按除「情場頓失」尚無實證外，這些自述都與王度廬的經歷、思想符合）。在他的雜文裏，「病」是經常出現的詞語。例如：「沒有傾國傾城貌的我，而卻修來一個多愁多病的身；自打去年直到現在，總是大病去小病來，沒有一刻舒服」（〈病〉）。在這方面，〈呻吟〉尤其值得一讀，因為它不僅生動地描述了病中感受和母子深情，而且是至今所見王度廬雜文中最具「個人性」和「主觀性」的一篇文章，還是用文言撰寫的——

呻　吟

人無不病者，而病未有不呻吟者，蓋呻吟可以舒其氣，減其痛也。予於昨日，偶感暑疫，吐瀉並作，次日遂身沉頭暈，不能起矣，而呻吟之聲，亦出於予之病榻。

嗟乎！人生於世，痛苦亦甚矣！勞苦加其體，疾病纏其身，猶夫競競然，懼倘有一死，但終不可免，終須葬身於荒磷野草中。噫！人果思及此，天下之名利無物矣。

病榻呻吟，惟予之老母為予整理湯藥，殷勤慰問，予亦嬌若嬰兒，蓋此所謂倫理間天性使然也。「無家主義」，予誠證其謬也。

母以湯藥予我，濃苦之味，殊難下咽，但予本「良藥苦口利於病」之一語，遂勉強下咽；又思我茫茫華夏，百病待醫，又誰人能進此一杯卻病苦水也！

病與死連，予當嘔瀉劇烈時，幾氣絕者屢，誠知死之滋味，大約亦如是。呻吟握管，手顫難書，聊記我病榻之狀況耳。

這是病榻上寫成的文章，而且第二天他也並未停筆。雖然此文極富「個人性」，但卻依然惦念著「華夏」。《禮拜六》上那些生硬地貼幾條「愛國」標籤的遊戲文章，絕對沒有它的真誠和切實——它們只會把沉重的國難化為淺薄、庸

俗的嬉笑或自大。

他又自稱是個習慣過「思想生活」的「無業遊民」。〈燈下人〉中這樣寫道：

> 我是個慣在燈下討生活的，作稿，閱書，每夜非過兩點鐘不能熄燈。有時擲管靜坐，徐徐的吸煙，繞繞的思想，此時多少奇思，幻想，壯志，愴懷，都自我腦筋中、煙雲裏、燈光下湧現。

> 我想以往的種種「燈」的逝影，都成夢境了！歌舞場中的華燈輝煌，絕妙的女伶，在那裏輕歌曼舞；酒筵間電炬高張，眾友朋的高談狂飲；小室中一燈熒然，索〔素〕心玉骨的伊人，低語的纏綿；深夜間路燈昏暗，獨自歸來，行行中所擬想的壯志……有形的，無形的，可記憶的，不堪回憶的，總之，都成了燈光一閃了！

> 「燈」，是最無情的東西，它那一寸紅焰，正是那煎燒〔著的〕壯士的雄心、美人的青春、文人的心血啊！

這裡不僅寫「思想生活」，而且寫「思想」的一種「生產過程」，也呈示了「思想」的一類「產物」。〈琴聲裏〉則更多地富有「內省性」，作者說：側耳靜聽琴聲，「此時澄靜了我的俗慮，又湧起我的愁波了。我轉想到二十餘年來的我，已過去的我，未來的我；親恩，友義，殘恨，餘情，生活的落拓，國事的紛紜，我真不禁淒然落淚了！」他的內心世界是既豐富而又五味雜陳的。類似的內心獨白，後來被他賦予了《寶劍金釵》裏的李慕白。誠如筆者評述其早期小說時說的：「柳今」確係李慕白式「失意男人」人物譜系的起點。

雖然自稱「奔奔乎於窩頭之間」的「弱者」（〈病〉），他卻又「野心太大」，以至認為一般畫家、哲學家、詩人都「才氣太小」。他說：「凡事我都不知足，要求它的發展。譬如說你給我一個破學校，能夠教我發展它，建設它，我是願意的；給我一個言論地盤，能夠教我天天胡說八道，我是願意的；說夢話吧，叫我去作縣長，教我去辦村治，我最希望不過……要是教我整天按套子辦事，作那機械式生活，我真有些心裏起急。」「我覺得無論什麼娛樂，什麼學術，只要我來驅使它，不要它來驅使我。」（〈鬧事〉、〈迷〉）可惜的是，這些理想和「夢話」都無法兌現；「驅使」娛樂和學術的「野心」，真要實現也難。

現代心理學認為，「人」不但是個血肉之軀，更是一個複雜的心理結構。我們不擬用佛洛伊德的「本我」、「自我」、「超我」理論及其分析方法來考察

這位「我」的心理世界，但是上述引證說明，這個心理世界的「平面結構」也是充滿矛盾的，這些矛盾包括傳統－現代、理智－情感、理想－現實、物質生活－精神生活、「平民精神」－「精英意向」，等等。上述矛盾，對立統一於內向的、陰柔的性格和氣質之中。這裡映像出的，無疑就是王度廬本人的內心世界。

考察這樣一位未來的大師級通俗文學作家，我們在上述矛盾裏突出地發現一種「角色認知」的矛盾。實際上，王度廬初登文學舞臺，就把自己認知為「平民文學家」、「通俗文學家」。就此而言（排除「生活的鞭子」之驅策），他是認真、自願，甚至以自己屬於「知識勞工」而不無自豪的；但是，二十一歲的他，在理想、志向、學養、興趣範圍和自學方向上，卻又遠遠超出上述「自我認知」，就此而言，他又有所不滿，有所不甘，潛意識中甚至難免有點兒自卑。這是造成他內心痛苦的主要原因之一，也是他內心痛苦的主要內涵之一；同時，這又為開闢他後來的文學道路提供了充沛的動力，為他後來成就文學功業奠定了寬厚的基礎。像王度廬這樣自覺地接受新文化思潮，具備新文化－新文學素養，並能自覺融入通俗文學創作中去的現代通俗文學作家，為數甚少。據說歷史只「算大賬」：無論從「過程」還是「結果」評價，少了一位年輕新文學作家的王霄羽，多了一位大師級的通俗文學作家王度廬，都不是「壞事」，而是「好事」──儘管這個結論有點兒「殘酷」，儘管我們非常理解、非常同情他的內心苦悶。

〈小難〉一文，說的是「作小文字比作大文字為難」；作者說，如作「哲學演辭」，可以下筆千言，「但是一作短而俏的文字，竟扛筆如鼎」矣。可見「小難」之難不在「小」，而在「小」而還須「俏」，亦即如何在極其有限的空間，實現有效信息最大限度之優化；從實踐效果考察，他是有比較成功的「應對策略」的。

他的雜文多屬議論文，但是他的議論一方面常與客觀事象的描述相結合；另一方面，更又經常與本人的感受和思索相結合，其中包括本人的情感宣洩。這樣，「客觀」因與「主觀」相伴，「理智」因與「情感」相生，「再現」因有「表現」烘託，「載道」因和「言志」結合，而呈現出多重色彩、色調，同時也十分有效地拉近了作者與讀者的距離。不能說這些雜文篇篇都已臻於這種境界，但是其中的佳篇或較佳之篇確乎多具此一特色。這顯然是與作者內向的氣質、勤於思索的習慣互為因果的。由於善思索，所以每能見人之未

見，發人之未發，言人之未言，表現爲修辭和章法，則好作反諷、歸謬，喜歡顛覆成說，從而形成「陌生化」；是故「小」而醒目，又一種「俏」也就出來了。文例除前面引述過的〈人死不值錢〉、〈癩蛤蟆…天鵝肉〉、〈聰明絕頂〉外，還有〈笑〉、〈活得弗耐煩〉、〈送春〉、〈雨天〉等等。

〈永垂不朽〉中「披露」過自己獲得的兩條「較好批評」：

> 我的朋友 T 君（我也歐化歐化）說：你的「談天」作得太好了，因爲你所談的，裏面都有一種生命，絕不是泛泛而言的……

> 又有一位 B 君說：你這東西「談天」倒不錯，只是多半是臨時性的，恐怕未必有永垂不朽的價值……

對於後一條批評，作者是這樣回應的：

> 我這個「談天」，就如同舞臺的戲一般，比戲還不如；因爲戲還能夠演個重回，能夠迴圈著唱，我這「談天」可不然，最多也就分個等二本，倘或要演個來回，不要說閱者得大加攻擊，就是主筆先生，第一他先不給我登。所以我這個「談天」，只好教人看畢後往腦後頭一扔，或是去包花生米，或是沉淪到臭茅廁裏，或是用它去糊隔壁，作臭蟲的大本營，拇指碾處，登時給我這「柳今」兩個四號鉛字上，來個血手印；還妄想什麼「永垂不朽」！

> 末了，我感想到無論什麼功業，什麼學說，什麼文字，最好要它能夠合乎時務，能夠給現代一種猛醒，一種指示，一種幫助，這才算眞有價值……

這裡說的「合乎時務」，既指命題、內容、意向，也指文體：只要爲「時務」所需（所謂時務，應該包括「抒憤懣」的主觀需求，包括不同層次讀者的閱讀期待），只要與「時務」相合，什麼文體都可以采用。除了前面所說那樣的「主流」文體之外，這些雜文還包括許多「奇支旁體」，而這也正是傳統「雜文」的本體特徵。例如，前面引錄過的〈呻吟〉是純主觀的抒情文，而〈跳舞場裏〉則是純客觀的白描速寫；前面提及的〈敲釵小語〉是語錄體，而〈醋的考證〉則是掌故考證小品……限於篇幅，恕不一一例舉。值得特別一提的是：〈雨天〉寫及自己對雨的偏愛和雨中的感受，其意象、心態，又曾在作者的後期小說《風塵四傑》中復現；〈澡堂裏〉由澡堂聯想到人的等級和人的「平等」，其描寫和議論也曾重出於後期小說《燕市俠伶》〔註13〕。這裡不僅反映

〔註13〕分別見引於拙著《王度廬評傳》，第 137、276～277 頁。

著素材、觀念的「移植」和「延續」，而且也顯示著文體上的互文關係——中國的小說傳統，原本是不排斥適當的議論即適當的「雜文色彩」的。

2007-9-23
2015-12-1 補訂